古典新訳文庫

# 仔鹿物語（上）

ローリングズ

土屋京子訳

kobunsha classics

光文社

Title : THE YEARLING
1938
Author : Marjorie Kinnan Rawlings

目次

# 仔鹿物語（上）

# 第1章

　ひとすじの煙が母屋の煙突からまっすぐ立ちのぼっている。赤い泥土の煙突から吐き出された青い煙は、四月の空へたなびくにつれて青から灰色に褪《あ》せていく。ジョディは、それを見ながら考えた。台所の火は消えかかっている。母親はいまごろ昼ごはんの片づけを終えて、鍋を吊るしているところだろう。きょうは金曜日だ。母親はチチを束ねたほうきで床を掃き、そのあと、うまくすれば、トウモロコシの皮で床を磨くはずだ。いったん床磨きを始めてしまえば、自分がシルバー・グレンの泉に着くまで、母親は気づかないだろう……。ジョディは鍬《くわ》を肩にかついだまま、足を止めて思案した。

　芽を出して伸びはじめたトウモロコシの畝《うね》という畝に雑草が生えている――これさえなければ、うちの開拓地はとっても愉快な場所なんだけど……。見ると、野生のミツバチがゲート脇のセンダンの木に群がり、薄紫色の房になって咲く繊細な花に頭を突っこんで貪欲に蜜を吸っている。まるで、このあたりの矮樹林《スクラブ》にはほかにひとつも花がないみたいに。三月に咲いていたカロライナ・ジャスミンのことも、五月になれば咲くヒメタイサンボクやモクレンのことも、すっかり忘れてしまったみたいに。巣をめざして一直線に飛んでいく黄と黒の縞模様を追いかけていって、洞《うろ》に琥珀《こはく》色の蜜をたっぷりためこんだミツバチの木を探してみるのもいいかもしれない、という考えがうかんだ。冬のあいだ食べていたサトウキビのシロップはもうなくなってしまったし、ジャムもあらかた食べつくしてしまった。ミツバチの巣を探すほうが、仕事としたら畑の草かきより崇高だし、トウモロコシ畑の手入れはあしただって間にあう。午後の空気は静かなさざめきに揺れていた。それは、センダンの花に頭を突っこんで蜜をむさぼるミツバチのように少年の心にぐいぐいはいりこみ、ジョディはとうとう誘惑に抗しきれなくなった。きょうは、どうしても、開拓地の先のマツ林を抜けて、いつもの道を通って、小川が流れるあの谷へ行くしかない。そうだ、ミツバチの巣だって、水辺にあるかもしれないんだし……。

ジョディは材木を横に渡した柵に鍬《くわ》を立てかけ、トウモロコシ畑のはずれの、母屋から目の届かないところまで歩いていった。そして、柵の横木に両手をかけて、ひらりと跳び越えた。年老いた猟犬ジュリアは荷車でグレアムズヴィルへ出かけた父親についていったが、家に残っていたブルドッグのリップと新入りの雑種犬パークが柵を乗り越える人影を見つけて飛んできた。リップの声は低いが、小型の雑種犬は甲高《かんだか》い声でほえたてる。人影がジョディだとわかると、二匹は申し訳程度に短い尾を振ってみせた。ジョディは犬たちを庭のほうへ追い返した。二匹はとくに執着も示さず少年を見送った。ふん、つまらないやつらだ、と、ジョディは思った。獲物を追いかけて捕えて殺すよりほか、何の役にも立ちゃしない。朝と晩に残飯を持っていってやるとき以外は、見向きもしない。ジュリアは人なつこいところがあるが、その健気《けなげ》なまでの献身はもっぱらジョディの父親ペニー・バクスターに向けられている。ジョディが機嫌をとろうとしても、老犬は相手にもしない。

「おまえらは一緒に育ったようなもんだからな」と、父親は息子《じぶん》に言った。「一〇年前、おまえが二つで、ジュリアはほんの仔犬だった。その時分に、おまえから痛い目にあわされたんだよ——おまえに悪気はなかったんだろうがな。それで、おまえを信用できんのだ。猟犬ってやつは、そういうもんだ」

ジョディは納屋やトウモロコシ倉庫を迂回し、ブラックジャック・オークのしげみを抜けて南へ向かった。自分にもハットーばあちゃんが飼ってるみたいな犬がいたらいいのに、と思った。ハットーばあちゃんの犬は白い縮れ毛で、いろんな芸ができる。ハットーばあちゃんが笑いすぎて、全身をひぃひぃ揺らして笑いが止まらなくなったりすると、犬はばあちゃんの膝に飛びのって顔を舐め、白いふわふわのしっぽを振って、まるでばあちゃんと一緒に笑ってるみたいにじゃれる。ジョディは、何でもいいから自分のものが欲しかった。老犬ジュリアが父親のあとをついて歩くように、自分のあとをついて歩いて顔を舐めてくれるものが欲しかった。少年は砂地の道に出て、東へ向かって走りだした。シルバー・グレンまでは二マイルあるが、このままどこまでも走れそうな気がした。トウモロコシ畑の草かきをするときとちがって、足も痛まない。道がどんどん後ろへ過ぎていってしまうのが惜しくて、少年は足をゆるめた。背の高いマツの木立を過ぎて歩きはじめたあたりで、左右から矮樹林《スクラブ》が迫ってきた。道の両側に、壁のようにびっしりと砂地マツ《サンド・パイン》がしげっている。どの幹も細くて、このままたきつけに使えそうだ、などと思いながら歩く。道は上り坂になった。坂の頂上まで来て、少年は足を止めた。黄褐色の砂の道と両側のマツ林に縁を切り取られた四月の青い空が頭上に広がる。ハットーばあちゃん家《ち》の藍で染めたジョディのシャツと同じくらい青い。ワタの実がはじけたような白くて小さい雲がたくさん浮かんでいる。少年が空を眺めているうちに日がかげり、雲が灰色になった。

「日暮れ前にちょっと降るかな」と、少年は考えた。

下り坂にさしかかると、自然と足が速くなった。やがて、少年はシルバー・グレンに通じる道に出た。砂の厚く積もった道だ。タール・フラワーが咲いている。イワナンテンやスパークル・ベリーの花も咲いている。少年は足を遅くして、しだいに種類が変わっていく木立やしげみを眺めながら歩いた。どれも見慣れた草木だが、それぞれに特徴がある。以前にヤマネコの顔を彫りつけたことのあるモクレンのところまで来た。モクレンが生えているということは、水辺が近いというしるしだ。それにしても、不思議だと思う。地面は地面、雨は雨なのに、細くねじれた砂地マツ《サンド・パイン》は矮樹林《スクラブ》に集まって生えるし、小川や湖や大きな川のほとりにはきまってモクレンが生えている。犬はどこへ行ったって犬だし、牛も牛、ラバもラバ、馬も馬だ。なのに、木だけは生える場所によって種類がちがう。

「きっと、木は自分で動けないからだろうな」と、少年は考えた。木は、生えている場所から吸いあげる栄養で育つしかないのだ。

　道の東側が急に開けた。二〇フィート下の泉に向かって急な下り勾配になっていて、斜面にはモクレンやツバキやモミジバフウやトネリコが密生している。ジョディは、薄暗くひんやりとした木陰の泉へおりていった。強烈な歓喜が湧いてくる。ここは自分だけの秘密の楽園だ。

　砂の底から井戸水のような澄んだ水が湧き出ている。周囲の土手が緑の両手をそっと丸くして水をたたえているような泉だ。水が湧き出るところに小さな渦巻ができて、砂粒が躍っている。土手を上がった先に、この泉のもとになる大きな泉があり、そこからあふれる水は白い石灰岩をうがち、下り勾配で速度を増し、川となってジョージ湖に注ぐ。ジョージ湖は、セント・ジョンズ川の一部が大きく広がってできたような湖だ。セント・ジョンズ川は大きな川で、北へ向かって流れ下り、やがて海に至る。大きな海の始まりがこの泉なのだと思うと、胸がどきどきした。もちろん、海に注ぐ源流はほかにもあるけれど、ここはジョディひとりのものだ。ここにやってくるのは、自分と、野生の動物と、のどの渇いた鳥だけ。そう思うと、いい気分だった。

たくさん歩いたせいで、からだがほてっていた。鬱蒼《うっそう》としたシルバー・グレンの涼気が肌に心地よい。ジョディはブルーデニムのズボンをまくりあげ、汚れた素足を浅瀬に踏み入れた。つま先が砂にもぐる。砂が足の指のあいだからゆるゆると上がってきて、細い足首をくすぐる。泉の水はすごく冷たくて、一瞬、肌が焼けるような感覚があった。そのあと、水はさらさらと小さな音をたてて少年の痩せたすねを洗いはじめた。すばらしく爽快な気分だ。ジョディは水の中を行ったり来たりしながら、水底のすべすべした石の下に足の親指を突っこんだ。小魚の群れが飛び出し、流れの広いほうへ逃げていった。少年は浅瀬を走って魚の群れを追いかけた。魚たちは一瞬で姿を消した。まるで最初から影も形もなかったみたいに。少年は水のよどみに張り出した常緑カシの膝根《しっこん》の下にしゃがんで、魚たちが再び姿を見せるのを待った。が、泥の底から出てきたのは緑色のカエルだった。カエルはジョディをじっと見たあと、いきなり恐怖にかられたように根っこの下へもぐってしまった。ジョディは声を出して笑い、「ぼく、アライグマじゃないよ。おまえを食ったりなんかしないってば」と、逃げていったカエルに声をかけた。

柔らかな風が吹いて、頭上に張り出した枝を揺らす。葉の隙間から太陽の光がこぼれ、少年の頭と肩にさしかけた。頭が暖かく、厚く固くなった足の裏がひんやりして、いい気持ちだ。そのうちに風がやみ、太陽の光は落ちてこなくなった。少年は浅瀬を渡り、木々がいくらかまばらな対岸へ移る。低いパルメット・ヤシの葉が腕をかすった――それで、ポケットにナイフを入れてきたこと、去年のクリスマスからずっと小さな水車を作ってみたかったこと、を思い出した。

それまで、ジョディは自分ひとりで水車を作ったことがなかった。いつも、ハットーばあちゃんの息子オリヴァーが航海から戻ってきたときに作ってくれたからだ。ジョディは一心に手を動かしはじめた。眉根を寄せ、水車をうまく回転させるための正確な角度を思い出そうとする。まず最初に、先が二股に分かれた枝を二本切ってきて、同じ大きさのY字形に削って整えた。オリヴァーは、いつも、水車の軸にする木を探すとき、ごつごつのないまっすぐな枝を選んでいた。見ると、土手を半分ほど登ったところにヤマザクラの木がある。ジョディはヤマザクラに登り、磨きあげた鉛筆のようにまっすぐな枝を切り取った。それから、よさそうなヤシの葉を選び、硬い葉を切って幅一インチ長さ四インチの長方形を二枚作った。そして、二枚の葉の中央に、ヤマザクラの枝がやっと通る大きさの切目を縦に入れた。二枚のヤシの葉は、風車の回転翼のように角度をつけなければならない。ジョディは慎重にヤシの葉の角度を調節した。そして最後に、泉からあふれた水が小川になって二、三ヤード流れだしたあたりの川底の砂に、Y字形の支柱を二本、軸木の長さと同じくらいの間隔をあけて、深く突き立てた。

小川は数インチの深さしかないが、一定の勢いで元気よく流れている。水車は、ヤシの葉先がほんのわずかだけ流れに触れるように高さを調節しなければならない。ジョディはいろいろな深さに支柱を刺しなおし、これでよしとなったところで、ヤマザクラの軸木をY字形の支柱にのせた。でも、水車は動かない。軸木をほんの少しねじって、Y字のくぼみにうまくおさまるようにしてやる。と、水車が回りはじめた。流れる水がしなやかなヤシの葉先をとらえた。ひとつの葉先が水から上がると、軸木が回転して次の葉先が流れにかかる。小さな緑の回転翼が上がり、下がり、上がり、下がり、運動を始めた。ジョディの作った水車が回る。トウモロコシを碾《ひ》いてもらいに行くリンの町で見る大きな水車と同じように、ゆるやかなリズムで回っている。

ジョディは、ひとつ深く息を吸いこんだ。そして水辺に近い草の生えた砂地に腹這いになり、水車の動きに見とれた。上がり、下がり、上がり、下がり、上がり、下がり……水車の回転に引きこまれるように、うっとり眺める。水は泉の底から際限なく湧いてくる。この小さな流れは、涸れることなく続くだろう。泉から湧き出た水は、ずっと流れて海まで行く。落ち葉がひっかかったりリスが噛んだヒメタイサンボクの小枝が落っこちたりして華奢《きゃしゃ》な羽根の回転を邪魔しないかぎり、水車は永遠に回りつづけるだろう。自分が年をとっても、父親と同じくらいの年齢《とし》になっても、きょう自分が作ったこの水車はあいかわらず回りつづけているかもしれない。そうでないなんて、だれが言い切れるだろう?

ジョディは肉の薄い脇腹に食いこんでいる石をどかし、砂地を少しくぼませて、腰と肩がおさまる場所を作った。そして片腕を伸ばし、頭をのせた。ひとすじの日の光がからだに降りそそぎ、薄手のパッチワーク・キルトにくるまったようにほの暖かい。砂と陽光に包まれて、少年はぼんやりと水車を眺めた。水車の回転が眠気を誘う。少年のまぶたがヤシの葉の動きにつれて開いたり閉じたりしはじめた。葉先からしたたる銀色の水滴がぼやけてつながり、流れ星が尾を引いたように見えた。水が流れている。仔猫がぴちゃぴちゃ水を舐めるみたいな音だ。アマガエルの歌……と思ったら、すっと静かになった。一瞬、少年はふかふかのブルーム・セージでできた高い土手の端にぶら下がっていた。アマガエルも、流れ星のようにしたたる水滴も、一緒にぶら下がっていた。そのまま落ちていくかと思ったら、不思議な柔らかい感触の中へ沈みはじめた。白い綿のようなものを浮かべた青空が上から覆いかぶさってきて、少年は眠りに落ちていった。

目がさめたとき、別の場所にいると思った。さっきとはまるでちがう風景に、一瞬、まだ夢の中かと思った。太陽はどこかへ隠れ、光も影もなくなっていた。常緑カシの黒い幹も見えなければ、モクレンのつややかな葉も見えず、ヤマザクラの木漏れ日が描く金色のレース模様も消えていた。あたり全体が柔らかな灰色で、滝壺の周辺に漂うような細かい霧がたちこめている。霧が肌をくすぐった。じとじと濡れるほどではなく、暖かいのに涼しい。寝返りをうって仰向けになると、ナゲキバトの柔らかな灰色の胸を見上げているような感じがした。

ジョディは細かい雨粒を若草のように受けながらその場に横たわっていたが、やがて、顔がしっとり濡れ、シャツが湿っぽくなってきたところで、ねぐらから起き出した。そして、その場ではっと足をとめた。眠っているあいだに、シカが泉へ来ていた。真新しい足跡が東側の土手をおりてきて、水ぎわで止まっている。輪郭のくっきりとした、先のとがった足跡——雌ジカだ。砂に残った足跡の深さから、年をとった大きなシカだとわかった。もしかしたら腹に仔がいるかもしれない。この泉までおりてきて、眠っている自分に気づかないまま、たっぷりと水を飲んだのだ。そのあと人のにおいに気づいたのだろう、驚いて向きを変えたあとの乱れた足跡が砂に残っていた。反対側の土手を上がっていく足跡は、あわてふためいたのか、長い条痕を引いている。もしかしたら、水を飲まないうちに人間のにおいに気づいて向きを変え、砂を蹴たてて逃げていったのかもしれない。のどが渇いたまま目を大きく見開いて矮樹林《スクラブ》に潜んでいるのでなければいいけれど、と、ジョディは思った。

ほかにも足跡がないかと思って、ジョディはあたりを見まわした。リスたちが土手を上《のぼ》り下《お》りした跡があった。リスは、いつだって怖いもの知らずだ。アライグマも同じで、鋭い爪が生えた手形のような足跡が残っていた。が、どのくらい最近の足跡なのか、ジョディにはわからない。獣たちがいつ通ったのか正確に読みとれるのは、父親だけだ。とにかく、シカがこの水場へやってきて、驚いて逃げていったことだけは、まちがいない。ジョディはふりかえって水車をもういちど見た。水車はずっと前からそこにあったように回っている。ヤシの葉の回転翼は頼りなげだが、浅い流れにさざ波を残しながら健気《けなげ》に回りつづけている。柔らかな雨に濡れて、緑の葉がつややかに光っていた。

ジョディは空を見た。どこまでも灰色で、時刻がわからない。自分がどのくらい眠っていたのかも、わからない。丈の低いゴールベリーが一面に広がる西側の土手を、少年は跳ぶように駆けあがった。帰ろうか、もう少し遊んでいようか、ためらっているうちに、雨は降りはじめと同じように静かにやんだ。柔らかな風が南西から吹いてきて、太陽が顔を出した。たくさんの雲がまとまって巨大な白い羽根枕を並べたみたいに連なり、東の空に虹がかかった。その色の取りあわせがあまりに美しくて、ジョディは眺めているだけで心がはちきれそうな興奮をおぼえた。地面は淡い新緑に覆われ、雨に洗われた陽光が降りそそいで、金色にきらめく空気まで目に見えるような気がする。木々も、草も、しげみも、みな雨に濡れてきらきらと輝いている。

泉の水が湧き出るように抑えがたい勢いで、少年の内側から歓喜が突き上げてきた。ジョディはまっすぐ伸ばした両腕をヘビウのように広げ、その場でぐるぐる回りだした。もっと速く、さらに速く、歓喜の渦に飲みこまれて我を忘れるまでぐるぐる回り、爆発しそうになるまでぐるぐる回って、頭がくらくらしはじめたところで目を閉じ、地面にからだを投げ出して、ブルーム・セージの上に大の字に伸びた。自分の下で大地が回る。自分と一緒に大地が回る。目を開けると、四月の青空と白い綿雲がぐるぐる回っていた。少年と、大地と、木々と、大空が、一緒になってぐるぐる回っていた。やがて渦巻がほどけ、頭がはっきりしたところで、少年は立ちあがった。まだ少し頭がくらくらして目が回るような感じだったが、自分の中にあった何かが解き放たれたような気がして、きょうという日もほかのありふれた日々と同じようにふつうに過ごせそうな気がしてきた。

少年は家に向かって走りだした。走りながら、雨に濡れたマツの香気を深く吸いこんだ。足が沈んで走りにくかった砂の道も、雨が降ったおかげで固く締まっている。帰り道は快調だった。太陽がそろそろ沈みかけるころ、バクスター家の開拓地を取り囲む背の高い大王松《ダイオウショウ》の木立が見えてきた。金色の夕焼けに染まった西の空に、長い葉を持つ大きなマツの木が黒々とそびえている。ニワトリどもの騒々しい声が聞こえる。ちょうど、えさをもらったところなのだろう。少年は開拓地にはいっていった。雨風にさらされて灰色になった木の柵が春の深い陽光の中で輝いている。丸太を泥土で固めた煙突から、さかんに煙が上がっている。台所の炉では夕飯ができあがり、ダッチ・オーブンの中でパンがほかほか焼けているにちがいない。グレアムズヴィルへ出かけた父親がまだ戻っていなければいいが、と、ジョディは思った。この期《ご》に及んでようやく、父親が留守のあいだに家を離れるべきではなかったかもしれない、という分別がうかんだ。薪《まき》が必要になったときに自分がいなかったら、母親は怒るだろう。父親でさえ、首を少し横に振って、「しようのない子だ――」と言うだろう。老馬シーザーの鼻息が聞こえた。まずい、父親のほうが先に帰っている。

開拓地は心地よい喧騒《けんそう》に満ちていた。馬がゲートのあたりでいななく。牛房では仔牛がメェメェと母牛を呼び、母牛がそれに応えている。ニワトリは足で地面をひっかき、クワックワッと鳴きさわぐ。犬は夕方のえさの時間が近づいたのを察してほえたてる。腹がへり、そしてそれが満たされるのは、いいことだ。家畜どもは確実に満たされるはずの期待をふくらませて待っている。冬の終わりごろは、飼料も乏しかった。トウモロコシは残り少なく、干し草もササゲも不足していた。しかし、いま、四月を迎えて放牧場にはみずみずしい青草が生えはじめ、ニワトリでさえ地面から顔を出したばかりの若い芽を喜んでついばんでいる。犬どもは夕方に仔ウサギの巣穴を見つけてご馳走にありついたあとなので、バクスター家の残飯にはさほど気がなさそうだ。老犬ジュリアは荷車について何マイルも走ったせいで疲れはて、荷台の下で横になっている。ジョディは木製の正面ゲートを開けて、父親を探しにいった。

ペニー・バクスターは薪置き場にいた。まだラシャのスーツを着たままだ。ペニーはこのスーツを着て結婚式をあげ、いまも教会へ行くときや交易に出かけるときは、身だしなみとしてこの一張羅《いっちょうら》を着ていく。袖丈がかなり短いのはペニーが大きくなったせいではなく、湿気の多い夏を何度も越し、くりかえしアイロンを当てられて、生地が詰《つ》んでしまったせいだ。ジョディは父親の手もとに視線を落とした。体格のわりに大きな手が薪束をつかもうとしている。父親はジョディの仕事をしてくれているのだ。しかも、一張羅のスーツを着たまま。ジョディは父親に駆け寄った。

「ぼくがやるよ、とうちゃん」

ここでやる気を見せておいてサボった罪を埋めあわせよう、という下心もあった。

父親は背すじを伸ばした。

「帰ってこないのかと思ったぞ」父親が言った。

「ぼく、シルバー・グレンまで行ってきたんだ」

「きょうは出かけるにはうってつけの陽気だったからな、どこへ行くにしても。だが、またどうしてそんな遠くまで足を延ばす気になったんだ?」

どうしてだったのか、すぐには思い出せなかった。まるで一年前のことを思い出そうとするみたいに、記憶が遠い。ジョディは、鍬《くわ》を置いた時点までさかのぼって考えなければならなかった。

「ああ、そうだ」やっと思い出した。「ミツバチを追っかけてって、ミツバチの木を見つけようと思ったんだ」

「見つけたのか？」

ジョディはぽかんと表情を失った。

「しまった、すっかり忘れてた」

鳥猟犬のくせに野ネズミを追いかけている現場を見つかったような、ぶざまな気分になった。ジョディはおどおどと父親の顔を見上げた。父親の淡いブルーの瞳がきらきら光っている。

「正直に言ってみろ、ジョディ。ミツバチの巣なんて、ほっつき歩きたいがための言い訳だったんじゃないか？」

ジョディは、にっと笑った。

「遊びに行きたくなっちゃったんだよ、ミツバチの木を探すより前に」

「そんなこったろうと思ったさ。なんでわかるか、って？　グレアムズヴィルに行く途中で考えたのさ、『ジョディのやつ、草かきなんぞ、たいして時間はかかるまい。こんなに天気がよくて春らしい日に、おれが子供だったら何するかなあ？』って。でもって、『うん、そこらをほっつき歩くだろうな』と思ったわけだ。行き先なんぞ、どこだっていいんだよな。地べたさえ続いてりゃ、どこだって」

暮れかけた金色の陽光とは別の暖かさが心を満たした。ジョディはうなずいた。

「そうなんだ、そう思ったんだよ」

「だが、かあさんには黙っとけ」ペニーは母屋のほうへ首を傾けて言った。「いい顔しないからな。女には、所詮《しょせん》、ほっつき歩きたくなる男の気持ちなんぞ、わかりゃせん。おまえがいなかったことは、黙っといた。かあさんに『ジョディはどこ？』って聞かれたが、『さあな、そこらにいるんじゃないか』と言っといたから」

父親は片目をつぶってみせた。ジョディもウインクを返した。

「男は男どうし、力を合わせて波風を防がにゃならん。さ、かあさんのとこへ薪をたっぷり運んでいけ」

ジョディは両腕いっぱいに薪を抱えて足早に母屋へ向かった。母親は台所の炉の前に膝をついていた。スパイスのおいしそうな香りが漂ってきて、空腹でふらふらしそうになった。

「かあちゃん、それ、もしかしてサツマイモの焼きケーキ？」

「そうだよ。さ、あんたたち二人とも、ぐずぐずしてんじゃないよ。夕飯のしたくができてるんだからね」

ジョディは薪箱に薪を投げ入れて、大急ぎで畜舎へ戻った。父親はトリクシーの乳をしぼっている。

「かあちゃんが、さっさと片づけておいで、ってさ。シーザーのえさやり、しようか？」

「もうやったよ、たいしたもんじゃないが」ペニーは搾乳用の三脚スツールから腰を上げた。「牛乳を持ってってくれ。きのうみたいに蹴つまずいてこぼすんじゃないぞ。さ、いいぞ、トリクシー——」

ペニーは母牛から離れ、仔牛をつないである牛房のほうへ歩いていきながら母牛を呼んだ。「おいで、トリクシー。そうら、いい子だ——」

母牛はモーと鳴いて仔牛のそばへ寄っていった。ペニーは仔牛にも声をかけた。

「ほらほら、落ち着け。おまえもジョディみたいに食いしんぼうだなあ」

ペニーは母牛と仔牛をなでてやってから、息子のあとを追って家に向かった。二人は交代に流し場で顔と手を洗い、台所のドアの外に吊るしてあるロール・タオルで水滴をぬぐった。母親はすでにテーブルにつき、料理を取り分けていた。母親の大きなからだが細長いテーブルの端を幅いっぱいに埋めつくしている。ジョディと父親は、母親をはさむように向かいあって席についた。ふたりとも、バクスター家の主婦がテーブルの最上席にどっかりと腰を下ろしている風景をあたりまえに思っている。

「みんな、おなか空いたかい?」母親が聞いた。

「ぼく、肉を樽ごと全部と丸パンを山ほど食べれそうだ」ジョディが言った。

「あんたの言いそうなことだよ。目の前に料理が並んでりゃ、おなかいっぱいでもまだ食べたいんだから」

「おれも、大人の分別がなけりゃ同《おんな》じことを言うところだった」ペニーが口をはさんだ。「グレアムズヴィルへ行くと、いつも腹がへる」

「あっちで一杯やってくるからでしょうよ」

「きょうは、ほんの少しだった。ジム・ターンバックルのおごりでね」

「なら、どう考えてもからだに毒なほどは飲んでないね」

ジョディは、両親の会話など耳にはいらなかった。テーブルに並んだ料理以外、何ひとつ目にはいらなかった。生まれてからこんなに空腹を感じたことはなかった。バクスター一家にとっても家畜にとっても食料の乏しい冬と訪れの遅い春を経たあと、母親はつつましいながらも精一杯の夕食を用意していた。小さく切った豚の塩漬け肉とヤマゴボウの芽の炒め煮。きのうジョディがつかまえてきたヌマガメを細切れにして、すりおろしたジャガイモやタマネギと一緒に丸めて焼いたサンド・バガー。サワーオレンジ入りの丸パン。そして、母親のすぐ脇に、サツマイモの焼きケーキ。丸パンももっと食べたいし、サンド・バガーももう一つ食べたいけれど、過去の苦い経験から、そっちを食べてしまえばおなかがいっぱいになって、サツマイモの焼きケーキまではとても食べられないとわかっていた。どうしようか。答えははっきりしている。

「かあちゃん、サツマイモのケーキ、いま食べてもいい？」

母親は自らの巨体に栄養を補給する行為がちょうど一段落したところで、器用な手つきでケーキを大きく切り分けてくれた。ジョディはスパイスのきいたおいしいケーキにかぶりついた。

「それを作るのに、どんだけ時間がかかったことか」母親が愚痴をこぼす。「なのに、あんたときたら、ぺろっと食べちまうんだからね」

「でも、おいしかった味はずっと忘れないよ」ジョディは言った。

夕食が終わった。ジョディは満腹だ。ふだんはスズメのように小食な父親でさえ、二杯目をおかわりした。

「いや、満腹した。ありがたや」ペニー・バクスターが言った。

母親がため息をついた。

「だれか、ろうそくをつけてくれないかね。そしたら、あたしゃ皿洗いをすませて、あとは座ってゆっくりできるんだけど」

ジョディが席を立ち、獣脂ろうそくに火をともした。黄色い炎が揺れる。ジョディは東の窓から外を見た。満月がのぼってくるところだ。

「こんな明るい夜を無駄にするのは、なんとももったいないな」ペニーが言った。

「今夜は満月だ」

ペニーは窓辺へ立ってきて、息子と並んで月を眺めた。

「ジョディ、何か思い出さんか？　四月の満月が来たら何をするって言ったか、おぼえてるか？」

「おぼえてない」

どういうわけだか、季節はいつも気がつかないうちに到来する。いろいろな季節をちゃんと忘れないよう気をつけたり、一年じゅうの月の満ち欠けをおぼえておくには、きっと父親くらいの年齢《とし》にならないとだめなんだろう。

「まさか、忘れちまったのか？　な、ジョディ、おぼえてるだろう？　四月の満月の夜には、クマが冬眠からさめて出てくるんだぞ？」

「スルーフットだ！　冬眠からさめたとこをやっつけるんだった！」

「そのとおり」

「とうちゃん、言ったよね。スルーフットの足跡が行ったり来たり重なったりしてるとこを調べれば、ねぐらがわかるかもしれん、四月になって出てきたとこをつかまえれるかもしれん、って」

「ああ、脂の乗ったクマをな。脂が乗って、動きものろい。冬眠明けの肉は、うまいぞ」

「それに、きっと、つかまえるのも楽だよね、まだ寝ぼけてるから」

「そういうこった」

「いつ行くの、とうちゃん?」

「草かきがすんで、クマが起き出した跡を見つけたら、だな」

「どこらへんから探すの?」

「そうさな、まずシルバー・グレンの泉あたりだな。冬眠から出てきて水を飲んだ形跡があるかどうか」

「きょうね、大きくて年とった雌ジカが泉に水を飲みに来てたよ」ジョディが言った。「ぼくが眠ってるあいだに。とうちゃん、ぼく、自分で水車を作ったんだ。ちゃんと回ったよ」

　鍋釜を片づける音が止まった。

「まったく、しょうもない子だね」母親の声がした。「そんなとこまでほっつき歩いてったなんて、いま初めて聞いたよ。油断ならないことにかけちゃ、雨でぬかるんだ道といい勝負だよ」

　ジョディは大声で笑った。

「やーい、かあちゃんをかついだぞ。そうだろ、かあちゃん。ぼく、きょうは、かあちゃんをかついだよね？」

「ああ、そうだよ。でもって、こっちは火にあぶられながらサツマイモのケーキを焼いてたんだからね」

その声は、怒ってはいなかった。

「だけどさ、かあちゃん」ジョディは母親をすかしにかかった。「もし、ぼくがネズミとかモグラとかで、根っこや草しか食べなかったら、どうだった？」

「そんなら腹も立たなくて上等ってもんさ」

そう言った母親の口もとがかすかにひきつるのが見えた。母親は笑いを噛み殺そうとしたが、うまくいかなかった。

「かあちゃん、笑ってら！　かあちゃん、笑ってら！　笑ってるってことは、怒ってないってことだね！」

ジョディは背後から母親に駆け寄り、エプロンのひもを引っぱった。エプロンがほどけて床に滑り落ちた。母親は巨体をすばやく返してジョディの両耳を平手で打った。が、それはごく軽い冗談のしぐさだった。ジョディは、その日の午後に感じたのと同じ強烈な歓喜に包まれた。そして、ブルーム・セージの草原でやったのと同じように、部屋の中でぐるぐる回りだした。

「テーブルのお皿を落っことしちまうよ」母親が言った。「そしたら、こんどはほんとに怒るからね」

「止まんないよ。頭がくらくらするんだもん」

「あんた、頭がおかしくなったんだよ。ほんと、どうかしちゃってるね」

ほんとうに、そうだった。ジョディは四月の歓喜で頭がどうかなっていた。春の訪れに頭がくらくらしていた。土曜の夜にへべれけに酔っぱらったレム・フォレスターにも負けないくらい、太陽と空気と灰色のこぬか雨が混ざった強い酒に酔ってふわふわと漂っているような気分だった。酔っぱらったのは、水車のせいだ。雌ジカが水を飲みにきたせいだ。遊びに行ったのをとうちゃんがかばってくれたせいだ。かあちゃんがサツマイモの焼きケーキを作ってくれて、ぼくの冗談に笑ってくれたせいだ。安心で居心地のいい小さな家の中を照らすろうそくの光が、胸にずきんときた。丸木小屋の外に降りそそぐ月の光が、胸にずきんときた。少年はスルーフットの姿を思いうかべた。足の指が一本欠けた、巨大で老獪《ろうかい》な黒クマ。冬眠からさめて後ろ足で立ちあがり、ぼくと同じように春の柔らかな空気を味わったり月の光を嗅いだりしているのだろうか。ジョディは高揚した気分でベッドにはいり、なかなか寝つけなかった。春の日の歓喜は、少年の心に強烈な痕跡を刻むことになった。その後ずっと、四月になって緑が淡く芽立ち、雨の味を舌に感じる季節になると、ジョディの心は古い傷がうずき、ぼんやりと紗《しゃ》のかかった記憶への郷愁でいっぱいになるのだった。ヨタカの声が明るい月夜に響いた。と思ったら、少年は眠りに落ちていた。

# 第2章

ペニー・バクスターは、巨体を横たえて眠る妻のかたわらで目をさましていた。満月の夜は、いつも眠れない。こんなに明るい夜は、ほんとうなら畑へ出て働くのが正しいのではないか、と思ったりする。できればベッドからそっと抜け出して、薪にするオークでも切り倒すか、ジョディがやり残した草かきを片づけてしまいたいくらいだ。

「叱っておくべきだったかな」父親は考えていた。

自分があの子の年齢《とし》だったころならば、仕事を怠けてこっそり遊びに行ったりしたら、しこたま打ち据えられたことだろう。自分の父親なら、もういちど泉へ戻って水車なんぞぶち壊してこい、と言うところだ。夕食抜きで。

「だが、まあ、いいとしよう。男の子が少年でいる時期はそう長くないんだから」

ふりかえってみれば、ペニー自身には少年時代と呼べるものがなかった。ペニーの父親は牧師で、旧約聖書の神にも劣らぬ厳格な人間だった。とはいえ、日々の糧《かて》をもたらしてくれたのは神の言葉ではなく、ヴォルーシャ近郊の小さな農場だった。ここで、牧師の父親は子だくさんの家庭を営んでいた。子供たちは読み書きを教わり、聖書の手ほどきも受けたが、どの子もトウモロコシの種袋を手に父親について畑の畝《うね》をよちよち歩けるようになったころから、幼い骨が痛み細い指が痙攣《けいれん》するまで、つらい労働を強いられた。食べ物はいつも不足し、不足しなかったのは腹の中の寄生虫だけだった。ペニーは成人に達しても少年のままの体格だった。足は小さく、肩幅は狭く、胸から腰までひと続きの貧弱な体格だった。フォレスター家の男たちのあいだにはいると、ペニーはオークの巨木に囲まれたトネリコの若木のようだった。

レム・フォレスターがペニーを見下ろして言ったものだ。「てめえ、ほんとチビだなあ。ペニー銅貨みてえだ。そりゃ、ペニーもたしかにりっぱな銭《ぜに》にゃちげえねえ。けど、なんつっても、これ以上は小さくならねえ、ってやつだ。チビのペニー・バクスターくん、とくらあ」

以来、もっぱらそれが通り名になった。投票所では「エズラ・エゼキエル・バクスター」と署名するが、納税者名簿に「ペニー・バクスター」の名で記載されてもペニーは抗議しなかった。ただし、小さいとはいえ、中身はペニー銅貨と同じく信頼に値する人間だった。加えて、銅のような柔らかさも備えていた。ペニー・バクスターはとことん正直者であり、そのおかげで商店主や製粉業者や馬喰《ばくろう》には受けがよかった。ヴォルーシャで商店を営むボイルズは、本人も正直者で通っているのだが、あるときペニー・バクスターに釣り銭を一ドル多く渡してしまったことがあった。馬が脚を痛めていたので、ペニーは何マイルもの距離を店まで歩いて戻り、金を返した。

「こんど来たときでよかったのに」と、ボイルズは言った。

「ああ、わかってるが、この金はおれの金じゃないし、借りを残したまま死にたくないんでね。この世でも、あの世でも、おれは自分の持ち物《もん》だけで十分だ」

ペニー・バクスターがヴォルーシャ近郊の矮樹林《スクラブ》へ移住したのを見て首をかしげた向きも、この言葉を聞けばいくらか得心がいったかもしれない。丸木舟や平底船、いかだに組んだ材木から貨物船、客船、場所によっては川幅をいっぱいにふさぐほどの外輪船《がいりんせん》まで、さまざまな船舶が行きかう深く穏やかなセント・ジョンズ川の岸辺に住むヴォルーシャの人々は、ふつうの暮らしを捨て花嫁を連れてクマやオオカミやパンサーがうろつく未開の矮樹林《スクラブ》へ移り住むなんて、ペニー・バクスターはよほど勇敢な男か、さもなければ頭がおかしくなったにちがいない、と噂した。フォレスター一家が未開の土地へ移り住んだのは、理解できる。大柄でけんかっ早い男どもがどんどん増えていくフォレスター家にあっては、たしかにだだっ広い土地が必要だろうし、やりたい放題を妨げる諸々《もろもろ》からも自由になりたいだろう。しかし、ペニー・バクスターに限って自由を妨げられるなんてことがあるのだろうか、と。

　問題は妨げの有無ではなかった。そうではなくて、町にしろ、村にしろ、隣地とのあいだがあまり離れていない場所で農場をやっていると、いきおい人の思惑《おもわく》や行動や財産が干渉しあう場面が生じる――それがいやなのだった。そういう環境では、個人の精神が侵害されるようなことが起こりかねない。たしかに、困難なときには友情もありがたいし、助けあいも必要だ。が、近ければどうしても他人のことが気になって、口論したり目くじらたてたりすることになる。厳格な父親のもとから巣立ったペニー・バクスターは、世間に出たら出たで、こんどは人間の不正直や不誠実をいやというほど味わい、それまでにも増して生きにくさを感じるようになったのだった。

　おそらく、ペニーは何度も傷ついた末に、広漠として人を寄せつけぬ矮樹林《スクラブ》の安らぎに、自分の望む静けさを見出したのだろう。ペニー・バクスターは、心のどこかに癒えぬ傷を抱えていた。人に触れられれば、その傷が痛んだ。が、マツの木が触れれば、傷は癒された。町に比べれば、日々の暮らしは厳しい。町から遠いだけ、必需品を買うにも作物を売るにも不便だ。しかし、なんといっても開拓地は自分ひとりのものだ。それまでに出会った獰猛《どうもう》な人間どもに比べれば、獣のほうがまだ安心できた。クマやオオカミやヤマネコやパンサーが家畜を襲うのは、理解できる。人間の残酷さに比べれば、はるかに理解しやすいことだった。

三〇代にはいって、ペニー・バクスターはふくよかな娘と結婚した。当時すでに、花嫁はペニーの倍ほどの体格があった。ペニーは花嫁と当面必要な家財道具を荷車に乗せ、牛に引かせて、ゴトゴト揺れながら開拓地へやってきた。丸太小屋も自分の力で建てた。細くねじれた砂地マツ《サンド・パイン》の樹林が広がるこの一帯で、ペニーは細心の注意を払って土地を選んだ。ペニーがフォレスター家から買ったのは、マツの樹島《じゅとう》の中心にある高台で、フォレスターの開拓地とはたっぷり四マイルの距離を隔てた土地だった。「樹島《アイランド》」という呼びかたをするのは、地味のやせた低地に背の低い雑木林が広がる一帯で、そこだけ背の高い大王松《ダイオウショウ》が生えて文字通り「島《アイランド》」のようにぽっかり浮きあがっているからだ。海原のようにうねる矮樹林《スクラブ》の中で、樹島《アイランド》ははっきりと目につく地形だ。ペニーが買った土地の北や西にも同じような「島」が散在している。こういう場所は、土壌や水脈の関係で、そこだけ豊かな緑が繁茂している。なかでもとくに植生の豊かな樹林地帯が「ハンモック」と呼ばれ、肥沃な土地に常緑カシがたくさん生え、レッド・ベイ、モクレン、ヤマザクラ、モミジバフウ、ヒッコリー、ヒイラギなどが密林をなしている。

唯一の難点は、水が得にくいことだった。地下水脈があまりに深いため、井戸を掘るには途方もない金がかかるのだ。バクスター島に暮らす人間が使う水は、レンガやモルタルがもっと安く入手できるようになるまで、一〇〇エーカーという広大な土地の西の境界付近にある大きな陥落孔《シンク・ホール》から汲んでくるしかない。陥落孔《シンク・ホール》は、フロリダの石灰岩地域によく見られる現象だ。このあたりには地下水脈が走っていて、それが地表に顔を出したところが泉であり、その水が流れ出して小川になる。こういう地域では、薄い地表部分が陥没して大きなすり鉢状の穴ができることがある。すり鉢の底は、水が湧き出ている場合もあれば、そうでない場合もある。ペニー・バクスターの土地にある陥落孔《シンク・ホール》には、残念ながら水は湧き出ていない。しかし、石灰岩層で濾過《ろか》された清水がすり鉢の上のほうからたえず滲《にじ》み出ていて、それが穴の底に水たまりを作っている。フォレスターの連中は矮樹林《スクラブ》のただ中にある劣悪な土地を売りつけようとしたが、ペニーは現金を握っている強みで、この「樹島《アイランド》」が欲しいと粘った。「矮樹林《スクラブ》は、獣やいろんな生き物が繁殖するには向いた場所かもしれん。キツネだの、シカだの、パンサーだの、ガラガラヘビだの。だが、あんなやぶの中で人間の子供を育てるわけにはいかんよ」と、ペニーは言ったのだった。

フォレスターの連中は腿《もも》をたたき、あごひげを震わせて大笑いした。レムが大声で言った。「たったの一ペニーから、半ペニーをどんだけ作ろうってんだよ？　てめえなんぞ、子ギツネの親にでもなれりゃ上等だろうよ」

歳月を経たいまでも、耳の奥にあの声が残っている。ペニーは妻を起こさないようそっと寝返りを打った。たしかに、自分はたくさんの子供をもうけるつもりだった。息子や娘たちが大王松《ダイオウショウ》のあいだを縫ってにぎやかに走りまわる光景を夢見ていた。そして、たしかに、子供は生まれた。オーラ・バクスターは、まさに子供を産むにふさわしい体形をしていた。が、どうやら種のほうがペニー本人と同じで大きく育たない性質《たち》だったらしい。

「あるいは、レムの言葉がたたったんだろうか」ペニーは考えた。

生まれてきた子はどの子も虚弱で、生まれたそばから病気になって死んでいった。ペニーは子供が死ぬたびにブラックジャック・オークの林を拓《ひら》いた場所に埋葬していった。土壌がやせて脆《もろ》いぶん、墓穴を掘るのは造作なかった。墓地はだんだん大きくなっていき、豚やスカンクに荒らされないよう柵で囲まなければならなくなった。どの子にも、父親は小さな木の墓標を彫ってやった。いま、月の光を浴びて白く林立しているであろう墓標を、ペニーは眼前に思いうかべることができた。名前の刻まれた墓標もある。「エズラ・ジュニア」。「リトル・オーラ」。「ウィリアム・T」。あるいは、「ベイビー・バクスター　享年三ヵ月六日」とだけ刻んだ墓標もある。なかには、ペニーがポケットナイフで苦労して「この世の光を見ずして逝く」と刻んだ女児の墓標もあった。ペニーは過ぎた歳月をさかのぼり、人が通りすがりに垣根の柱をさわって歩くように、ひとつひとつの記憶に触れていった。

やがて、赤ん坊も生まれなくなった。そして、いつまでも夫婦だけのひっそりした暮らしをペニーがいくらか心配しはじめ、妻も子を産める年齢でなくなりかけたころ、ジョディ・バクスターが誕生し、こんどは育った。子供が二歳でよちよち歩くようになったころ、戦争があった。ペニーは妻と息子を川ぞいの町へ連れていき、兵役で留守にする数ヵ月のあいだ、昔なじみのハットーばあちゃんの家に同居させることにした。ペニー・バクスターが戦争から戻ったのは、出征から四年も過ぎようかというころだった。顔には歳月の苦労が刻まれていた。ペニーは妻子を引き取り、静穏で世間から隔絶された矮樹林《スクラブ》の日常へ嬉々として戻っていった。

ジョディの母親は、末に生まれた息子をどことなく突き放した感じで受けとめた。愛情も心労も興味も、それまでの子供たちに使いはたしてしまったかのようだった。が、ペニーのほうは息子にありったけの思いを注いだ。父親としての愛情以上のものを注いだ。父親の目に映る息子は、鳥や獣、花や木、風や雨、太陽や月の不思議に目をみはり息をするのも忘れて立ちつくすような子供だった。ペニー自身も、小さいころ、そっくり同じような子供だった。だから、四月の心地よい一日、少年が少年らしい事情でどこかをほっつき歩いていたとしても、ペニーにはその気持ちがわかるのだった。そして、それがほんのひとときだけのものだということも。

女房が巨体の向きを変え、何事かつぶやいた。母親が息子にきつく当たったときには自分が防波堤になって息子を守ってやろう、と、ペニー・バクスターは心に決めていた。ヨタカが森の奥へ移り、再開した嘆き歌が距離をへだててむしろ甘美に響いてくる。月の光も寝室の窓に届かなくなった。

「したいようにさせといてやろう」父親は思った。「サボるのも、いいさ。水車も作ったらいい。いつか、そんなことには見向きもしなくなる日が来るのだから」

# 第3章

ジョディは、いやいや目を開けた。いつか、こっそり森へ行って金曜から月曜までぐっすり眠りこけてみたい、と思う。小さな寝室の東側に向いた窓から夜明けの光がさしはじめている。明るくなってきたせいで目がさめたのか、それともモモの木のあたりでニワトリどもがごそごそ動きはじめたせいで目がさめたのか、自分でもよくわからない。枝の上で夜を過ごしたニワトリがバサバサおりてくる音が聞こえる。朝の光はオレンジ色の縞になって地平付近に横たわり、開拓地の周囲にそびえるマツの木立はまだ黒々とした影に沈んでいる。四月になって日が早く昇るようになった。まだ、そんなに遅い時刻ではないはずだ。母親に起こされる前に自分で目がさめるのは、いい気分だ。ジョディは眠りの余韻を楽しむように寝返りを打った。マットレスに詰めたトウモロコシの皮がからだの下で乾いた音をたてる。ドミニク種の雄鶏が窓の下でけたたましく時をつくった。

「鳴いてみろよ、おまえの声なんかで起きるもんか」少年は声に出してみた。

東の地平線に見えはじめた無数の光の縞がしだいに太くなり、やがて溶けあってひとつになった。金色の輝きがマツの梢まで広がり、少年が目をこらすうちに、太陽が姿を現した。巨大な銅のフライパンが何かに引っぱられて木々のむこうを上がっていくように見える。ぐんぐん明るさを増していく東方から、まばゆい光に押されたかのように軽やかな風が吹いてきた。ズック地の粗末なカーテンが風に揺れる。朝の風は枕もとまで届き、清潔な毛皮のようにひんやりと柔らかく少年の頬をなでた。ベッドの心地よさを取るか、新しい一日の興奮を取るか、しばし悩んだあと、ジョディは寝床から出て足もとに敷いてある鹿皮の上に立った。ズボンは手近なところにかかっている。シャツも、けさは運よく裏返しになっていない。服を着てしまうと眠気は吹き飛んで、新しい一日のこと、台所から漂ってくるホットケーキのにおいのことで、頭がいっぱいになった。

「おはよう、かあちゃん」戸口に立って、少年は声をかけた。「かあちゃん、大好きだよ」

「あんたも、犬も、ほかの家畜も、みんな同《おんな》じだよ。腹ぺこで、あたしが料理を出そうってときは、みんな『大好き』って言うのさ」

「だって、そういうときのかあちゃん、いっとう美人なんだもん」ジョディはそう言って、にこっと笑った。

少年は口笛を吹きながら流し場へ行き、水のはいった木桶にひしゃくを突っこんで洗面器に水を汲んだ。そして両手と顔を濡らしたが、灰汁《あく》で作った強いせっけんを使うのはやめた。それから髪を濡らし、左右に分けて手ぐしで整えた。ついでに壁から小さな鏡を取って、自分の顔を眺めた。

「かあちゃん、ぼくの顔って、すごく不細工だ」少年は台所に向かって呼びかけた。

「昔っから、バクスターの家に器量よしが生まれたことなんかないからね」

ジョディは鏡をのぞきこんだまま、顔をしかめた。鼻すじの両側に散らばるそばかすが集まってひとつになった。

「ぼく、フォレスターの人たちみたいに髪の毛が黒けりゃよかったな」

「あんなんじゃなくて、よかったと思いな。あの連中ときたら、腹の中まで真っ黒なんだから。あんたはバクスターの人間で、バクスターはみんな金髪なんだよ」

「それじゃあ、ぼく、かあちゃんには似てないみたいじゃないか」

「うちの一族も金髪が多いよ。ただし、チビは一人もいないね。あんたも、仕事をちゃんとおぼえたら、とうちゃんそっくりになりそうだ」

鏡に映った小さな顔は頰骨が高く、そばかすだらけで色白だが、肌はきめ細かい砂のように整っている。髪は、教会へ行ったり何かの行事でヴォルーシャの町へ行ったりするたびに悩みの種だった。ジョディの麦わら色の髪はぼさぼさと量が多くて、月に一度、満月にいちばん近い日曜日の午前中に父親がどんなに念入りに刈ってくれても、すぐに後ろのほうが伸びて束のようになってしまう。母親はそれを「アヒルのしっぽ」と呼んでいた。目は大きくて青い。しかめつらで教科書を読んだり珍しいものを見つめたりすると、その目が少し細くなる。そんなとき、母親は血のつながりを口にした。

「たしかに、アルヴァースのほうにも少し似てるわ」と。

ジョディは鏡を傾けて、自分の耳を調べた。汚れていないかどうか見たのではなく、レム・フォレスターに大きな手であごをつかまれ、もう一方の手で耳を引っぱられたときの痛さを思い出したのだ。

「てめえの耳ときたら、オポッサムみてえだな」と、レムは言った。

ジョディは鏡の中の自分に向かって思いっきりしかめつらをしたあと、鏡を壁に戻した。

「とうちゃんが来るまで、朝ごはん待ってなきゃだめ?」

「そうだよ。あんたの前に料理を並べた日にゃ、とうさんの食べるぶんまでなくなっちまうからね」

ジョディは裏口のドアの前でためらった。

「これ! あんたまで出ていくんじゃないよ。とうさんはトウモロコシ倉庫へ行っただけなんだから」

南のほう、ブラックジャック・オークの木立の奥から、老犬ジュリアのけたたましい声が聞こえた。ひどく興奮している。犬に命令を飛ばす父親の声も聞こえたような気がした。母親の鋭い声が制止するより早く、ジョディは外へ飛び出した。母親も犬のほえ声が聞こえたらしく、戸口まで出てきて息子の背中にどなった。

「あんたも、とうさんも、ばか犬を追っかけて遠くまで行くんじゃないよ。あんたたちが森でぐずぐずしてるあいだ朝ごはんを待たされるなんて、ごめんだからね」

ジュリアと父親の声がやんだ。いいところが終わってしまったのではないか、侵入者は逃げだし、猟犬と父親もそれを追って行ってしまったのではないか——そう思ったらジョディは頭に血がのぼり、騒ぎが聞こえてきた方角に向かってブラックジャック・オークの林をめったやたらに突き進んだ。と、すぐそばで父親の声がした。

「落ち着け、ジョディ。急がんでも、逃げていきゃせんよ」

ジョディは、はっと足をとめた。ジュリアが全身を震わせている。怖いのではなく、行きたくてしようがないのだ。父親が見下ろす先に、ずたずたに引き裂かれた死骸があった。繁殖用に飼っていた黒豚のベッツィだ。

「やつめ、クマ狩りの話が聞こえたにちがいない」父親が言った。「よく見ろ、ジョディ。これを見て、何がわかる?」

無残に引き裂かれたベッツィの死骸は、見るもおぞましい。が、父親の視線は豚の死骸よりもっと先を見ていた。老犬ジュリアも鋭い鼻先を同じ方角に向けている。ジョディはあたりを歩きまわって砂地を調べた。まちがいようのない足跡を見て、どきっとした。ものすごく大きなクマの足跡だ。しかも、人の頭ほどもある大きな右前足は、指が一本欠けている。

「スルーフットだ！」

ペニーがうなずいた。

「えらいぞ、やつの足跡をおぼえてたな」

二人は並んでしゃがみこみ、クマの足跡がどこから来てどっちへ去っていったかを調べた。

「やつめ、いよいよ敵陣まで攻めこんできたな」ペニーが口を開いた。

「犬は一匹もほえなかったよ、とうちゃん。ぼくが寝てて聞こえなかったなら別だけど」

「いや、一匹もほえなかった。スルーフットは風下から近づいたんだ。甘く見るなよ、やつはちゃんと計算してるんだ。影のように忍びこんできて、こういうことをして、夜が明ける前にずらかったんだ」

ジョディの背すじに寒気が走った。物置小屋のように大きな黒い影がブラックジャック・オークの木立を抜けて忍び寄る光景が、目に見えるような気がした。スルーフットは鋭い爪のある大きな前足をさっとひと振りして無邪気に眠るベッツィをつかまえ、白い牙で背骨を噛み砕き、ひくひく痙攣する温かい肉に牙を食いこませたのだ。ベッツィは助けを求めて声をあげる間さえなかったにちがいない。

「ここへ来る前に、どっかでえさを食ってきてるぞ」ペニーが指摘した。「見ろ、一口しか食ってない。だいたい、冬眠明けのクマは胃袋が縮んでるんだ。これだから、クマってやつは嫌いだ。必要なものを殺して食うのは、生き物だからしかたない。おれたち人間だって同《おんな》じで、みんな精いっぱい生きてるだけのことだ。だが、害をなすためだけに害をなすやつは、動物だろうと人間だろうと許せん——クマの顔を見てみるといい、やつらには心がとがめるということがない」

「ベッツィは、家に運んでいく?」

「そうだな。ずたずたにやられてるが、ソーセージくらいにはなるだろう。ラードもとれるし」

ベッツィのことを残念に思うのが当然だと頭ではわかっているが、ジョディはどうしようもなく興奮していた。こともあろうにバクスター家の敷地に侵入して許しがたい殺戮《さつりく》を働いたとあらば、ここ五年にわたって周辺の農家で家畜を荒らしまわりながら巧みに追っ手から逃れつづけてきた巨大な黒クマは、自分たちにとっても恨み骨髄の敵《かたき》になったわけである。ジョディはクマをやっつけたいという激しい思いに駆られた。が、同時に、少し怖い気持ちがあることも認めないわけにはいかなかった。スルーフットのやつは、家のすぐそばまで襲ってきたのだ。

ジョディが片方の後ろ足を持ち、ペニーがもう一方を持って、二人はベッツィの死骸を母屋のほうへ引きずっていった。ジュリアは不承不承にあとをついてくる。クマ狩りが専門の猟犬には、なぜすぐに獲物の追跡を始めないのか、理解できないのだ。

「かあさんにこの話を切り出すのは、気が重いな」ペニーが言った。

「きっと、怒るよね」ジョディも言った。

「ベッツィはいい母豚だったからな。仔をたくさん産む、いい種豚《たねぶた》だったもんな」

母親はゲートのところで待っていた。

「さっきからさんざ呼んでるのに、まったく!」母親は二人に文句を浴びせた。「いったい何なのさ、こんなにぐずぐず手間……あれ、いやだよ、どうしよう……豚……うちのだいじな種豚じゃないか……」

母親は両手を放りあげて天を仰いだ。ペニーとジョディはゲートを通り、母屋の裏手へ回った。母親は泣き叫びながらあとをついてくる。

「そこの梁《はり》に吊るすぞ、ジョディ。犬が届かんように」ペニーが言った。

「どういうことよ」母親が言った。「どういうことなのか、言っとくれ。なんでまた、ベッツィがあたしの目の前でずたずたに殺されなくちゃならないんだい?」

「スルーフットのしわざだよ、かあちゃん。足跡があったから、まちがいない」

「なのに、犬どもはぐうぐう眠ってたのかい?　すぐ目と鼻の先で?」

すでに三匹の犬は新しい血のにおいを嗅ぎつけて集まってきている。母親は三匹に向かって棒を投げつけた。

「このろくでなしどもが!　えさばっかり欲しがるくせして、肝腎かなめの役にも立ちゃしないで!」

「あのクマと渡りあえるほど頭のいい犬なんぞ、どこにもおらんよ」ペニーが言った。

「ほえることぐらい、できただろうに」

母親にもう一本棒を投げつけられて、犬たちはすごすごと退散した。

一家は家に戻った。どさくさに紛れて、ジョディはまず台所へ行った。朝食のおいしそうなにおいが空腹にこたえた。母親は取り乱してはいたが、ジョディの動きを見逃さなかった。

「これ!　戻っておいで!　早く!」母親の声が飛んできた。「ちゃんと、汚れた手を洗うんだよ」

ジョディは流し場で父親と並んで手を洗った。テーブルには朝食の用意ができていた。母親は席についたものの、悲嘆のあまりからだを揺すりつづけ、何も食べなかった。ジョディは自分の皿に料理を山のように盛った。グレーヴィーを添えた碾《ひ》き割りトウモロコシのおかゆ、ホットケーキ、バターミルク。

「とにかく、これでしばらく肉が食べれるよね」ジョディは言った。

母親が嚙みついた。

「いま食べちまえば、冬には何《なん》もなくなっちまうんだよ！」

「フォレスターん家《ち》に行って、母豚を分けてくれんか頼んでみるさ」ペニーが言った。

「ああ、そうやって、あのごろつきどもに借りを作るってわけかい」母親は、また泣きだした。「あの憎たらしいクマめ――あたしがこの手で始末してやりたいくらいだよ」

「やつに会ったら、そう伝えとくよ」ペニーが朝食を口に運ぶ合間に穏やかな口調で言った。

ジョディは思わず笑ってしまった。

「そうやって、あたしを笑いものにすればいいさ」

ジョディは母親の太い腕を優しくたたいた。

「想像しちゃったよ、かあちゃん。かあちゃんとスルーフットのやつが取っ組みあいしたら、どんなだろう、って」

「おれは、かあさんの勝ちに賭けるね」ペニーが言った。

「まったく、あんたたちはそうやって冗談ばっかり言って」母親が嘆いた。

# 第4章

ペニーは朝食の皿を押しやって、席を立った。

「さあて、ジョディよ、きょうの仕事にとりかかるか」

ジョディは意気消沈した。また草かきか……。

「きょうなら、あいつに出くわすチャンスは大きいぞ」

ジョディの上に、ふたたび太陽が輝いた。

「弾薬袋と火薬筒を持ってきてくれ。それから、火口《ほくち》筒も」

ジョディは跳びあがるようにして取りにいった。

「ごらん、あの動きよう」母親が言った。「草かきのときはカタツムリみたいにのろいくせに、狩りと聞いたらカワウソみたいにやることが早いよ」

母親は台所の戸棚から残り少なくなったジャムを出してきた。そして、朝食の残りのホットケーキにジャムを塗って重ね、布に包《くる》んで、ペニーのナップザックに入れた。サツマイモの焼きケーキの残りも、自分用に一切れだけ取り分けたあと、紙に包んでナップザックに入れた。そのあと、自分用に残した一切れに目をやり、それも手早く包んでナップザックに入れた。

「たいした弁当でもないけど、あんたたち、じきに帰ってくるだろうし」

「いつ戻れるか当てにはならんが、どっちにしろ、一日ばかりで飢え死にはせんだろう」

「さあ、ジョディはどうかね。あの子ときたら、朝ごはんを食べて一時間もたてば、もう飢え死にしかけるからね」

ペニーはナップザックと火口筒を肩にかけた。

「ジョディ、大きいナイフを持ってって、アリゲーターのしっぽを多めに切ってきてくれ」

アリゲーターの肉は犬のえさ用に干したもので、薫製《くんせい》小屋に吊るしてある。ジョディは小屋へ走っていって、重い木の扉を勢いよく開けた。薫製小屋の中は暗くひんやりとして、ハムやベーコンの香りが漂い、ヒッコリーの灰でほこりっぽい。垂木《たるき》には頭の四角い釘がたくさん打ちつけてあって、そこから肉をぶらさげるようになっているが、いまはほとんど何も下がっていない。脂の少ないしなびたような肩肉のハムが三本とベーコンのかたまりが二本ぶらさがっているだけだ。薫製にしたアリゲーターの肉は、鹿もも肉のジャーキーのとなりにぶらさがっていた。スルーフットにベッツィを殺されたのは、ほんとうに痛い。秋にはベッツィの産む仔豚たちが丸々と太って、薫製小屋がいっぱいになるはずだったのに。ジョディはアリゲーターの肉を切り取った。肉は干からびてはいるが、柔らかかった。舌を触れてみると、塩味があって、悪くない。ジョディは庭にいる父親と合流した。

旧式の先込《さきご》め銃を見て、ジュリアがうれしそうに高い声を出した。リップが家の床下から飛び出してきて、ジュリアと同じく喜びの声をあげた。新入りの雑種犬パークは、わけもわからず馬鹿みたいにしっぽを振っている。ペニーは三匹の犬をかわるがわる軽くたたいてやった。

ペニーは犬たちに、「きょうの狩りが終わるころには、みんな、そんなに上機嫌じゃおられんかもしれんぞ」と声をかけたあと、「ジョディ、靴をはいてきたほうがいい。道がいいとこばっかじゃないからな」と言った。

これ以上出発が延びたら、もう爆発してしまいそうだ。ジョディは大急ぎで部屋に戻ってベッドの下から牛革の作業靴《ブロガン》を引っぱり出し、くるぶしまで覆う丈夫な靴に足を突っこみながらも、こんなことをしているあいだにクマ狩りが終わってしまうんじゃないかと気が気でなくて、全速力で父親のあとを追った。老犬ジュリアが先頭に立ち、長い鼻でクマの臭跡をたどりながら軽快な足取りで進んでいく。

「とうちゃん、においまだ消えてないよね？　まだ追いつけないほど遠くには行ってないよね？」

「遠くには行ってるだろうが、やつを油断させて休む暇をやっといたほうが、追いつけるチャンスは大きい。クマってのは、追われてると思うとかなりの速さで逃げるが、安心してふんぞり返ってるやつは、寄り道したり食いちらかしたりして足が遅くなるもんだ」

スルーフットの痕跡は、ブラックジャック・オークの木立を抜けて南へ続いていた。前日の午後に降った雨のおかげで、ごつい足跡が砂地にくっきり残っている。

「やつの足は樽と同《おんな》じくらい太いんだぞ」ペニーが言った。

ブラックジャック・オークの木立が唐突にとぎれた。まるで、だれかが種をまいていって、ちょうどそこで種袋が空《から》になったかのような終わりかただ。土地は低くなり、あたりには背の高いマツが多くなった。

「とうちゃん、スルーフットはどのくらい大きいと思う?」

「大きいぞ。いまは冬眠のあとで胃袋が小さくなってるし、しばらく食ってないから、体重は少し落ちてるかもしれんが。この足跡を見てみろ。足跡の大きさだけでも、どんなに大きいクマかわかる。しかも、ここ、かかとのほうが深く沈んでるだろう? シカの足跡も同《おんな》じだ。シカでもクマでも、大きくて重いやつは、こういうふうに足跡が沈む。小さくて体重の軽いメスや若いのは、つま先で歩くから、ひづめの先のほうしか跡がつかん。そうさ、やつはでかいぞ」

「スルーフットに出くわしたら、とうちゃん、怖くない?」

「えらくまずいことにならんかぎりは、だいじょうぶだ。ただ、犬たちのことは、いつも心配している。いちばんきつい目にあうのは犬だからな」

ペニーの瞳がきらりと輝いた。

「おまえは怖くないんだな?」

「ぼくは怖くなんかないよ」ジョディは一瞬考えた。「でも、もし怖くなったら、木に登ったほうがいいの？」

ペニーはクスッと笑った。

「ああ、そうだ。怖くなくても、木に登ってりゃ、大捕物《おおとりもの》がよく見えるってもんさ」

二人は黙って歩いた。老犬ジュリアは自信に満ちた足取りで進んでいく。ブルドッグのリップは、おとなしくジュリアに従っている。ジュリアがにおいを嗅ぐと、リップも同じ場所のにおいを嗅ぐ。ジュリアが前進をためらうと、リップも足を止める。草の葉に鼻先をくすぐられて、ジュリアが小さなくしゃみをした。雑種犬のパークは右や左へ突進をくりかえし、あげくに目の前に飛び出したウサギを猛烈な勢いで追っていってしまった。ジョディが呼び戻そうとして口笛を吹いた。

「放っておけ」父親が言った。「はぐれたのに気がついたら、戻ってくるさ」

老犬ジュリアが細く甲高い声をあげて、主人をふりかえった。

「抜け目のないやつめ、方向を変えたな」ペニーが言った。「アンペラソウの湿原に向かうつもりらしい。だとしたら、こっそり回りこんで、不意打ちを食らわしてやるか」

父親の狩りの秘訣がジョディにも少しずつわかってきた。これがフォレスターの連中だったら、スルーフットに家畜を殺されたことに気づくが早いか追跡を始めるところだ。あの家の男たちは声をかぎりに叫び、がなり、猟犬の群れをけしかけるだろう。矮樹林《スクラブ》のすみずみまで猟犬のほえ声やうなり声がこだまし、その結果、クマは追っ手が来ることを知って警戒してしまう。かくして、獲物をしとめる確率は一〇対一でペニー・バクスターに軍配が上がることになる。小男ながら、ペニーの狩りの腕は有名だった。

「とうちゃんは、獣がどう動くかわかるんだね」ジョディが言った。

「頭を使うのさ。獣は人間よりすばしこいし、力もずっと強い。クマにないもので人間が持ってるものは、何だ？　クマよりずっと上等のおつむだろう。走ってクマに勝てんのはしかたないが、おつむで勝てんのじゃ、狩りはダメさ」

マツの木がしだいにまばらになってきた。と思ったら、急に雑木がジャングルのように繁茂する樹林地帯《ハンモック》にさしかかり、常緑カシやパルメット・ヤシが多くなった。下草が密生し、いたるところにサルトリイバラが絡みついている。さらに進むと密林もとだえ、南と西の方角が広く開けた。一見すると草原のようだが、これがアンペラソウの湿原だった。アンペラソウは人間の膝丈ほどの草で、水のあるところに群生し、ノコギリの歯のように鋭いぎざぎざに縁取られた葉がびっしり生えているので、地面に草がしげっているように見える。が、ジュリアが飛びこむと、水の輪が広がって、そこが湿原であると知れた。一陣の風が通り抜けてアンペラソウを分けると、あたり一帯に多数の浅い水たまりが散在しているのがはっきりと見えた。ペニーは猟犬の動きを注視している。ジョディにとっては、樹木の一本もない広々とした空間は、薄暗い森の中よりはるかにどきどきする。いつなんどきスルーフットの黒い巨体がぬっと立ちあがるかもしれないのだ。

「回りこむの？」ジョディは小声で聞いた。

ペニーは首を横に振り、低い声で答えた。

「風向きが悪い。やつがここを突っ切っていくとも思えん」

猟犬は、アンペラソウの湿原と固い地面との境目を縫うようにジグザグに水をはねあげて進んでいく。ところどころで臭跡が水の中に消えていた。いちど、ジュリアは水面に顔を近づけて水を舐めた。渇きを癒すためではなく、獲物の痕跡を舌で感じ取るためだ。ジュリアは自信を持って湿原の中を進んでいく。リップとパークは短い足が泥に沈んで歩きにくいのか、地面の高くなっているところへ撤退し、全身をふるって水切りしたあと、心配そうにジュリアを見ている。パークがほえ声をたて、ペニーにたたかれて黙った。ジョディは慎重に父親の背後について歩いた。アオサギがいきなり頭をかすめて飛んだときには、びくっとした。湿原に足を踏み入れた瞬間、水が冷たく感じられ、ズボンが足にはりつき、靴がずぶずぶと泥に沈んだ。が、そのうち水の冷たさが心地よくなり、ひんやりとした水の中を砂を巻きあげながら歩くのが楽しくなった。

「ショウジョウソウを食ったあとがある」

ペニーはつぶやいて、矢のような形をした平べったい葉を指さした。葉の縁にぎざぎざの歯形が残っている。茎まできれいに噛み切られているところもある。

「冬眠からさめたクマが元気づけに食う。春になって穴から出ると、一目散にこいつを食いに来るんだ」ペニーはかがみこんで、切り口が茶色に変色しかけている葉に指を触れた。「きのうの晩、ここへ来たにちがいない。それで、うちのベッツィを味見しようなんて気を起こしやがったんだ」

ジュリアも足を止めている。いまや、獲物のにおいは地面ではなく、強烈な臭気を放つ毛皮が触れた水草に残っている。ジュリアは長い鼻先をガマに押し当て、しばし虚空《こくう》を見つめ、それからめざすべき方角を確信したのか、元気よく水をはねとばして真南へ進みはじめた。ペニーがふつうの声に戻った。

「食うだけ食ったようだな。ジュリアが言うには、ここからねぐらへ向かっているそうだ」

ペニーは地面の高いほうへ移動し、ジュリアの姿が見える距離を保って歩きはじめた。元気のいい足取りで歩きながら、ペニーはしゃべった。

「月の明るい晩にクマがショウジョウソウを食ってるとこを、何度も見たことがある。鼻をフーフー鳴らして、のっしのっし歩きまわって、水をはねちらかして、低い声でうなるんだ。でもって、葉っぱを茎からむしり取って、あの憎らしい口でむしゃむしゃ食う。人間みたいにな。それから、あたりを嗅ぎまわったり、葉っぱをくちゃくちゃ嚙んだり。犬が草を嚙むのとそっくりさ。頭の上でフクロウが鳴いて、ウシガエルが犬みたいな声でがなって、マガモが『スネーク！　スネーク！　スネーク！』なんて鳴いて、おまけにショウジョウソウの葉っぱについた水滴がヨタカの目みたいに赤く光ってな……」

ペニーが語る話を聞いていると、まるで自分の目で見ているような気がしてくるのだった。

「ぼくも、クマがショウジョウソウ食ってるとこ、見たいなあ」

「とうさんと同《おんな》じくらい生きてりゃ、見れるさ。ほかにも不思議なことや珍しいことを、うんとたくさん見れるぞ」

「そいで、とうちゃん、そのとき、クマ撃ったの？　ショウジョウソウ食ってるとこ、撃ったの？」

「いや、たいていは、見るだけだった。食ってるときは、連中も悪さをせんからな。無邪気に食ってるだけだ。そういうときは、撃たんことにしている。オスとメスがつがってるときもな。そりゃ、肉を手に入れなけりゃ自分の家族が飢えちまうってときには、撃ちたくなくても撃つこともある。いいか、ジョディ、おまえ、フォレスターの連中みたいになるんじゃないぞ。連中は、肉なんぞ必要ないときでも、面白がって獲物を殺す。それじゃ、クマと同《おんな》じ性悪だろう。わかるか？」

「うん、わかる」

ジュリアが鋭い声をあげた。クマの足跡は東の方向へ直角に曲がっている。

「こういうことじゃないかと思った……」ペニーがつぶやいた。「レッド・ベイか……」

レッド・ベイのやぶは、一見、人など通れそうにない。こういうふうに植生が急に変わる場所は、動物たちにとって恰好の隠れ場所だ。スルーフットは不用心に葉っぱを食べに出てきたようでいて、じつのところは、ちゃんと近くに逃げ場所を確保していたということになる。レッド・ベイは、防御柵の杭と同じくらい密に生えている。クマはあの巨体でどうやってこんなところを通るのだろう、と、ジョディは思った。が、よく見ると、ところどころに木がまばらだったり、しなりやすい若木しか生えていないところがある。動物が通った獣道《けものみち》だ。クマ以外の動物が通った形跡もある。いろいろな足跡が複雑に重なり、交わっている。シカを追ってヤマネコが通り、ヤマネコを追ってオオヤマネコが通り、あちこちにアライグマやウサギやオポッサムやスカンクなど小動物の足跡が散らばっている。獰猛《どうもう》な獣を避けて用心深くえさを食べに出たのだろうか。

「弾丸《たま》を込めたほうがよさそうだな」

そう言うと、ペニーは舌を鳴らしてジュリアに待てを命じた。ジュリアは心得た態度で地面に伏せ、リップとパークもいそいそとジュリアのそばに伏せた。火薬筒はジョディが肩にかけていた。ペニーはそれを受け取り、定量の火薬を銃口から振り入れた。つぎに、弾薬袋から乾燥して黒くなったスパニッシュ・モスをひとつまみ引っぱり出して詰め綿がわりに銃口に詰め、槊杖《さくじょう》を使って奥まで押しこんだ。そして、自家製の散弾をざらざらと入れて、さらにスパニッシュ・モスを押しこみ、最後に雷管をつけたあと、もういちど軽く槊杖を使った。

「よし、ジュリア。行け」

それまでの追跡は、のんびりしたものだった。狩りというより、むしろ遠足みたいなものだった。が、これから踏みこもうとするレッド・ベイのやぶは頭上まで木々に覆われて暗く、密林の奥からトウヒチョウがどきっとするような羽音をたてて飛んでくる。足もとの地面は黒く軟弱で、あちこちから獣の足音や葉ずれの音が聞こえてくる。ときどき、やぶの切れ間から太陽の光が柱のようにさしこんで、獣道《けものみち》を照らす。さまざまな動物が往来するにもかかわらず、獲物のにおいをまちがう心配はなかった。クマの強烈なにおいは、緑のトンネルに紛《まが》いようもなく濃く漂っている。ブルドッグが短い毛を逆立てた。ジュリアは快調に進んでいく。ペニーとジョディは腰をかがめて猟犬のあとを追った。ペニーは先込め銃を右手に持ち、銃口を少し外へそらしている。万が一つまずいて引き金を引いてしまったときに犬たちを傷つけないための用心だ。背後で枝の折れる音がして、ジョディは思わず父親のシャツをつかんだ。リスが一匹、キキキと鳴きながら通り過ぎた。

やぶが開けはじめた。足もとが下り坂になり、やがて湿地になった。いくらか光がさしこむようになり、地面のところどころにバスケットほどの日だまりができている。あたりには二人の背丈より高いシダ類が生いしげっている。クマが通ったところはシダが踏みつぶされて、独特の甘ったるい香気がぬるい大気をよどませている。先端の巻いた若芽が一本、すっと起きあがった。ペニーがそれを指さす。ジョディにもわかった――スルーフットが直前にここを通ったのだ。ジュリアは熱狂している。獲物のにおいが猟犬の血を逸《はや》らせるのだ。ジュリアは湿った地面に鼻先をすりつけんばかりにして進んでいく。カケスが猟犬たちの前方を飛び、追われる獲物に警告を送るような声でけたたましく鳴いた。

湿地はすとんと落ちこんで、その先に垣根の杭一本ほどの幅しかない小川が流れていた。スルーフットのごつい足跡は、小川をひとまたぎに越えて先へ続いている。ヌママムシが何ごとかと頭をもたげ、くるりと向きを変えて、茶色のからだをくねらせながら下流へ消えていった。小川の向こう岸にはパルメット・ヤシが生えている。クマの大きな足跡は、湿地を突っ切って続いていく。ジョディは、父親のシャツの背中が濡れているのに気づいた。自分の袖にさわってみると、これも水がしぼれるほど濡れていた。突然ジュリアがうなり声をあげ、ペニーが走りだした。

「クリークだ！　やつめ、クリークを渡ろうとしている！」

湿地がにわかに騒々しくなった。若木をバリバリと踏みつぶす音がする。クマは黒いハリケーンのように邪魔物をなぎたおして進んでいく。犬たちのほえ声やうなり声が響く。ジョディの耳の奥にとどろく音は、自分の心臓の鼓動だ。ジョディは竹の根につまずいて倒れたが、すぐに立ちあがった。目の前でペニーの短い足が水車のように激しく回転している。犬たちが追いつめるより先に、スルーフットはジュニパー・クリークを渡ってしまうのではないか。

クリークの岸に出たところで視界が開けた。ジョディの視線の先に、黒い巨大な影が躍り出た。ペニーが立ち止まり、銃を構えた。その瞬間、小さな茶色い弾丸が黒い毛むくじゃらの頭に飛びかかった。ジュリアが獲物に追いついたのだ。ジュリアは飛びかかったと思ったら退《ひ》き、退いたと思った瞬間にまた飛びかかる。リップも突進してきた。スルーフットはくるりと向きを変えて、リップを払いのけた。ジュリアがクマの脇腹に飛びついた。ペニーは銃を構えたまま動かない。犬たちが巻きぞえになるから、撃てないのだ。

そのとき、スルーフットが唐突に戦いを放棄するようなふりを見せた。途方に暮れたように立ちつくし、からだを前後に揺らしながら、子供がぐずるような哀れっぽい声をあげたのだ。犬たちがクマから離れた。銃で撃つには完璧なタイミングだ。ペニーは銃を肩の高さに構え、クマの左頬にねらいを定めて引き金を引いた。ポン、と、まぬけな音がした。ペニーはもういちど撃鉄を起こし、あらためて引き金を引いた。ひたいに汗が吹き出ている。こんども、撃鉄がむなしく落ちただけだった。と、そのとき黒い嵐が動いた。スルーフットが信じがたく敏捷な身のこなしで猟犬に襲いかかったのだ。白い牙と鋭いかぎ爪が稲妻のように空《くう》を切り裂く。スルーフットはうなり声をあげ、目にもとまらぬ速さで向きを変え、歯をきしらせ、めったやたらに前足を振りおろした。犬たちも負けていない。ジュリアがすばやくクマの背後から襲いかかり、スルーフットが反撃しようと振りむいた瞬間に、リップが黒い毛むくじゃらののどくびに飛びついた。

ジョディは恐怖で固まっていた。視界の端に、父親がふたたび撃鉄を起こし、腰を落として銃を構え、舌でくちびるを湿し、引き金に指をかけるのが見えた。ジュリアがスルーフットの右脇腹に食らいついた。スルーフットが振りむいた。ジュリアではなく、左側にいたブルドッグを狙ったのだ。クマの前足がリップを横ざまに一撃し、しげみの中へ投げ飛ばした。ペニーが三たび引き金を引いた。シューッという変な音の爆発が起こり、ペニーが尻もちをついてひっくり返った。銃がバック・ファイアを起こしたのだ。

リップはふたたびクマののどぶえを狙い、ジュリアは背後から攻めている。クマはまたもや立ち往生し、からだを左右にくねらせた。ジョディは父親に駆け寄った。ペニーはすでに立ちあがっていた。顔の右半分が火薬で黒くすすけている。スルーフットはリップを振り払い、ふりむきざまに両前足のかぎ爪で抱きかかえるようにジュリアを捕え、自分の胸に押しつけた。ジュリアが鋭い悲鳴を発した。リップがクマの背中にとびかかり、皮に嚙みついた。

「ジュリアが死んじゃう！」ジョディが叫んだ。

ペニーはわれを忘れて死闘の中へ飛びこみ、クマのあばらに銃身を突き立てた。

ジュリアは傷を負いながらも、自分に覆いかぶさってくるクマののどぶえに食らいついている。スルーフットはうなり声をあげて突然向きを変え、土手を駆けおりてクリークの深い水に飛びこんだ。犬たちは二匹とも食らいついたまま離れない。スルーフットは死に物狂いで泳いでいく。クマの鼻面のすぐ下に、ジュリアの頭部だけが見えている。リップは向こう見ずの勢いでクマの広い背中に乗っかっている。スルーフットは対岸へ泳ぎ着き、土手をよじのぼった。ジュリアは食らいついていた口を放し、ぐったりと地面に落ちた。クマは密生したやぶにとびこんだ。リップはなお一瞬クマの背中にとどまったが、そのうち困惑したように地面におりて、ためらいがちに岸辺へ戻ってきた。そしてジュリアに鼻づらをすりよせたあと、尻をついて座りこみ、対岸に向かって長く声を引いて鳴いた。少し先から下生えを踏みつぶす音が聞こえ、やがて何も聞こえなくなった。

「リップ、来い！　ジュリア、来い！」ペニーが犬たちを呼んだ。

リップは短い尾を振ってみせただけで、その場を動かない。ペニーは犬笛を唇にあてて、優しく誘うような音を出した。ジュリアは頭を少し上げたが、ふたたびぐったり横たわってしまった。

「連れに行ってくる」

ペニーは靴を脱ぎ、土手を滑りおりて川にはいると、力強く水をかきはじめた。しかし、岸から数ヤード行ったところで流れにつかまり、すごい速さで丸太のように流されはじめた。ペニーは懸命に流れに逆らって向こう岸をめざした。やがて、はるか下流でペニーが足もとをふらつかせながら水から上がり、顔の水をぬぐったあと、疲れた足取りで川ぞいに犬たちのいるほうへ戻ってくるのが見えた。ペニーはかがんでジュリアの容態を調べたあと、片腕で抱きあげた。そして、こんどはかなり上流のほうへ歩いてから水に飛びこんだ。空いたほうの腕で水をかきながら、流れに運ばれて、ペニーはジョディが立って待つすぐそばに流れ着いた。リップはペニーのあとについて泳ぎ、岸に上がってブルブルと水を切った。ペニーは老いた猟犬をそっと地面に寝かせた。

「ひどいけがだ」

ペニーは自分の着ているシャツを脱ぎ、それでジュリアを包《くる》んだ。そして、左右の袖を三角巾のように結びあわせて、ジュリアを背中にかついだ。

「さて、これで決まりだ。新しい銃を手に入れなくちゃならん」

火薬でやけどした頰は、すでに水ぶくれになっている。

「何が悪かったの、とうちゃん？」

「何もかも、ってとこだな。撃鉄がゆるんでるのは知ってたんだが。これまでも、二度も三度も撃鉄を起こさんと撃てなかったからな。だが、バック・ファイアとなると、話は別だ。メイン・スプリングがいかれたとしか考えられん。とにかく、行こう。その役立たずの銃はおまえが持ってくれ」

帰り道は、まず湿地を突っ切るところから始まった。ペニーは北西の方向をめざして進む。

「こうなったら、何としてでもあいつをやっつける。とにかく、新しい銃さえあれば――それと、時間だ」

突然、ジョディは目の前でシャツに包まれてぐったりしているジュリアを見ていられなくなった。上半身裸になった父親の痩せた背中を、赤い血が伝い落ちていく。

「とうちゃん、前を歩かせて」

ペニーはふりかえって息子をじっと見た。

「おい、こんなとこで気絶するなよ」

「ぼく、先に立って道をつけるよ」

「よし、わかった。先に行け。ジョディ、ほれ、ナップザックだ。パンでも出して食え。少し食えば気分がよくなるから」

ジョディはナップザックの中をかきまわして、ホットケーキの包みを引っぱり出した。野イバラの実のジャムは酸味があって、口がさっぱりした。こんなときにおいしく感じてしまうなんて、面目《めんぼく》ないような気がした。ジョディはホットケーキを何枚か飲み下すようにして食べ、父親にも手渡した。

「食い物は、ほんとうに元気が出るなあ」ペニーが言った。

しげみの中から哀れっぽい声がした。ふりかえると、小さな影がおどおどした様子でついてくる。役立たずの雑種犬パークだ。ジョディは怒りにまかせて犬を蹴った。

「放っとけ」ペニーが声をかけた。「どうせ、こんなこったろうと思った。クマ狩りに向いた犬もいれば、とんと向かない犬もいるのさ」

雑種犬は一行の最後尾についた。ジョディは道を切り開いて進もうとしたが、自分の胴より太いような倒木が何本も行く手をふさいでいて、どうにもならない。父親の腕力でも太刀打ちできないようなサルトリイバラに囲まれれば、無理に脇をすりぬけるか、這って下をくぐるしかない。ペニーも、背中にジュリアを背負ったまま、自力でなんとか通りぬけるしかなかった。湿地は風が通らず蒸し暑い。リップはハアハアと息をしている。さっき腹に入れたパンケーキだけが慰めだった。ジョディはナップザックに手を突っこみ、サツマイモの焼きケーキを取り出した。父親はいらないと言うので、ジョディはリップに少し分けてやった。役立たずの雑種犬に分けてやる気にはならなかった。

ようやく湿地を抜け、上空の開けたマツ林にはいって、ほっとひと息ついた。そのあと一、二マイルにわたって続いた矮樹林《スクラブ》でさえ、ずっと楽に感じた。背の低いオークやパルメット・ヤシやゴールベリーやチチを分けて進まなければならなかったが、さっきまでの湿地に比べれば、たいした苦労ではなかった。バクスター島の背の高いマツの木立が見えてきたのは、午後もかなり遅くなったころだった。一行は東側から砂地の道をたどって開拓地に戻ってきた。リップとパークは、イトスギの丸太をくりぬいて作ったニワトリ用の水桶めざして先に走りだした。母親は狭いベランダに出したロッキングチェアに座っていた。膝の上に繕《つくろ》い物が山と積まれている。

「犬の死骸だけで、クマはなしかい？」母親の声が飛んできた。

「まだ死んじゃおらんよ。水とぼろ布と大きい針と糸を用意してくれ」

　母親はさっと立ちあがって、必要なものを手配しはじめた。いったん何かあると、かあちゃんの大きなからだと大きな手はほんとによく働く——見るたびに、ジョディは感心するのだった。ペニーは老犬ジュリアをベランダの床に寝かせた。ジュリアは弱々しい声をあげた。ジョディはかがんで犬の頭をなでてやろうとしたが、老犬は少年に向かって歯をむいた。ジョディはやるせない気持ちになって、母親のあとを追った。母親は古いエプロンを裂いて細長い布切れを何本も作っていた。

「水を運んでおくれ」母親に言われて、ジョディは湯沸かし鍋のところへ走った。

　ペニーは大きな麻袋を何枚も抱えてベランダに戻り、ジュリアの寝床を用意した。母親が傷を縫いあわせるのに必要な道具を持ってきた。ペニーは血に染まったシャツをほどき、深い傷を水で洗い流した。ジュリアは抵抗すらしなかった。かぎ爪にやられたのは、今回が初めてではないのだ。ペニーは特に深い二ヵ所の傷を縫い、すべての傷に松脂《まつやに》を塗りこんだ。ジュリアは一度だけ痛がってキャンと鳴いたが、あとはペニーが手当てをするあいだおとなしくしていた。あばら骨が一本折れているが、それはどうしてやることもできない、生きのびれば自然に治るだろう、と、ペニーは言った。ジュリアは大量に出血したせいで呼吸が浅かった。ペニーは麻袋の寝床ごとジュリアを抱きあげた。

「ちょっと、どこへ運ぶつもり？」母親が聞いた。

「寝室へ運ぶ。今夜は見ててやらんと」

「あたしの部屋はおことわりだよ、エズラ・バクスター。必要なことはしてやるけど、ひと晩じゅうあんたにベッドから出たり入ったりされたんじゃ寝られないからね。きのうの夜だって、ろくに寝てやしないのに」

「だったら、おれはジョディと寝るよ。ジュリアもジョディの部屋に寝かせる。今夜は物置に寝かして放っとくわけにはいかんからな。ジョディ、冷たい水を持ってきてくれ」

ペニーは老犬をジョディの部屋へ運び、麻袋を重ねた寝床ごと部屋の隅に下ろした。ジュリアは水を飲もうとしなかった。というより、飲めなかった。ペニーは犬の口を開けて、水を垂らしてやった。

「このまま、そっとしといてやろう。さ、仕事を片づけるぞ」

今夜の開拓地には、不思議にほっとする空気が漂っていた。ジョディは干し草の上に産み落としてある卵を拾い集め、牛の乳を搾り、仔牛を母牛のところへ連れていき、母親が料理に使う薪を割った。ペニーはいつものように陥落孔《シンク・ホール》へ水汲みに行った。牛につける木の軛《くびき》の両端に木の水桶を一個ずつ吊るし、それを肉づきの薄い肩にかついで陥落孔《シンク・ホール》まで往復するのだ。母親は夕食にヤマゴボウの芽とササゲ豆の炒め煮を作った。つぶしたばかりの豚肉も、薄くスライスして焼いた。

「熊肉があればよかったのにねえ」と、母親は残念がった。

ジョディは空腹だったが、ペニーはほとんど食欲がなく、二度ほど食事の席を立ってジュリアに食べ物をやりにいった。ジュリアは食べなかった。母親は大儀そうに腰を上げ、テーブルを片づけて食器を洗いはじめた。クマ狩りの首尾について、母親は詳しく尋ねなかった。ジョディは話をしたかった。追跡の様子、死闘の一部始終、そして自分がどんなに怖かったかを口に出して、心を金縛りにしている緊張を解きほぐしたかった。けれども、ペニーは何も言わず沈黙している。父親も母親もかまってくれないので、ジョディはひたすらササゲ豆の料理を口に運んだ。

太陽は真っ赤な夕焼けを残して沈んでいった。バクスター家の台所に長い影がさしこんだ。

ペニーが口を開いた。「きょうは疲れた。もう寝る」

ジョディも、牛革の靴で両足のまめがつぶれていた。

「ぼくも寝る」

「あたしは、もう少し起きてるよ」母親が言った。「きょうは気をもんだり心配したりで、ろくすっぽ仕事にならなかったから。ソーセージ作りもあったし」

ペニーとジョディは寝室に引きとり、狭いベッドの脇で服を脱いだ。

「おまえがかあさんと同《おんな》じくらい大柄だったら、どっちかがベッドから落ちずにはすまんところだな」

瘦せて骨ばった男二人なら、一つのベッドに悠々と寝られた。西の空に残っていた赤みもすでに消え、部屋は薄暗い。ジュリアは眠ったものの、眠りの中でときどき哀れな声をあげた。十六夜の月がのぼり、小さな部屋を銀色の光で満たした。ジョディは足がひりひり痛んだ。膝もうずいた。

「眠れんのか?」父親が声をかけた。

「まだ歩いてるみたいな感じがする……」

「遠くまで行ったからな。クマ狩りはどうだった?」

「うん……」少年は膝をさすりながら答えた。「考えるのは好きなんだけど……」

「そうだな」

「クマのあとをつけていくのは、おもしろかった。若木が折れてるとこや、沼地《スワンプ》のシダを見るのも、おもしろかった」

「そうだな」

「ジュリアがときどきうなったりするのも、おもしろかったけど――」

「本番はものすごく怖かった、だろう？」

「すっごく怖かった」

「見て気持ちのいいもんじゃないわな、犬があんなふうにやられて、血だらけになって。おまえはまだクマをしとめるとこを見たことがないだろうが、どんなに性悪のクマでも、やっぱり撃たれて倒れて犬にのどぶえ食いちぎられるとこを見ると、哀れな気持ちになるもんだ。まるで人間みたいな断末魔の声を出して、目の前で倒れて死んでいく……」

父親と息子は、しばらく黙ったままでいた。

「動物が悪ささえしなけりゃなあ」ペニーが言った。

「皆殺しにしちゃえばいいのに」ジョディは言った。「うちの家畜を盗んで悪いことするやつらなんか、みんな殺しちゃえばいいのに」

「動物にしてみりゃ、盗んでるわけじゃないさ。動物も生きていかなきゃならん。精いっぱい生きてるだけだ。人間と同《おんな》じだな。ヒョウも、オオカミも、クマも、獲物を殺して肉を食らうように生まれついてる。郡の境界線なんぞ、連中には何の意味もない。人間が作る柵だって同《おんな》じことだ。ここはおれが金を払って買ったおれの土地だなんて、どうやって動物にわかる？　人間様がそのうち食おうと思って豚を育てるなんて事情が、どうやってクマにわかる？　クマにわかるのは、自分の腹がへった、ってことだけさ」

ジョディは銀色の光を見つめたまま横たわっていた。バクスター島は飢えた獣に取り囲まれた砦《とりで》のようなものだ、と思った。いま、このときにも、月光の中で獣たちが目をらんらんと光らせているにちがいない。赤い目。緑の目。黄色い目。飢えた獣は疾風のような早業で開拓地を襲い、家畜を殺し、食らい、音もたてずに去っていく。スカンクやオポッサムは鶏小屋を襲い、オオカミやパンサーは今夜にも仔牛を襲いにくるかもしれない。スルーフットのやつも、またやってきて家畜を殺して食うかもしれない。

「動物は、おれが家族の食う肉を狩るのと同《おんな》じことをやってるだけだ」ペニーが言った。「獲物のすみかを襲い、ねぐらを襲い、仔を育てる場所を襲って狩りをする。厳しいが、それが掟《おきて》というものだ。『殺すか飢えるか』だな」

それでも、この開拓地は安全だ。獣は忍びこんできたけれど、また去っていった――ジョディはなぜか、がたがたと震えはじめた。

「寒いのか？」

「うん」

スルーフットがふりむき、かぎ爪を振りおろし、牙をむく光景がよみがえった。ジュリアが跳びかかり、つかまり、押しつぶされ、それでも食らいついたまま離れず、やがて地面に落ち、骨が折れ、血を流す姿がよみがえった。それでも、この開拓地だけは安全なのだ。

「こっちへおいで。暖めてやろう」

ジョディはごつごつした父親のからだにそっと近づいた。父親は腕を回して息子を抱き寄せた。少年のからだが父親のひょろりと貧弱な太ももに寄り添った。とうちゃんは、安心のかなめだ。とうちゃんは流れの速いクリークを泳いで渡り、傷ついた犬を連れて戻ってきた。この開拓地にいれば安全だ、とうちゃんが守っているから。ぼくもだいじょうぶだ、とうちゃんが守ってくれるから……。温かく安心な気持ちに包まれて、少年は眠りに落ちていった。夜中に一度だけ、眠りを妨げられて目がさめた。月の光の中で、部屋の隅にしゃがみこんで猟犬の世話をする父親の姿があった。

# 第5章

朝食の席でペニーが口を開いた。「さてと。新しい銃の取引が成立するか、それとも裁判沙汰になるか」

ジュリアは持ちなおした。傷は化膿せず、腫れもしなかった。ただ、大量の失血で消耗している老犬は、ひたすら眠りたがった。けさはペニーがひょうたんの容器に入れて差し出した牛乳を少しだけ飲んだ。

「どうやって新しい銃なんか買うのさ？　税金を払うお金だってろくにないのに」女房が言った。

「おれは取引と言ったんだ」

「あんたが取引で得した日にゃ、あたしゃ洗濯桶でもバリバリ食べてくれるよ」

「まあ、そう言わず、かあさんよ。おれは他人を出し抜きたいとは、これっぽちも思わんが、ただ、八方《はっぽう》うまくおさまる取引があるんだよ」

「取引って、何を持っていくのさ?」

「あの雑種犬」

「あんな犬、だれが欲しがるものか」

「ものを捕《と》るのはうまいぞ」

「丸パンを捕るときだけでしょ」

「おまえも知ってのとおり、フォレスターの連中は犬には目がないからね」

「エズラ・バクスター。言っときますけどね、あんた、フォレスターなんかと取引に行ったら最後、ズボンだけでも取られずに帰ってこられりゃ上出来、ってくらいだよ」

「とにかく、おれとジョディは、きょう、フォレスターん家《ち》へ行く」

ペニーがこの口調で断固宣言したときには、どんなに大柄な女房も打つ手がない。

オーラ・バクスターはため息をついた。

「わかったよ。そうやって、あたしを置いていけばいいさ。薪を割ってくれる人もいない、水を運んでくれる人もいない、あたしがどっかで倒れたって助けてくれる人もいない。行けばいいさ、ジョディも連れて」

「薪や水なしでおまえを置いてったことなんか、一度もないだろう？」

ジョディは、はらはらしながら聞いていた。フォレスターの家に行かせてもらえるなら、朝食なんか抜きだっていいとさえ思った。

「ジョディも、よその男たちと付き合って男の作法を学ばにゃならん」

「なら、手始めにフォレスターの連中はうってつけだね。連中を手本にすりゃ、腹の底まで真っ黒けになるわ」

「反面教師ってこともあるさ。とにかく、きょうはフォレスターん家《ち》に行ってくる」

ペニーは席を立った。

「おれは水を運ぶから、ジョディ、おまえは薪をたっぷり割っておけ」

「昼は弁当を持っていくのかい？」ペニーの背中に向かって女房が尋ねた。

「そりゃ、むこうに失礼ってもんだろう。ごちそうになってくるよ」

ジョディは薪山へ急いだ。脂《やに》を多く含むマツ材に斧《おの》を振りおろすたびに、フォレスターの家へ、そして友だちのフォダーウィングに、一歩ずつ近づいていくような気がした。ジョディはたっぷり薪を割り、母親が使う台所の薪箱に運びこんだ。陥落孔《シンク・ホール》へ水を汲みに行った父親は、まだ戻っていない。ジョディは急いで放牧場へ行き、馬に鞍《くら》をつけた。馬を準備して待たせておけば、母親が自分を行かせない口実を新たに思いつく前に出発できるかもしれない。見ると、父親が砂地の道を西から戻ってくる。牛用の軛《くびき》を肩にかつぎ、その両端に水をなみなみと汲んだ木桶を下げ、重さに腰をかがめて歩いてくる。ジョディは駆け寄って、重い荷をそろそろと地面に下ろす父親に手を貸した。ここでバランスを崩すと、桶がひっくり返って、水汲みの苦役がまた最初からやりなおしになってしまう。

「シーザーに鞍つけといたよ」

「薪も、森ごと燃やすほど盛大にくべてきたようだな」ペニーがにやっと笑った。「よし、ちょっと待っててくれ。外出用の上着を着て、リップをつないで、銃を取ってくる。そしたら出発だ」

馬の鞍はフォレスターから買ったものだ。大柄なフォレスターの男たちには小さすぎるという理由だったが、ペニーとジョディが一緒にまたがっても、まだ余裕があった。

「さ、ジョディ、とうさんの前に乗れ。このままおまえがどんどん大きくなったら、そのうち、後ろに乗せなきゃならんくなるな。でないと、とうさんは前が見えん。パーク！　ついてこい！」

雑種犬は馬のあとについたが、ちょっと立ち止まって後ろをふりかえった。

「これが見納めになることを願ってるよ」ペニーが犬に向かって言った。

休養十分のシーザーは、元気よく速足で歩きだした。老馬の背は広いし、鞍はゆったりしているし、父親に背後から支えてもらって乗っているとロッキングチェアに揺られてるみたいに快適だ、と、ジョディは思った。砂の道は太陽に照らされて長いリボンのように続き、ところどころに緑が影を落としている。少し西へ進むと、陥落孔《シンク・ホール》のところで道が二手に分かれた。一方はフォレスター島へ行く道、もう一方は北へ向かう道だ。大王松《ダイオウショウ》の古木に斧でさまざまな古い道しるべが刻まれ、北へ向かう街道《トレイル》への入り口を示している。

「この目印、とうちゃんがつけたの？　それとも、フォレスターの人たちがつけたの？」

ジョディが尋ねた。

「おれやフォレスターなんぞ影も形もない大昔に刻まれたものさ。ごらん、すごく深く刻んである目印もあるだろう？　このマツは育つのにものすごく長い時間がかかる。だから、この目印はスペイン人がつけたもんだと言われても、とうさんは驚かんね。去年、先生から歴史を教わらなかったか？　この街道《トレイル》を作ったのは、スペイン人なんだ。ほら、おれたちがここまで歩いてきたこの道は、スペイン人が作った古い道で、フロリダの端から端までつながっている。反対へ行くと、フォート・バトラーの近くで二手に分かれて、それを南へ行くとタンパまで行ける。そっちは竜騎兵街道《ドラグーン・トレイル》で、こっちは黒熊街道《ブラックベア・トレイル》だ」

ジョディは目をまん丸くして父親をふりかえった。

「スペイン人もクマと戦ったの？」

「そうだなあ、野宿したんなら、そういうこともあっただろうな。スペイン人はインジャン（アメリカ・インディアン）とも戦わなきゃならんかったし、クマやパンサーとも戦わなきゃならんかった。おれたちと同《おんな》じさ、ただ、いまはインジャンがいないだけで」

ジョディはあたりに視線をめぐらせた。マツの林がにわかに人気《ひとけ》づいて感じられた。

「いまでも、このへんにスペイン人がいるの？」

「いいや、じいさまがその昔にスペイン人を見た、って人間さえ、いまじゃ一人もおらんよ。スペイン人は大きな海のむこうからやってきて、交易やら戦争やら行進やらしながらフロリダを横切って、その先どこへ行ったかは、だれも知らん」

輝かしい春の朝、森ではさまざまな生き物たちがのんびりと生を営んでいた。カーディナルがつがう季節で、頭頂の冠毛《かんもう》を立てた赤く美しい雄のカーディナルがあちこちで歌をさえずり、バクスター島は木々の枝先からしたたりそうなほどの美声に包まれている。

「ヴァイオリンやギターよりいい音だと思わんか?」ペニーが言った。

ジョディは、はっと我に返った。頭の中では、スペイン人と一緒に大海原を渡りかけていた。

モミジバフウは若葉がすっかり出そろい、ハナズオウやジャスミンやハナミズキは花の盛りを過ぎたものの、ハックルベリーやチチやドッグタングはちょうど満開だ。西へ向かう道にそって、白や薄紅色の花に彩られた新緑の風景が一マイルほど続いた。セント・オーガスティン・ブドウのレースのような細かい花にミツバチが群がっている。住む人のいなくなった古い開拓地を過ぎたあたりで、道が狭くなった。シーザーが速度を落として並足になった。矮樹林《スクラブ》が左右から迫ってきて、オークやゴールベリーやギンバイカの枝が足をかすった。密生した木々はどれも背が低く、木陰はない。四月の太陽が頭の上から照りつけ、シーザーは汗ばんでいる。あぶみ革がこすれて、きしんだ音をたてた。

そこから二マイルほどは、暑さの中を黙々と進んだ。やぶを飛びかうのはトウヒチョウだけだ。キツネが一匹、ふさふさした尾をひきずりながら道を横切った。ヤマネコとおぼしき黄色い影が、ほとんど目にもとまらぬ速さでギンバイカのしげみに逃げこんだ。やがて道幅が広くなり、密生していたやぶが後退し、フォレスター島の目印である高い木々がせりあがるように見えてきた。ペニーは馬から降りて雑種犬を抱きあげ、腕に抱えたまま、ふたたび馬にまたがった。

「なんで犬を抱いていくの？」ジョディが尋ねた。

「まあ、いいから気にするな」

馬は樹林地帯《ハンモック》にさしかかった。ヤシや常緑カシの鬱蒼《うっそう》とした木陰が涼しい。曲がりくねった道を進んでいくと、オークの巨木の下に、風雨にさらされて灰色になったフォレスター家の丸太小屋が見えてきた。家の向こうには、きらきら光る池が見下ろせる。

「いいか、おまえ、フォダーウィングをいじめるんじゃないぞ」ペニーが言った。

「ぼく、いじめたりなんかしないよ。フォダーウィングは友だちだもん」

「そんなら、いい。あの子は二番仔《にばんこ》で、ふつうでないからだに生まれたのはあの子のせいじゃないからな」

「フォダーウィングはぼくの一番の友だちだよ。オリヴァーを別にすれば」

「オリヴァーにしといたほうがいいぞ。オリヴァーもフォダーウィングに負けんほら吹きだが、少なくとも、オリヴァーは自分の口から出る嘘を自覚してるからな」

いきなり森の静けさが吹っ飛んだ。騒ぎは丸太小屋の中だ。椅子を放り投げる音、何か大きなものが壊れる音、ガラスの割れる音、床をどんどん踏み鳴らす音。家の中でフォレスターの男たちがどなりあっている。そこへ、あらゆる物音を上回るすさまじさで女の金切り声が響いた。ドアが大きく開いて、猟犬が次々と出てきた。フォレスターの母親が柄《え》の長いほうきをふりまわして犬を追いたてている。そのあとから息子たちがぞろぞろと出てきた。

「馬から降りてもだいじょうぶかな?」ペニーが声をかけた。

フォレスター家の人々はバクスター親子に向かって挨拶の言葉をがなり、合間に犬どもを叱りつけた。フォレスターの母親はギンガム・チェックのエプロンを両手で持ちあげ、旗のようにひらひら振っている。挨拶のがなり声と犬を叱りとばす罵声《ばせい》がごちゃまぜになって飛んでくるので、ジョディは自分たちが歓迎されているのかどうか、いささか不安になった。

「さあさあ、馬から降りて、中にはいって！　さっさと失《う》せやがれ、このベーコン泥棒め！　やあ、どうも！　いらっしゃい！　こん畜生が！」

フォレスターの母親がほうきで殴りかかるそぶりを見せたので、犬どもは散り散りに森の中へ逃げていった。

「ペニー・バクスターじゃないか！　ジョディも！　さ、さ、降りて、中へはいって！」

地面に降りたジョディの背中に、フォレスターの母親が手でドンと挨拶を見舞った。フォレスターの母親は、かぎタバコのにおいがした。薪を燃やした煙のにおいもした。いやなにおいではなかったが、ジョディは思わずハットーばあちゃんの上品で甘い香りを思った。ペニーも馬を降りた。腕には雑種犬をだいじそうに抱えたままだ。ペニーのまわりにフォレスターの男たちが集まってきた。バックが馬を畜舎へ引いていく。ミルホイールはジョディをつかまえて仔犬のように持ちあげ、肩の上で一回転させて地面に下ろした。

ジョディの視線の先に、母屋の入り口の階段を急いでおりてこようとしているフォダーウィングの姿が見えた。背中が曲がり腰のねじれた少年は、けがをしたサルのようにぎくしゃくと全身をよじらせて近づいてくる。フォダーウィングが手に持った杖を上げて左右に振った。ジョディは友だちに駆け寄った。

「ジョディ!」フォダーウィングが顔を輝かせて叫んだ。

二人は少しのあいだ、照れくさいようなうれしいような気分で突っ立っていた。ジョディの心に喜びの感情が湧きあがった。ほかのだれにも感じることのない特別な気持ちだ。ジョディの目には、フォダーウィングのからだはちっとも不自然には映らない。カメレオンがカメレオンであり、オポッサムがオポッサムであるのと同じだ。大人たちがフォダーウィングのことを頭がおかしいと言っているのは、ジョディも知っていた。自分なら「フォダーウィング」の名前の由来となったような愚かなことはしないと思う。フォレスター家の末っ子は、軽くてふんわりしたものを身にまとえば物置小屋の上から小鳥のように優雅に飛べるのではないか、と思いついたのだった。そして、飼葉《かいば》（フォダー）にするササゲの干し草を翼（ウィング）のように両腕に大量にくくりつけ、屋根のてっぺんから飛びおりたのである。奇跡的に命は助かったものの、生まれつき背中が曲がっているのに加えて、骨折のためさらに全身がゆがむ結果になった。もちろん、こんなことをするなんて、正気の沙汰ではない。でも、ジョディは心の中でひそかに、まるっきり不可能な試みでもなかったのではないか、と感じていた。自分でも、凧《たこ》ならどうだろう、ものすごく大きな凧を使ってみたらどうだろう、と考えることがあったのだ。からだの不自由な少年が空を飛んでみたいと願った気持ちが、ジョディにはわかるような気がした。ふわりと浮いてみたい、地上に縛りつけられ、ねじ曲がり、よろめきながらしか歩けない我が身から一瞬でも解放されてみたい、と願った少年の思いが。

「よう」ジョディは言った。

「アライグマの赤ちゃん、もらったんだ」フォダーウィングが言った。

フォダーウィングは、いつも新しいペットを飼っていた。

「見に行こうよ」

フォダーウィングはジョディを母屋の裏手に誘った。ここにはたくさんの箱やかごが並んでいて、フォダーウィングは次から次へといろいろな鳥や動物を飼っている。「ワシは死んじゃったんだ。人にぜんぜん慣れなくて。囲いに入れて飼うのは無理だったみたい」フォダーウィングが言った。

黒いヌマチウサギのつがいは、ジョディも前に見たことがあった。

「こいつら、ぜんぜん仔を産まないんだ」フォダーウィングは愚痴った。「だから、もう放しちゃおうかと思ってるとこ」

キツネリスは回り車を延々と回しつづけている。

「このリス、あげるよ」フォダーウィングが言った。「ぼくは、また別のをもらえるから」

ジョディは一瞬その気になりかけたが、すぐに諦めた。

「かあちゃんが、何も飼っちゃダメ、って言うんだ」

キツネリスのことを考えると、ジョディは残念で胸がいっぱいになった。

「こっちがアライグマ。ラケット、おいで！」

おりの隙間から黒い鼻先が突き出ている。アライグマは赤ん坊の手のように小さな黒い前足を伸ばしてきた。フォダーウィングは、おりを開けてアライグマを出してやった。アライグマはフォダーウィングの腕にしがみつき、チィチィと変わった声で鳴いた。

「抱いてもいいよ。嚙みつかないから」

ジョディはアライグマを胸に抱いた。こんなにかわいいものはいままで見たこともさわったこともない、と思った。灰色の毛は、母親が出かけるときに着るフランネルのドレスと同じくらい柔らかい。先のとんがった顔は両目のまわりだけ黒くて、ふさふさのしっぽにはきれいな輪の模様がついている。アライグマはジョディの腕を甘嚙みし、またさっきの声で鳴いた。

「この子、砂糖のおしゃぶりが欲しいんだ」フォダーウィングが母親みたいな口調で言った。「犬が外に出てるあいだに、この子を家の中に連れていこう。この子、犬が怖くてしょうがないんだよ。そのうち慣れると思うけど。騒がしいのが嫌いみたいなんだ」

「さっき、ぼくらが来たとき、なんでけんかしてたの?」ジョディが聞いた。

「ぼくは関係ないよ」フォダーウィングは軽蔑したような口調で言った。「あいつらが騒いでただけさ」

「何だったの?」

「犬が部屋の真ん中でおしっこしたんだよ。で、だれの犬がちびったかっていうんで、けんかになったんだ」

# 第6章

アライグマは砂糖のおしゃぶりを貪欲に吸った。ジョディの腕に抱かれて仰向けになり、両方の前足で砂糖の詰まった布袋を抱《かか》えて、いかにも幸せそうに目を閉じて吸った。小さな腹は、すでにミルクでぽっこり膨れている。じきに、アライグマは砂糖のおしゃぶりを押しやり、自由になろうとしてもがいた。ジョディはアライグマを自分の肩に乗せてやった。アライグマは小さな両手でせかせかとジョディの髪を分け、首すじと両耳をさわりまくった。

「この子の手、ぜんぜんじっとしてないんだ」フォダーウィングが言った。

暖炉のむこうの薄暗がりからフォレスターの父親が話しかけてきた。それまでひっそりと座っていたので、ジョディはそこに一家のあるじがいるとは気づかなかった。

「わしも、若《わけ》えころにアライグマを飼ったことがある。二年くれえは仔ネコそっくりでおとなしかったが、ある日、わしの脛《すね》を食いちぎりやがった」フォレスターの父親は、暖炉の火に向かってつばを吐いた。「こいつも、大きくなりゃ嚙みつくようになるさ。アライグマはみんなそうだ」

フォレスターの母親が戻ってきて、台所へ食事のしたくに行った。母親のあとから息子たちがはいってきた。バックにミルホイール、ギャビーにパック、そしてアーチにレム。ジョディは、すっかりひからびてしなびた夫婦を不思議な思いで眺めた。この二人から、山のように大きな男たちがこんなにたくさん生まれたなんて。フォレスターの息子たちはみんなよく似ていたが、レムとギャビーだけはちがった。ギャビーはほかの兄弟より背が低く、知恵のめぐりも悪かった。レムは兄弟の中で一人だけひげをきれいに剃っていて、背はほかの兄弟と同じように高いが、からだつきはずっと細身だ。髪や瞳もほかの兄弟ほど黒くなく、口数がいちばん少なかった。バックとミルホイールは兄弟の中でもとくに陽気で大酒を飲んでは騒ぐ性質《たち》だったが、レムはしばしば一人だけ離れて座り、むっつりと考えこんでいた。

ペニー・バクスターが家にはいってきた。大男たちに囲まれて、姿は見えない。フォレスターの父親は、あいかわらずアライグマの習性について講釈を続けている。

ジョディ以外はだれも聞いていないが、老人は悦《えつ》に入《い》ってしゃべりつづけた。

「あのアライグマは、犬と同《おんな》じくれえの大きさになるぞ。でもって、うちの犬どもを片っ端から打ち負かすようになる。アライグマの生き甲斐はただひとつ、犬をひでえ目にあわせることだからな。アライグマは水ん中で仰向けになって腹を見せといて、犬どもをおびきよせる。でもって、一匹ずつ溺れさすんだ。嚙みつくかって？ 嚙みつくとも。アライグマは死んでからもまだ嚙みつく、ってくれえだ」

ジョディはフォレスターの父親の話も聞きたいけれど、息子たちの話も聞きたくて、迷っていた。見ると、ペニーはいまだに役立たずの雑種犬をだいじそうに抱えている。ペニーが部屋を横切って近づいてきた。

「どうも、フォレスターさん。お会いできてうれしいです。どうです、お加減は？」

「やあ、あんたか。調子は上々と言うべきだろうて、もうちょいでくたばりぞこなったことを思えばな。正直、いまごろは死んであの世におってもおかしかねえとこだが、まだぐずぐずしとるわい。どうやら、もうしばらくこの世に縁があるらしいて」

「座っとくれよ、バクスターさん」フォレスターの母親が言った。

ペニーはロッキングチェアを引き寄せて腰を下ろした。

「あんたの犬は足が立たねえのか?」レム・フォレスターが部屋のむこうから話しかけた。

「いや、そんなことはない。足を引きずったこともないよ。ただ、おたくのブラッドハウンドたちに食われちまわんように、と思ってさ」

「だいじな犬、ってか?」レムが言った。

「とんでもない。こいつはタバコ一服の値打ちもないよ。おれが帰るときに犬だけ置いていかせようなんて、思わんでくれよ。盗《と》るほどのもんじゃないんだから」

「それほどできの悪い犬にしちゃ、ずいぶんだいじにするじゃねえか」

「ま、そう見えるかもしれんな」

「クマにけしかけてみたことはあるか?」

「クマにけしかけてみたことは、ある」

レムはペニーのそばへ来て、なおもしつこく質問した。

「追跡は得意なのか? クマを追いつめるのは?」

「まるっきり能無しさ。こんなに役立たずの猟犬は、後にも先にも見たことないね」

「自分の犬をそこまでけなす野郎は、見たことねえな」レムが言った。

「まあ、たしかに見た目は悪くないよ。こいつを見りゃ、たいていの人間は欲しがるだろうとは思う。が、おれとしては、あんたに取引を持ちかけようなんて気はさらさらない。それじゃ、あんたをだますことになるからな」

「帰りに狩りをしていくつもりなのか？」

「そりゃ、いつだって獲物があれば狩りはするさ」

「なのに、役にも立たねえ犬を連れてくるなんて、ずいぶんと妙な話じゃねえか」

フォレスターの男たちは、たがいに顔を見合わせた。そして、黙ってしまった。一同の黒い瞳が雑種犬に集中する。

「犬は役立たず、このおんぼろ銃も役立たず。まったく、参ったよ」ペニーが言った。

黒い瞳がいっせいに丸木小屋の壁を見た。壁にはフォレスター家の所有する鉄砲類がかけてある。これだけたくさんの銃があれば店が開けそうだ、と、ジョディは思った。フォレスターの男たちは馬を売り買いしたり鹿肉や密造ウイスキーを売ったりしてかなりの金を稼いでおり、ふつうの人が小麦粉やコーヒーを買うような感覚で銃を買うのだった。

「あんたが狩りに失敗した話は聞いたことがねえな」レムが言った。

「いや、きのうは失敗した。引き金を引いても弾丸《たま》が飛ばなくてさ、やっと飛んだと思ったらバック・ファイアときた」

「何を狙ったんだ?」

「スルーフット」

いっせいに声があがった。

「えさ場はどこらへんだった? どっちから来た? どっちへ行った?」

フォレスターの父親が杖《つえ》で床をドンと突いた。

「てめえら、黙ってペニーの話を聞きやがれ。てめえらが雄牛みてえにどなりまくった日にゃ、ペニーは話ができねえだろうが」

フォレスターの母親は派手な音をたてて鍋の蓋を閉めたあと、コーンブレッドのはいった平鍋を持ちあげた。すごい、うちでシロップを煮る鍋と同じくらい大きいや、と、ジョディは思った。台所からなんとも香ばしいにおいが漂ってきた。

「食事が終わるまで、バクスターさんに話をせがむんじゃないよ。行儀が悪いじゃないか」フォレスターの母親が言った。

「まったく、行儀知らずだな、てめえらは」フォレスターの父親も息子たちを叱った。

「お客人に昼飯《ひるめし》前の一杯もお勧めせんのか」

ミルホイールが寝室から籠《かご》でくるんだ口の細い大きなウイスキー壜を取ってきて、トウモロコシの軸で作った栓を抜き、壜ごとペニーに渡した。

「たくさんは飲めんが、ひとつ勘弁していただきたい。おたくらのように酒を入れとく場所が大きくないんでね」

一同が大笑いした。ミルホイールが皆に酒壜を回した。

「ジョディは？」

「まだ子供だから」と、ペニーがことわった。

「わしなんぞ、乳離れしたときから飲んどるわい」フォレスターの父親が言った。

「あたしにも一杯注《つ》いどくれ。あたしのカップに」フォレスターの母親が言った。

フォレスターの母親は、洗濯に使えそうなほど大きな深皿に次々と料理を盛りつけていく。長いテーブルに湯気のたつ料理が並んだ。ササゲ豆と塩漬け豚肉の煮込み、鹿の腰肉のロースト、リスの肉のフライ、白くて柔らかいヤシの芯、粒トウモロコシを柔らかく煮たビッグ・ホミニー、丸パン、コーンブレッド、シロップ、そしてコーヒー。炉のそばにはレーズン・プディングも用意してある。

「あんたらが来るとわかってりゃ、もうちっとましな料理を作ったんだけどね。さ、みんな座っとくれ」

とうちゃんも大ごちそうに興奮しているかと思って、ジョディは父親の顔を見た。なぜか父親は厳しい表情だった。

「どれもこれも、州知事に出しても恥ずかしくないりっぱな料理ですよ」と、ペニーは言った。

フォレスターの母親は少し困ったように、「おたくは食事のときにお祈りをするんだったね。とうさん、お客さんのときぐらい、お祈りをしても罰《ばち》は当たらんのじゃないかね」と言った。

老家長はおもしろくなさそうな顔で周囲を見まわし、手を組んだ。

「主よ、きょうもわしらの罪深い魂と胃袋にけっこうな食い物を恵んでくれて、ありがとうございます、アーメン」

フォレスター家の人々は咳払いをしたあと、食べはじめた。ジョディは父親の向かい側、フォレスターの母親とフォダーウィングのあいだに座った。目の前の皿には料理が山のように盛られている。バックとミルホイールは、料理のいちばんいいところをフォダーウィングの皿に取ってやった。それを、フォダーウィングはテーブルの下でジョディによこした。フォレスターの男たちは、このときばかりはものも言わず食べることに集中した。料理が見る間になくなっていく。そのうち、レムとギャビーのあいだで口論が始まった。父親がしわだらけのこぶしでテーブルを打った。息子たちは父親の介入に抗議したものの、口をつぐんだ。フォレスターの父親はペニーに顔を寄せ、低い声でささやいた。

「うちの坊主どもは、たしかに乱暴だ。ろくなことはやらかさんし、酒は浴びるように飲みやがる。けんかもするし。女はみんな、かかわるのをいやがって雌ジカのごとくに走って逃げる始末だ。しかし、これだけは褒めてやらにゃなるまいよ——こいつらは、だれ一人として、食卓でおっかあやおっとうに悪態をついたことはない」

# 第7章

「さて、お隣さんよ、性悪なクマの話を聞かしてもらおうか」フォレスターの父親が口を開いた。

フォレスターの母親は、「そうだね。じゃ、あんたたち、話に夢中になる前に皿を洗っちまっておくれよ」と言った。

フォレスター家の息子たちは、それぞれに自分の皿を持ってさっと立ちあがった。大皿や鍋を運ぶ者もいる。みんな髪にリボンでも結んで女の子になるつもりだろうか、と思いながら、ジョディは男たちを見つめた。フォレスターの母親が、ロッキングチェアに移るついでにジョディの片耳をちょいと引っぱった。

「うちには女の子がいないから、ごはん作りをあたしにやらそうってんなら、片づけぐらいはしてもらわないとね」

ジョディは父親の顔を見て、こんな異端の習慣はバクスター島に持ちこまないようにしよう、と、目で哀願した。フォレスターの男たちは、あっという間に皿洗いを片づけた。フォダーウィングは不自由な足で兄たちのあとをついて歩き、動物たちにやる残飯を集めた。犬のえさやりを担当することで、フォダーウィングは自分のペットたちにやる食べ物を確保しているのだ。きょうはペットたちにやるごちそうがたくさんある、と、フォダーウィングはひとり微笑んだ。残った料理だけでも、夕食に十分なほどの量だ。ジョディは、この家の豊かさに呆然としていた。男たちは派手な音をたてながら食器洗いをすませ、鉄の鍋や釜を炉のそばの釘に吊るした。そして、牛革張りの椅子から木を荒く削っただけの長椅子まで、思い思いに引き寄せてペニーのまわりに腰を下ろした。コーンパイプに火をつける者もいれば、黒い板状の嚙みタバコを削る者もいる。フォレスターの母親も、タバコをひとつまみ唇の内側にはさんだ。バックはペニーの銃と小さなやすりを手に取って、ゆるんだ撃鉄を調整しはじめた。

「いや、それがまったく不意を襲われた形でね」ペニーが話を始めた。

ジョディはからだが震えた。

「やつめ、影のように忍びこんできて、うちの繁殖用の母豚を殺した。上から下までざっくり裂いておいて、ほんの一口しか食わない。腹がへってたわけじゃないんだ。ただ悪さをしようってだけの下劣な根性だ」

ペニーはここで話を切って、自分のパイプに火をつけようとした。フォレスターの男たちがいっせいに上体を傾けて、火のついたマツのたきつけを差し出した。

「やつは黒雲のように音もなくやってきた。風下から。風向きを考えて、わざわざ大回りしてきたんだ。あんまり静かで、犬たちも何の物音も聞きゃしない、においにも気づかなかった。こいつでさえ、この犬でさえ」――と言いながら、ペニーは身をかがめて足もとの雑種犬をなでた――「ころっと出し抜かれた」

フォレスターの男たちは目配せしあった。

「そういうわけで、朝飯を食ったあと、狩りに出た。ジョディと、おれと、犬を三匹とも連れて。クマの跡をつけて、南の矮樹林《スクラブ》を抜けた。それからアンペラソウの池にそって追いかけた。ジュニパー・ベイも越した。足跡は湿地の中へ続いていて、追っていくうちにどんどん暑くなってきた。とうとうやつに追いついたのは――」

フォレスターの男たちが膝頭に置いた手に力を入れた。

「やつに追いついたのは、ジュニパー・クリークの岸の、水がいちばん深くて流れの速いあたりだった」

とうちゃんの話は実際のクマ狩りよりもっと面白いくらいだ、と、ジョディは思った。父親の話を聞いていると、あの光景がふたたび目の前によみがえる。シダのしげみの暗がり、パルメット・ヤシが踏みつぶされた跡、速い川の流れ。興奮で胸がはちきれそうだった。同時に、父親を誇りに思う気持ちで胸がはちきれそうだった。ジガバチみたいにちっぽけなペニー・バクスターが、ここに居並ぶ大男たちのだれよりも狩りがうまいなんて。しかも、こうして話の魔術を繰り出し、毛むくじゃらの大男たちを息もつかせぬほどに魅了する……。

ペニーは、スルーフットとの死闘を壮大なる冒険譚《ぼうけんたん》さながらに語って聞かせた。銃がバック・ファイアを起こし、スルーフットがジュリアを押しつぶそうとした場面にさしかかると、ギャビーがタバコを飲みこんでしまい、あわてて暖炉に走り寄ってつばを吐き、咳きこんだ。フォレスターの男たちはこぶしを握りしめ、椅子から落っこちそうなほど身を乗り出し、口をあんぐり開けたまま話に聞き入っていた。

「すげえ」バックが息をついた。「おれ、その場にいたかったな」

「そんで、スルーフットはどこへ行っちまったんだい？」ギャビーが続きを知りたがった。

「さあて、だれにもわからん」ペニーが言った。

一同、言葉もなく静まりかえった。

ややあって、レムが口を開いた。「そこにいる犬の話はひとつも出なかったな」

「まあ、そう言わんでくれよ。こいつは役立たずだと言ったただろうが」ペニーが答えた。

「クマ狩りについてったわりには、えらく元気じゃねえか。傷ひとつもらわなかったんだろ?」

「ああ、傷ひとつもらわなかった」

「クマを相手に立ち回って擦り傷ひとつもらわねえなんて、よっぽどりこうな犬にちげえねえ」

ペニーはパイプをふかしている。

レムは椅子から立ちあがり、ペニーの真正面に立って指をポキポキ鳴らした。汗までかいている。

「おれの望みは二つだ」レムがかすれ声で言った。「ひとつは、スルーフットをしとめるとこに立ちあいたい。もうひとつは、その犬が欲しい」

「いやあ、とんでもない」ペニーが穏やかな声で答えた。「こいつを交換するなんて。おれはあんたをだます気はないんだ」

「ごまかそうったって、おれには通じねえぞ。交換条件を言ってくれ」

「なら、かわりにリップを出そう」

「抜け目のない野郎だ。リップ程度なら、うちにはもっとましな犬がいくらでもいる」

レムは壁に歩み寄り、かけてあった銃を一丁手に取った。ロンドン・ファイン・ツイスト。水平二連式の銃身が光っている。銃床はつややかで温かみのあるウォルナット。二つ並んだ撃鉄がしゃれている。部品にも精巧な細工が施されている。レムは銃を肩の高さに上げ、照準をのぞいたあと、ペニーの手に持たせた。

「イギリスから届いたばっかのやつだ。古い先込め式とちがって、装塡《そうてん》がバカみたいに簡単なんだ。ケツから弾薬《たま》を込める、銃身を戻す、撃鉄を立てる。そんだけでバン！　バン！　と、二発だ。狙いも正確だし。損のない取引だろう」

「いや、とんでもないよ」ペニーが言った。「この銃はずいぶん上等じゃないか」

「こんなもの、いくらでも買えるさ。つべこべ言うなよ、おれは犬が欲しいとなったら何が何でも欲しいんだ。銃と交換してくれ。でなけりゃ、てめえん家《ち》へ盗みに行くぞ」

「わかったよ、どうしてもと言うんなら。そのかわり、ここにいるみんなの前で約束してくれよ、こいつを狩りに使ってみたあとでおれをぶちのめしたりしない、って」

「よし、決まりだ」毛むくじゃらの手がペニーの手を握った。

「さ、来い！」レムは雑種犬を口笛で呼び、首の皮をつかんで外へ連れていった。この期《ご》に及んでもまだペニーの気が変わるのを心配しているように見えた。

　ペニーは椅子の上でからだを揺すっている。手に入れた銃は、とくにうれしくもなさそうに膝の上に置いている。ジョディはみごとな銃から目が離せなかった。父親がフォレスターの男を知恵で負かしたなんて、すごいと思わずにはいられなかった。レムは約束を守るだろうか。取引というのはいろいろ複雑なものだと聞いていたが、ありのままの真実を告げるという至極単純なやりかたで相手を出し抜くことができるとは想像してもみなかった。

　話は午後いっぱい続いた。バックはペニーの先込め銃のゆるみを直して、たぶんこれでちゃんと使えるだろう、と言った。フォレスターの男たちはのんびりと話に興じ、とくに急ぐ用事もないようだった。スルーフットがどれほど狡猾か、という話で座が盛りあがった。スルーフット以前にも頭のいいクマはいたが、スルーフットほどずる賢いやつはいなかった、と。過去のクマ狩りの話が微に入り細にわたって語られた。二〇年も前に死んだ猟犬たちのことまで、一匹ずつ名前をあげて、それぞれの手柄が話のたねになった。フォダーウィングは大人たちの話に飽きてしまい、池へ行ってメダカをすくおうと言いだした。が、ジョディは昔話が次々と披露されるこの場を離れたくなかった。フォレスターの父親と母親は、ときどき口を開いて甲高《かんだか》い声でさえずるかと思うと、合間には眠気のさしたコオロギのようにうつらうつらと目を閉じている。やがて、年齢《とし》には勝てず、二人は隣りあったロッキングチェアに座ったまま、ぐっすりと眠ってしまった。老いてひからびた肉体は、まどろみのあいだも硬直したままの姿勢を保っている。ペニーは伸びをして椅子から立ちあがった。

「楽しい話を切り上げるのは気がすすまんが、そろそろ……」

「泊まっていきゃいいじゃないか。キツネ狩りをしようぜ」

「お言葉はありがたいが、家を男手なしで留守にするのは気が引けるんでね」

フォダーウィングがペニーの袖を引っぱった。

「ジョディを置いてってて。まだ何も見せてあげてないんだもの」

バックも口を添えた。「ジョディだけ置いていきなよ、ペニー。おれ、あしたヴォルーシャへ行く用事があるから、そっちまで馬で届けるよ」

「こいつの母親が怒るからなあ……」ペニーが言った。

「そうだよな、ジョディ？　そこが、かあさんの取り柄だもんな？」

「とうちゃん、泊まってもいいでしょ、ねえ。ぼく、ずいぶん長いこと遊んでないんだもの」

「おとといから、だろ。まあいい、それなら泊まっておいで。ここのみなさんがほんとにいいと言ってくれるんなら。レム、あしたバックが送ってきてくれるより前にあの雑種犬の実力がわかっても、うちの息子を殺さんでくれよ」

一同は大笑いした。ペニーは新しく手に入れた銃と自分の古い銃を一緒にかついで、馬のところまで歩いていった。ジョディもついていった。ジョディは手を伸ばしてすべすべの銃をなでた。

「相手がレムでなけりゃ、こいつをせしめて帰るなんて後ろめたくてできんとこだが、レムにはあだ名をつけられたときからしっぺ返しをしてやろうと思ってたからな」ペニーは小声で言った。

「でも、とうちゃんはほんとのことを言っただけだよ」

「言葉に嘘はないが、思惑《おもわく》はオクラワハ川なみにひねくれてたな」

「レム、気がついたら何すると思う？」

「おれを八つ裂きにしたいと思うだろうな。ま、笑ってすましてくれることを願ってるが。じゃな、ジョディ。またあしただ。いい子にしてるんだぞ」

フォレスターの男たちがペニーを見送りにいった。ジョディは父親に手を振りながら、ひとりぼっちの心細さを感じはじめていた。父親を呼び戻そうか、追いかけていって、鞍に乗せてもらって一緒に心休まるわが家の開拓地に帰ろうか……。

そこに、フォダーウィングの声がした。「アライグマが水たまりで魚を捕ってるよ、ジョディ！　見においでよ！」

ジョディは走ってアライグマを見にいった。アライグマは小さな水たまりをバシャバシャと泳ぎまわりながら、人間の手のような前足を動かして、本能のみが教えることのできる場所を探っている。ジョディはそのあとずっと、フォダーウィングと一緒にアライグマの相手をして遊んだ。リスの箱の掃除を手伝い、足が片方しかない真っ赤なカーディナルを入れる鳥かごを作るのも手伝った。フォレスターの家ではシャモも飼っていた。シャモたちは飼い主に劣らず自由奔放で、周囲の森を歩きまわってはイバラのしげみや低木の下など好き勝手な場所に卵を産み、半分がたヘビに食われていた。ジョディはフォダーウィングと一緒に卵を集めて歩いた。卵を抱いているメンドリを見つけたフォダーウィングは、集めた卵を全部メンドリに与えた。卵は一五個あった。

「このメンドリは、いい母さんなんだ」フォダーウィングは動物に関することをすべて任されているらしい。

ジョディは、やっぱり自分だけのものを飼いたい、と思った。フォダーウィングは、頼めばキツネリスを譲ってくれるだろう。アライグマの赤ちゃんだって、譲ってくれるにちがいない。でも、過去の経験から、どんなに小さな動物であろうと、養うべき口を増やせば母親に怒られることはわかりきっていた。フォダーウィングは卵を抱いているメンドリに話しかけている。

「いいか、ちゃんと巣の上でじっとしてろよ。その卵、全部かえしてヒヨコにするんだぞ。こんどは黄色いヒヨコがいいな、黒いのはいらないや」

二人は母屋に戻った。アライグマが鳴き声をあげながら走ってきてフォダーウィングの曲がった足を伝って背中へ駆けのぼり、首に手を回してぴったりと抱きついた。そして小さな白い歯でフォダーウィングの肌を甘嚙みし、ふざけて獰猛《どうもう》そうに首を振った。家まで歩くあいだ、フォダーウィングはジョディにアライグマを抱かせてくれた。アライグマはいつもと勝手がちがうのに気づいて輝く瞳で問いかけるようにジョディを見上げたあと、ジョディになついた。フォレスターの男たちはあちこちに散らばって、いつものののんびりした調子で日課を片づけている。バックとアーチは柵の中で飼っている母牛や仔牛たちを池へ連れていって水を飲ませた。ミルホイールは厩舎につながれている馬たちにえさをやりにいった。パックとレムは、丸木小屋の北に広がる深い森の奥へ消えた。おそらくウイスキーの密造所があるのだろう、と、ジョディは推測した。フォレスターの人たちは荒っぽいが、のんびりしていて余裕がある。なんといっても、人手が多いからだ。それにひきかえ、ペニー・バクスターは、フォレスター家と同じくらい広い開拓地の仕事をたった一人でこなしている。ジョディはトウモロコシ畑の草かきをやり残したままだったことを思い出して、後ろめたい気持ちになった。でも、ペニーは何も言わずに草かきをすませておいてくれるだろう。

フォレスターの父親と母親は、まだ椅子に座ったまま眠っていた。太陽が西の空を赤く染めている。丸太小屋はあっという間に暗い影の中に沈んだ。バクスターの開拓地ならまだしばらく明るいところだが、ここは常緑カシがそびえているせいで光がさえぎられてしまうのだ。フォレスターの息子たちは、一人また一人と家に戻ってきた。フォダーウィングは炉に火を起こし、飲み残しのコーヒーを温めなおした。フォレスターの母親が片目をそっと開けて、また閉じたのを、ジョディは見た。息子たちは、真っ昼間のフクロウでさえ目をさましそうなほどけたたましい音をたてて昼食の残り料理をテーブルに並べた。フォレスターの母親が椅子の上に起きなおり、夫の脇腹をつついて、家族の待つテーブルについた。今回は、すべての皿がきれいさっぱり空《から》になった。犬にやる残飯もなかった。フォダーウィングは浅鍋に残っている冷めたコーンブレッドと桶の中で凝固した牛乳を混ぜて、外で待っている犬たちに持っていってやった。ゆがんだからだが左右に大きく揺れる。ジョディは、あぶなっかしい足取りで桶を運ぶフォダーウィングに駆け寄って手を貸した。

夕食後、フォレスター一家はタバコを吸いながら馬の話をした。郡内やもっと西のほうで牧場を営む人たちのあいだで馬の不足が問題になっているという。オオカミやクマやパンサーが出没して、春に生まれた仔馬たちに大きな被害が出たらしい。毎年ケンタッキーから馬を売りに来る商人たちも、ことしは姿を見せなかったという。男たちの話は、北や西の方面へ足を延ばして使役用のポニーを買い付けてくればいい儲けになるだろう、という結論になった。ジョディとフォダーウィングは大人たちの話に飽きて、部屋の隅でジャックナイフ投げをして遊んだ。バクスターの母親だったら、すべすべに磨きあげた床にポケットナイフの刃を打ちこむなど、絶対に許さないだろう。が、この家では、床に傷がいくつか増えたところで、たいして変わりはないのだ。ジョディは遊びの途中でいきなり座りなおした。

「ぼく、いいこと知ってるんだ。たぶん、あんたが知らないこと」

「何?」

「うちのゲートのすぐ外の矮樹林《スクラブ》を、昔、スペイン人が通ったんだって」

「なんだ、それなら知ってたよ」フォダーウィングは前こごみになってジョディに顔を近づけ、興奮した声でささやいた。「ぼく、見たことあるもん」

ジョディはフォダーウィングの顔を見つめた。

「見たって、何を?」

「スペイン人。ぼく、見たことあるんだ。スペイン人って、背が高くて、髪の毛とか目が黒くて、ぴかぴかの兜《かぶと》をつけて、黒い馬に乗ってるんだ」

「見たはずないよ。スペイン人は、もう一人も残ってないんだもの。みんなどっかへ行っちゃったんだよ、インジャンみたいに」

フォダーウィングは、もの知り顔で片目をつぶってみせた。

「人はみんなそう言うけどさ、ぼくがほんとのことを教えてあげるよ。こんど、あんたん家の陥落孔《シンク・ホール》を通って西へ行くとき——あそこに大きなモクレンの木があるでしょ? まわりにハナミズキが生えてるとこ。あそこのモクレンのうしろを見てごらん。あそこには、必ずスペイン人がいるから。黒い馬に乗って、モクレンのうしろを通り過ぎて行くのが見えるから」

ジョディは首すじの毛が逆立つのを感じた。もちろん、これも例によってフォダーウィングの作り話にちがいない。だから、とうちゃんやかあちゃんはフォダーウィングのことを頭がおかしいと言うのだ……。でも、ジョディはその話を信じたい気がした。少なくとも、モクレンの木の陰をのぞいてみるくらい、何の害もないだろう。

フォレスターの息子たちは伸びをし、パイプをたたいて灰を捨て、あるいは口に含んでいたタバコを吐き出した。そして寝室へ行き、サスペンダーをはずし、ズボンをゆるめた。この家では一人に一台ずつベッドがある。たとえダブルベッドでも、大男が二人ひとつのベッドに寝るなどとても無理だからだ。フォダーウィングは、台所の軒下に作られた納屋のような部屋にある自分のベッドへジョディを連れていった。

「枕、使っていいよ」フォダーウィングが言った。

あした帰ったら、母親は「ちゃんと足を洗ったの？」と聞くだろうか。フォレスターの人たちは、なんて自由に暮らしているんだろう、足も洗わずベッドに倒れこむんだから――ジョディは、そんなことを思った。フォダーウィングは、地の果てについて作り話を始めた。地の果ては何もなくて、真っ暗で、人は雲に乗って浮いているのだという。初めのうち、ジョディはおもしろいと思って聞いていた。が、そのうちだんだん話が退屈で散漫になってきた。ジョディは眠りに落ちていき、スペイン人の夢を見た。馬ではなく、雲に乗ったスペイン人だった。

その夜遅く、ジョディは驚いて目をさました。家じゅうにけたたましい音が響きわたったのだ。最初、ジョディは、フォレスターの息子たちがまたけんかを始めたのかと思った。が、叫び声には目的が感じられ、フォレスターの母親が何やら激励しているような声も聞こえる。と思ったら、いきなりドアが開いて、けしかけられた犬たちが部屋に飛びこんできた。戸口から明かりがさし、犬につづいて男たちがはいってきた。男たちは素っ裸で、昼間より細身に見えたが、そのかわり丸木小屋の天井まで届きそうなほど背が高く見えた。フォレスターの母親が火のついた獣脂ろうそくを掲げ持っている。キリギリスのように痩せたからだは、丈の長い灰色のネルのねまきに包まれている。犬たちがベッドの下に走りこんだ。と思う間もなく走り出てきた。ジョディとフォダーウィングはベッドから飛び起きた。だれも騒ぎの理由を説明してくれない。少年たちは狩りの最後尾について回った。狩りの集団はすべての部屋に踏みこんだあげく、犬たちが虫よけ網の破れた窓から狂ったように飛び出していって、それでおしまいになった。

「犬どもが外でつかまえるだろうよ」フォレスターの母親が急に落ち着いた声になって言った。「まったく、いまいましいネズミめ」

「かあちゃんは、ネズミを聞きつける耳がうちじゅうで一番なんだ」フォダーウィングが誇らしげに言った。

「ベッドの柱をガリガリやられりゃ、だれだって気づくわさ」フォレスターの母親が言った。

フォレスターの父親が杖を頼りに足をひきずりながら部屋にはいってきた。

「そろそろ夜も明ける。わしは、もういっぺん眠るより、ウイスキーでも一杯やるかな」

「おっとう、老いぼれにしちゃ、上等の分別じゃねえか」

バックはそう言って、戸棚からウイスキーの大壜を出してきた。年老いた父親が栓を抜き、壜を傾けて飲んだ。

「酒をやるのに、分別もくそもあるか。おい、こっちにも回せ」レムが言った。

レムはウイスキーをぐびりと飲んで壜を次に回したあと、口をぬぐい、裸の腹をさすった。そして壁ぎわへ行き、手探りでヴァイオリンを探した。適当に弦をはじいて音合わせをしたあと、レムは腰を下ろしてヴァイオリンをキィキィ鳴らしはじめた。

アーチが「ちょっと音がちがうぞ」と言いながら自分のギターを出してきて、レムと並んで長椅子に腰を下ろした。

フォレスターの母親がろうそくをテーブルに置き、「おーい、素っ裸のカケスども、朝までそのまま起きてるつもりかい？」と聞いた。

アーチとレムは弦を鳴らすのに夢中で返事をしない。バックが棚からハーモニカを取って、勝手にメロディを吹きはじめた。アーチとレムは手を止めてハーモニカのメロディに耳を傾け、それに合わせて弾きはじめた。

「ほう、なかなかのもんじゃねえか」フォレスターの父親が言った。

酒場がもう一周した。パックが口琴《こうきん》を取り出し、ミルホイールが太鼓を取ってくると、バックが憂いをおびた曲をやめて陽気なダンス音楽を吹きはじめ、それまでの気の抜けた演奏がにわかに活気づいた。ジョディとフォダーウィングは、レムとアーチのあいだにはいって床に腰を下ろした。

「あたしもベッドに戻る気はなくなったよ。聞きのがしちゃ悔しいからね」フォレスターの母親が言った。

フォレスターの母親は埋《い》けてあった暖炉の火をかきたて、新しくたきつけを放りこんで、コーヒーポットを火に近づけた。

「ホーホーにぎやかなフクロウどもの朝ごはんは、いつもより早くなりそうだよ」

フォレスターの母親はそう言って、ジョディにウインクした。「一石二鳥、ってわけさ。浮かれ騒いでるうちに、朝ごはんができちまう」

ジョディはフォレスターの母親にウインクを返した。奔放で、陽気で、じっとしていられない気分だった。こんな陽気な人たちのことをなぜ自分の母親は嫌うのか、ジョディには理解できなかった。

音楽は音がはずれて、やたらに騒々しかった。まるで矮樹林《スクラブ》に棲んでいるヤマネコどもが大集合したような騒ぎだった。が、そこには耳と魂を満足させる律動や生気があった。調子っぱずれの和音に浸っているうちに、ジョディは自分自身がヴァイオリンになってレム・フォレスターの長い指で弾かれているような気がしてきた。

レムが低い声でつぶやいた。「ここに可愛いあの娘《こ》がいればなあ。一緒に歌って踊るんだが」

「可愛いあの娘《こ》って、だれ？」ジョディは深く考えもせず尋ねた。

「いとしのトウィンク・ウェザビーちゃんさ」

「え、その人って、オリヴァー・ハットーの彼女じゃないの？」

レムがヴァイオリンの弓を上げた。ジョディは一瞬、ぶたれるのかと思った。しかし、レムはそのまま演奏を続けた。ただし、目には怒りがくすぶっていた。

「てめえ、もういっぺん言ってみやがれ、口がきけねえように舌を引っこ抜いてやるから。わかったか?」

「わかったよ、レム。たぶん、ぼくがまちがえてたんだ」ジョディは急いで言った。

「きまってんだろ」

少しのあいだ、ジョディはオリヴァーを裏切ったような気がして落ちこんだ。が、やがてまた陽気な音楽に誘われ、強い風に運ばれて木々の梢まで舞いあがりそうな気分が戻ってきた。フォレスターの息子たちが奏でる曲はダンス音楽から歌に変わり、年老いた父親と母親も加わって甲高《かんだか》い声を震わせた。朝の光がさし、常緑カシの枝でマネシツグミがさえずりはじめた。その大きくてはっきりした声はフォレスター一家の耳にも届き、みんな楽器を置いた。丸木小屋の夜が明けた。

朝食は、フォレスター家にしては貧弱な料理だった。というのも、フォレスターの母親が歌い騒ぐのに忙しくて、ろくに料理をしなかったからだ。テーブルに湯気のたつ料理が並んだので、男たちはズボンをはいただけの恰好でテーブルに集まった。朝食のあと、男たちはひげから上を洗い、ブーツとシャツを身に着け、のんびりと仕事に出ていった。バックは糟毛《かすげ》の大きな雄馬に鞍をつけ、ジョディを自分の後ろに引きあげて、馬の尻にまたがらせた。鞍はバック一人でいっぱいで、羽根一枚よけいに乗せる隙間もなかったからだ。

フォダーウィングは肩にアライグマをのせ、足をひきずりながら開拓地の端まで見送りにきて、二人の姿が見えなくなるまで杖《つえ》を振っていた。ジョディはバクスター島で馬から下ろしてもらい、去っていくバックに手を振った。まだぼおっとした気分だった。センダンが枝をさしかけるゲートを勢いよく開けたとき、モクレンの木の陰に馬に乗ったスペイン人がいるかどうか見るのを忘れたことに気がついた。

# 第8章

　ジョディはゲートを後ろ手にカチャリと閉めた。まぎれもないにおいが漂っている。肉をローストするにおいだ。ジョディは家の脇を回って裏口へ走った。恨みがましい気持ちと知りたい気持ちがないまぜになって襲ってくる。開いている台所のドアから中へ飛びこみたいのをがまんして、まず父親のところへ急いだ。ペニーが薫製《くんせい》小屋から出てきて息子を迎えた。

　苦痛と歓喜を同時にかきたてる現実が目の前にあった。薫製小屋の壁に大きな鹿皮が広げて留めつけてある。

「狩りに行ったんだね。ぼくを待っててくれなかったんだ」ジョディは半泣きで地団駄を踏んだ。「こんどから、もう、絶対にとうちゃん一人で行ったりしないでよ」

「まあ落ち着け、話を聞けよ。こんなに大きな獲物、すごいと思わんか?」

憤慨がおさまると、こんどは好奇心が泉のように湧いてきた。

「教えてよ、とうちゃん。何があったの？」

ペニーは砂地にしゃがみ、ジョディはその横で腹ばいになった。

「雄ジカがいたんだよ、ジョディ。すんでのところで衝突しそうになった」

やっぱり腹が立った。

「なんで、ぼくが帰ってくるまで待っててくれなかったの？」

「おまえはフォレスターん家《ち》で楽しい思いをしてきたんだろう？　あっちのアライグマもこっちのアライグマも一本の木に登らせようったって、そりゃ無理というものさ」

「待っててくれてもよかったのに。いつもあっという間に時間が過ぎて、終わっちゃうんだもん」

ペニーが笑った。

「そうだな。だが、そこでそのまま止まっててくれ、なんてことは、おまえにも、おれにも、どこのだれにもできやしない相談さ」

「雄ジカは走ってたの？」

「そこなんだよ、ジョディ。これまで、肉が目の前にぼんやり立ってたなんてことは、ただの一度もなかった。だが、この雄ジカは道のど真ん中に突っ立ってたんだ。馬を見て逃げるでもなく、ただ突っ立ってた。最初は、『くそ、新しい銃を手に入れながら弾薬《たま》を込めてないなんて』と思った。ところが、銃尾を開けてみたら、ありがたや、フォレスターの連中はどの銃も必ず装塡しとくってことを忘れてたんだよ。弾薬《たま》が二発はいってた。目の前には雄ジカが立ってる。バンと撃ったら、シカが倒れた。道の真ん中に都合よく食糧袋が落ちてたようなもんさ。シーザーの尻になんとかシカをのっけて、家に帰った。そのとき何を思ったか、教えてやろうか。『この鹿肉を持って帰れば、ジョディをフォダーウィングのとこに置いてきたことでかあさんにガミガミ言われずにすむな』ってことさ」

「新しい銃と鹿肉を見て、かあちゃん、何て言った?」

「『あんたみたいに馬鹿正直な人でなけりゃ、物盗《ものと》りを働いてきたにちがいないって思うとこだよ』だとさ」

二人はくすくす笑いあった。台所からは、おいしそうなにおいが漂ってくる。フォレスター家で過ごした時間の記憶はすっかり消し飛び、もう昼ごはんのことしか考えられなかった。ジョディは台所にはいっていった。

「かあちゃん、ただいま」

「おや、笑ったもんだか、泣いたもんだか」

肉づきのいいからだが炉の前にかがんでいる。暑い日で、太い首すじを汗が流れ落ちている。

「うちのとうちゃんは狩りの名手だよね、かあちゃん？」

「そうだね。ありがたいことさ、あんたがしょっちゅうどっかへ行っちまうから」

「ねえ、かあちゃん――」

「何だい？」

「きょう、鹿肉食べるの？」

母親がふりむいた。

「まったく、あんたって子は食べることしか考えられないのかい？」

「だって、かあちゃんが料理する鹿肉、すごくおいしいんだもん」

母親が気をよくした。

「そうさ、きょう食べるよ。こんな暑さじゃ、もたないんじゃないかと思ってね」

「レバーももたないよね」

「あいにく、全部いっぺんに食べるわけにはいかないよ。夕方、あんたが薪箱をいっぱいにしてくれたら、夜にレバーが食べれるかもしれないけど」

ジョディは並んでいる料理をうろうろ眺めて歩いた。

「ほらほら、台所から出てっておくれ。かあちゃんの邪魔して料理ができなかったら、お昼はどうするんだい？」

「ぼくが料理する」

「ふうん、あんたと犬で料理するのかい」

ジョディは家から走り出て父親のところへ行った。

「ジュリアはどう？」

なんだか一週間も家を留守にしていたような気がした。

「よくなってきてる。一ヵ月もすりゃ、またスルーフットに吠《ほ》え面《づら》かかせるぞ」

「フォレスターの人たちは、スルーフットの狩りを手伝ってくれることになったの？」

「いや、話はまとまらんかった。むしろ、むこうはむこう、こっちはこっちで勝手にやったほうがいいんじゃないかと思う。おれとしちゃ、だれがスルーフットをしとめようがかまわんよ。うちの家畜に悪さしなけりゃ、それでいい」

「とうちゃん、ぼく、まだ言ってなかったけどさ、犬たちがスルーフットに飛びかかったとき、ぼく、すごく怖かったんだ。あんまり怖くて、逃げることもできなかった」

「おれも、銃が使い物にならんとわかったときには、まずいことになったと思ったよ」

「だけど、とうちゃん、フォレスターの人たちには、ぼくたちがものすごい勇敢だったみたいにしゃべったね」

「それが話ってもんさ」

ジョディはシカの皮をつぶさに調べた。大きくてりっぱな皮だ。春なので、赤っぽい色をしている。ジョディには、生きているときと死んだあとでは獣がまるで別のものに見える。狩りで追っているときは、獣は標的であり、しとめることしか考えられない。でも、血を流して死んで横たわる獣を見ると、吐き気がするし、かわいそうでしかたない。ずたずたになって死んだ姿を見ると、心が痛む。でも、それが切り分けられて、干し肉や塩漬け肉や薫製になり、台所で煮たり焼いたり揚げたりしておいしい料理になり、あるいは野営の夜にたき火でローストされたりすると、それはベーコンと同じただの肉であり、おいしい味を想像するとつばが湧いてくるのだ。いったいどういう魔法の作用で、さっき吐き気を催させたものが、一転して猛烈な食欲の対象になるのだろう、と、ジョディは思う。二種類のちがう獣がいるか、そうでなければ二種類のちがう自分がいるみたいだった。

皮のほうは、あまり変化しない。いつまでも生々しい感じがする。ベッドの脇に敷いてある柔らかな鹿皮をはだしの足で踏むたびに、びくっと動くんじゃないかと思ったりする。ペニーは小柄だが、薄い胸に黒い胸毛が生えている。とうさんは子供のころ冬に裸のままクマの皮にくるまって寝たせいで黒い毛が生えたんだよ、と、母親から聞かされた。もちろん冗談だが、ジョディはなかばそれを信じていた。

バクスターの開拓地は、フォレスターに負けないほど豊かに満たされていた。母親はスルーフットに殺された豚をひき肉にしてソーセージを作った。ソーセージは薫製小屋に吊り下げられ、下からヒッコリーの煙でぶすぶすといぶされている。ペニーは仕事の合間に薫製小屋をのぞいては、熾《おき》に薫製用の木片を足した。

ジョディは父親に声をかけた。「薪割りをしたほうがいい？　それとも、トウモロコシの草かきを片づけたほうがいい？」

「ジョディよ、お前も先刻《せんこく》承知と思うが、トウモロコシ畑を雑草だらけにするわけにはいかんから、草かきはとうさんが片づけた。だから、薪のほうをやってくれ」

ジョディは喜んで薪山へ向かった。何かをして気を紛らせていないと、空腹のあまり犬用にとってあるアリゲーターの肉にかじりつくか、さもなければヒヨコのえさに投げてやったコーンブレッドのくずを拾って食べてしまいそうだった。初めのうちは時間がなかなか過ぎず、父親のやることなすことについて歩きたくてしかたなかった。でも、ペニーがラバの世話をしにいって姿が見えなくなったのを機に、ジョディは薪割りに専念した。そして、両腕に薪をかかえて台所の薪箱へ運び、それを口実に昼食のしたくがどのくらい進んでいるかのぞいた。ありがたいことに、料理はすでにテーブルに並んでおり、母親がコーヒーを注いでいるところだった。

「とうさんを呼んでおいで」母親が言った。「それから、その汚い手を洗いなさい。どうせ、きのう家《うち》を出てから手なんか一度も洗ってないんでしょ」

ようやくペニーが戻ってきた。鹿も肉のローストがテーブルの中央にでんと据わっている。父親は気が狂いそうなほど落ち着きはらった手つきでナイフを使い、肉を切り分けていく。

「ああ腹ぺこだ。腹の虫が大騒ぎしてやがる」ジョディが口走った。

ペニーが肉切りナイフを置いてジョディの顔を見た。

母親が口を開いた。「ずいぶんな言葉づかいだね。どこで習ってきたんだい？」

「フォレスターの人たちが言ってた」

「そうだと思ったよ。あの下劣な連中から教わりそうなことだわ」

「あの人たち下劣じゃないよ、かあちゃん」

「あの家の人間は、どいつもこいつも下劣の下《げ》の下《げ》だよ。おまけに腹黒いし」

「腹黒くなんかないよ。ほんとに楽しい人たちだよ。あのね、あの人たち、ヴァイオリンも、ほかの楽器も、歌も、コンテストに出てくる人たちより上手なんだよ。けさなんか、夜が明けるよりずっと前から起きて、歌を歌ってにぎやかだったんだ。すごく楽しかったよ」

「ほかにやることがなけりゃ、それもけっこうだろうけどね」

目の前の皿に切り分けた肉がうずたかく盛られた。三人は食べはじめた。

# 第9章

　夜のあいだにしとしとと雨が降った。翌朝、四月の空は晴れわたり、まばゆい光にあふれていた。トウモロコシの苗は葉先をぴんと伸ばして、ずいぶん丈が高くなった。そのむこうの畑にまいたササゲも芽を出しはじめている。サトウキビは黄褐色の地面に緑の針先を立てたように生えそろっている。開拓地を留守にして戻ってくると、そのたびに、それまで気づかなかったこと――でも、ずっと前からそこにあったこと――に気づく。不思議だな、と、ジョディは思う。クワの枝に、びっしりと実がつきはじめている。これも、フォレスターの家に行く前には気づかなかったことだ。カロライナに住む母親の親戚が贈ってくれたスカパノン種のブドウも、初めての花をつけている。細かいレースのような花で、黄色い野生のミツバチが香りに誘われて集まり、逆立ちしてわずかな蜜をむさぼっている。

ここ二日、ジョディはこれ以上食べられないほど食べた。さすがにけさは少しけだるいような感じで、さほど空腹を感じない。父親は、例によって、とっくに起きて外で働いている。台所には朝食ができあがっており、母親は薫製小屋へソーセージの出来を見にいっている。薪箱が空になりかけているのを見て、ジョディはのろのろと外へ薪を取りに出た。仕事の意欲はあるのだが、急がない楽な仕事にしておきたい。ジョディはのんびりと二往復して薪を運んだ。老犬ジュリアはペニーを探して歩きまわっている。ジョディは腰をかがめてジュリアの頭をなでてやった。犬も犬なりに開拓地を満たしている幸福感を共有しているようだった。あるいは、この世でいましばらく沼地《スワンプ》や矮樹林《スクラブ》や樹林地帯《ハンモック》を走りまわる時間が与えられたことを、どこかしら理解しているのかもしれない。ジョディになでられても、老犬は長いしっぽを振りながらおとなしくしていた。いちばん深い傷はまだ赤く腫れているが、ほかの傷は癒えはじめている。父親の姿が目にはいった。畜舎のある放牧場のほうから道を横切って母屋に戻ってくるところだ。手に見慣れないものをぶらさげている。

「珍しいもんを見つけたぞ」父親が声をかけてきた。

ジョディは走っていった。だらりとぶらさがっているのは動物だった。見慣れたようでもあり、初めて見るようでもある。それはアライグマだった。ただし、いつも見る灰色のアライグマではなく、全身が乳白色の毛に覆われている。ジョディは自分の目が信じられなかった。

「とうちゃん、これ、なんで白いの？　ものすごく年とったじいちゃんのアライグマなの？」

「そこが珍しいのさ。アライグマは年をとっても白髪《しらが》にはならん。こいつはじいちゃんじゃなくて、本に出てくる『アルビノ』っていう珍しいやつだ。生まれつきの白子《しらこ》なんだ。ほら、見てみろ、しっぽの輪も、ほんとなら黒いはずなのに、こいつのはせいぜいクリーム色だ」

二人は砂地にしゃがみこんでアライグマを調べた。

「これ、わなにかかってたの？」

「ああ、わなにかかってた。ひどい傷だったが、まだ息はあった。殺すのは忍びなかったよ」

生きたアルビノのアライグマを自分の目で見ることができなかったと思うと、ジョディは残念でならなかった。

「とうちゃん、ぼくに運ばせて」

ジョディは死んだアライグマを両腕に抱いた。白っぽい毛皮は、ふつうのアライグマより柔らかいような気がした。腹の毛は孵化《ふか》したばかりのヒヨコの綿毛と同じくらい柔らかだった。ジョディは腹の毛をなでた。

「ちっちゃいうちにつかまえて飼えたらよかったのに」

「そうだな、きれいなペットになっただろうな。だが、ほかのアライグマと同《おんな》じで、いずれ悪さをするようになっただろうよ」

二人はゲートから中にはいり、家の横手を通って台所へ回った。

「フォダーウィングは、これまで飼ったアライグマはどれもそんなに悪さしなかった、って言ってたよ」

「ああ、だが、フォレスターの人間は嚙みつかれたって気がつかんような連中ばっかりだろ?」

「もしかしたら嚙みつき返すかもね、とうちゃん」

二人は隣人の姿を思いうかべて笑った。母親が戸口に出てきた。アライグマを見て、母親はうれしそうな顔をした。

「つかまえたんだね。よかった。そいつがうちのメンドリを狙ってたんだよ」

「でもさ、かあちゃん」ジョディが抗議した。「見てよ、こいつ白いんだよ。珍しいんだ」

「どっちにしても、盗っ人だよ」母親はにべもなく言った。「その毛皮はふつうより高く売れるのかい?」

ジョディは父親を見た。ペニーは洗面器に顔を突っこんでいたが、せっけんの泡の中から片目できらりと息子にウインクしてみせた。

「いや、五セントにもならんだろう」ペニーは気のなさそうな言いかたをした。「ジョディにもそろそろ小さなナップザックがあったほうがいいから、それに使っちまったらどうかと思ったんだが」

アルビノのアライグマを生きたまま飼えないのなら、珍しい色の柔らかい毛皮で作ったナップザックはせめてもの慰めだった。ジョディはそのことで頭がいっぱいになり、朝食ものどを通らなかった。感謝の気持ちを表したいと思って、ジョディは言った。

「ぼく、水槽の掃除をするよ」

ペニーがうなずいた。

「毎年、春になるたびに、人を頼んで深い井戸を掘りたいと思ってはみるんだがなあ。そうすりゃ、水槽なんぞ、ごみで埋まっちまったって、かまやしないんだ。でも、レンガがえらく高くてなあ……」

「水を思うぞんぶん使うなんて暮らし、あたしゃ一生縁がないんだろうね」母親が言った。「二〇年このかた、水をけちって、けちって、暮らしてきたんだから」

「まあ、もう少し辛抱してくれよ、かあさん」

そう言ったペニーの眉間にしわが寄った。水の苦労は母親や自分よりも父親のほうがはるかに重く感じていることを、ジョディは知っていた。薪のほうはジョディの受け持ちだが、細い肩に牛用の軛《くびき》をかつぎ、その両端にイトスギの丸太をくりぬいた大きな桶を下げて、開拓地から陥落孔《シンク・ホール》まで砂地の道をとぼとぼ往復するのはペニーの仕事なのだ。陥落孔《シンク・ホール》には地層から浸出した水がたまっている。腐葉土の上に降って砂で濾過《ろか》された水は琥珀《こはく》色だ。つらい水汲みの仕事は、ほんの数マイルのところに川もあり井戸も楽に掘れる土地があるにもかかわらずこの乾燥した高台に家族を連れて住みついたことに対するペニーの罪滅ぼしのようにも思われた。父親はなぜこの場所を選んだのだろう、という疑問が、初めてジョディの頭にうかんだ。陥落孔《シンク・ホール》の急斜面に作られた水槽の掃除を考えると、ハットーばあちゃんと一緒に川沿いの土地に住んでたらよかったのに、と言いたくもなる。でも、大王松《ダイオウショウ》の樹島《アイランド》を開拓したこの土地こそが、ジョディの世界なのだ。ほかの場所での暮らしは話に聞くだけの物語、オリヴァー・ハットーが聞かせてくれるアフリカや中国やコネチカットの話と同じ遠い世界の物語でしかなかった。

「丸パンと肉をポケットに入れていきなよ。あんた、けさはろくに食べてないから」

母親が言った。

ジョディはポケットに食べ物を詰めこんだ。

「あのさ、かあちゃん、ぼく、欲しいもんがあるんだ。オポッサムみたいな、何か入れて歩ける袋」

「神様はそのために、あんたのからだの内側に胃袋をつけてくださったんじゃないか。かあさんがテーブルに出した料理をちゃんと胃袋に入れていけ、ってことだよ」

ジョディは席を立ち、ぶらぶらと戸口へ向かった。

ペニーが声をかけてきた。「先に陥落孔《シンク・ホール》へ行っててくれ。アライグマの皮をはいだら、おれも行くから」

明るくて風の強い日だった。ジョディは母屋の裏手にある納屋に寄って根掘り用の鍬《くわ》を持ち、道路のほうへ歩きだした。柵にそって生えているクワの木が鮮やかな緑になってきた。母親がだいじにしているメンドリが、板をすのこ状に打ちつけた鶏小屋の中からひなたちを呼んでいる。ジョディは小さな黄色い綿毛のかたまりみたいなヒヨコをすくいあげて、頬ずりした。ヒヨコはジョディの耳もとでチーチーと声をあげた。地面に下ろしてやると、ヒヨコは太った母鳥の翼の下へあわてて逃げていった。この庭も、じきに草取りが必要になるだろう。

母屋の正面からゲートまでの通路も、草取りが必要だ。通路はイトスギの板で縁取りしてあるが、その上からも下からも雑草が顔を出し、縁取りにそって植えたアマリリスのあいだにまではびこっている。センダンの薄紫色の房は、もう花が散りはじめている。ジョディは地面に落ちた花びらをはだしのつま先で散らしながら歩き、ゲートを出たところで少し迷った。畜舎をのぞいてみようか。新しくヒヨコが生まれているかもしれない。仔牛も、きのうとは見た目がちがってきているかもしれない。もっともらしい寄り道の理由を考えつくことができれば、だんだん気が進まなくなってきている水槽の掃除をそれだけ先延ばしにできる。が、そこまで考えて、気が変わった。さっさと掃除を終えてしまえば、そのあと一日遊べるかもしれないのだ。ジョディは鍬を肩にかつぎ、足早に陥落孔《シンク・ホール》へ向かった。

地の果てというのは陥落孔《シンク・ホール》のようになっているのかもしれない、と、ジョディは思う。フォダーウィングの話では、地の果ては何もない真っ暗闇で人が乗れる雲が漂っているだけだというけれど、だれもほんとうに知っているわけではない。きっと、地の果てに近づいたときは陥落孔《シンク・ホール》の端に近づいたときと同じような感じがするにちがいない。自分が陥落孔《シンク・ホール》を発見した最初の人だったらよかったのに、と思いながら、ジョディは歩いた。柵の曲がり角のところで道路から外れて、踏み分け道にはいる。道は細く、両側にイバラが生えている。ジョディは、この先に陥落孔《シンク・ホール》があるなんてぜんぜん知らないつもりで歩いてみよう、と思いついた。ハナミズキの木を通り過ぎる。この木が目印だ。ジョディは目を閉じ、わざとのんきに口笛を吹きながら歩いた。一歩ずつ、ゆっくりと。絶対に目を開けないと決めていたのに、まぶたをぎゅっと閉じていたのに、やっぱり目を閉じたままではそれ以上進めなかった。ジョディは目を開け、ほっと安心して、石灰岩の巨大なすり鉢の縁まで残り数歩を進んだ。

足もとにひとつの世界が広がっていた。巨大なすり鉢のような穴が深く落ちくぼんでいる。こういう穴は神様と同じくらい大きなクマがユリ根を取ろうとして地面をざっくり掘った跡なのだ、と、フォダーウィングは言った。でも、ジョディは父親から聞いて真実を知っている。地面の下には川と同じように水が流れていて、いろいろな向きに渦を巻いたり蛇行したりしている。このように石灰岩の層があるところでは、とくにそうだ。石灰岩は、空気に触れれば硬くなるが、それまでは柔らかくて崩れやすい。それで、長雨のあとなどに、理由も前ぶれもなく、ほとんど音もたてずに、地面の一部がずぼっと陥没することがある。深い穴は、その下に目に見えない川が流れていた場所なのだ。陥没してできた穴は深さも直径もわずか数フィート程度の小さなものもあるが、バクスター島の陥落孔《シンク・ホール》は深さが六〇フィートもある。直径も非常に大きくて、ペニーが使っていた旧式の先込め銃では対岸にいるリスまで弾丸《たま》が届かないくらいだ。陥落孔《シンク・ホール》は、まるで測って作ったかのように完全な円形をしている。深い穴の底をのぞきこむたびに、ジョディは、陥落孔《シンク・ホール》というものを生み出した真実はフォダーウィングの話よりはるかに奇想天外であるような気がした。

この陥落孔《シンク・ホール》は、ペニー・バクスターが生まれるより前からあったらしい。ペニー自身は、穴の急斜面に生えている木々がまだほんの若木だったころをおぼえているという。いまでは、どれもりっぱな大木だ。東側の斜面の中ほどに生えているモクレンの幹はバクスター家で使っている石臼と同じくらいの太さだし、ヒッコリーは人間の太ももと同じくらいの太さがある。常緑カシの枝は陥落孔《シンク・ホール》を半分覆うほど大きく張り出している。モミジバフウやハナミズキ、テツボクやヒイラギのような背の低い木々も、青々としげって斜面を覆っている。そのあいだからパルメット・ヤシが槍のような葉先を突き出し、巨大なシダ類がいたるところに繁茂している。ジョディは大きくえぐれた緑の園《その》をのぞきこんだ。ここはさまざまな緑の葉が軽やかにそよぎ、いつもひんやりと涼しく、しっとり湿って、神秘的な空気が漂っている。陥落孔《シンク・ホール》は、乾燥した矮樹林《スクラブ》に囲まれたマツの樹島《アイランド》の中心部にあって、みずみずしい緑の心臓のように息づいている。

穴の底へおりていく踏み分け道は、西側の斜面にある。家畜に水を飲ませるために往復したペニー・バクスターの足が長年にわたって砂と石灰岩を深く刻んでできた道だ。どんなに雨が少ない時期でも、陥落孔《シンク・ホール》の斜面からはつねに水が滲《にじ》み出て伝い落ち、底の部分に浅い水たまりを作っている。ここは水が流れ出る先のない水たまりで、水を飲みにくる動物たちの足にかきまわされて濁っている。バクスター家の家畜の中では、豚だけがこの水たまりへ来て水を飲み、ころげまわって水浴びをする。ほかの家畜と人間のためには、ペニーがうまい工夫を講じていた。踏み分け道の向かい側にあたる東の斜面を少し上がったところに石灰岩層を削っていくつかの水槽を作り、濾過されて滲み出てきた水を受けてためるようにしたのだ。いちばん下の水槽は陥落孔《シンク・ホール》の底から肩の高さほどのところに作られており、ペニーはここに雌牛や仔牛、そして馬を連れてきて水を飲ませる。若き日のペニーは、土地の開墾に使うクリーム色の雄牛二頭を軛《くびき》につないで、ここへ連れてきたものだった。そこから数ヤード上がったところには、二つ一組のもっと深い水槽がある。ペニーの妻は、ここへ洗濯板とへら棒を持ってきて洗濯をする。斜面の一部が水しっくいを塗ったような乳白色になっているのは、歳月を重ねた石鹼の泡のあとだ。年に一度、キルトを洗濯するときには、ペニーの妻は雨水をためて使った。

もうひとつ、家畜用の水槽と洗濯用の水槽よりずっと上のほうに、深くて細長い水槽がある。ここは料理と飲用だけに使う水をためる水槽だ。この水槽の上は斜面がかなり急勾配なので、大きな動物がこの水槽に近づく心配はない。ここへやってくるシカやクマやパンサーは、西側の踏み分け道をおりて底の水たまりを使うか、あるいは家畜用水槽の水を飲む。リスは、上の水槽から水を飲むことがあった。ヤマネコも、ときどき上の水槽を使う。しかし、総じて、ここはひょうたんを使ってイトスギの桶に水を汲むペニーのほかに手をつけるものはない。

ジョディは鍬《くわ》をつっかい棒がわりに、どすどすと急斜面を下った。根掘り用の鍬は野ブドウのつるにひっかかって、つっかい棒としてはあまり使いやすくなかった。陥落孔《シンク・ホール》の底へおりていくときは、いつもわくわくする。一歩ごとに周囲の斜面がせりあがり、一歩ごとに木々の梢が後ろへ去っていく。風が渦を巻いて緑のすり鉢に吹きこむと、ひんやりとした空気の波が生まれ、木々がたおやかな緑の葉を揺らし、風の通り道でシダが地に伏せる。カーディナルが弧を描いて上空に飛来し、くるりと向きを変えて水たまりへ降下していく姿は、あざやかな紅葉が散ったように見えた。少年に気づくと、赤い小鳥は風を切る音を残して上空へ去っていった。ジョディは水ぎわに膝をついた。

水は澄んでいた。このところ、豚は北のほうの低湿地《プレーリー》でえさをあさっていて、陥落孔《シンク・ホール》へは来ないからだ。緑色の小さなカエルが半分水に沈んだ枝に乗って少年を見ていた。水のある場所は、ここからいちばん近くても二マイル離れている。カエルがこんな遠くの小さな水たまりまで移ってきて棲みつくなんて、すごいと思う。いちばん初めにここまで跳んできたカエルは、陥落孔《シンク・ホール》の縁にしゃがんで行くか戻るか思案しながら、すり鉢の底に水があることを知っていたのだろうか。ペニーは、むかし、雨季にカエルが兵隊の行進のように一列に並んで水のない低地林を通っていくのを見たことがある、と言っていた。そのカエルたちは、やみくもに移動していたのだろうか？　それとも、水のありかをちゃんと知っていたのだろうか？　ペニーも、それはわからない、と言っていた。ジョディが水たまりにシダの葉を投げると、カエルは水に飛びこんで柔らかな泥の中に隠れてしまった。

人恋しさとは異なる孤独感が押し寄せてきた。自分は大きくなったらこの水たまりのそばに小さな家を建てよう、と、少年は決めた。そのうちに動物たちも慣れて、月夜に窓の外を見れば水を飲みにきた動物たちの姿が見られるようになるだろう。

ジョディは陥落孔《シンク・ホール》の底の浅い水たまりを横切り、家畜用水槽のところまで数フィート登った。根掘り用の鍬を肩にかついでいって水槽のごみを掘るなんて、なんだか馬鹿みたいな感じがした。ジョディは鍬を放り投げ、両手を使って掃除を始めた。水槽には木の葉や砂が厚くたまっている。ジョディは猛烈な勢いで堆積物を掻き出した。じわじわと滲み出てくる水に対抗して水槽を空っぽにしてやろうと、むきになって手を動かす。が、手で掻くそばからたちまち水が滲み出て水槽にたまる。それでもともかく、石灰岩の水槽は白くきれいになった。ジョディは満足してそこを離れ、斜面をさらに登って、さっきよりも大きくて骨の折れる洗濯用水槽の掃除にとりかかった。たびたび使っているおかげでこちらの水槽には木の葉などの堆積物は比較的少ないが、石鹸の泡がこびりついていて滑りやすくなっている。ジョディはモミジバフウの木に登ってスパニッシュ・モスを腕に一抱えほど集めた。たわしがわりに使うと、ちょうどいいのだ。斜面の木が生えていないところから砂をすくってきて、一緒に使った。

いちばん上の飲用水槽にたどりつくころには、もう疲れていた。ここは傾斜がとても険しいので、斜面に腹をつければ仔ジカのように頭を下げるだけで水槽の水を飲むことができる。ジョディは舌を伸ばして、水槽の縦方向にそって水を舐めた。舌をチロチロ出し入れし、顔を上げて、水面に広がる波紋を眺める。クマは水を飲むとき、犬のようにピチャピチャ舐めるんだろうか、それともシカのように吸うんだろうか、などと考えた。そして、どっちなのか決めるために、自分がクマになったつもりで両方のやりかたを試してみた。ピチャピチャ舐めるのは時間がかかるが、水を吸いこんだらむせてしまった。クマがどっちなのかは、結局わからなかった。父親なら、クマがどうやって水を飲むか知っているだろう。あるいは、実際に見たことがあるかもしれない。

ジョディは顔全体を水につけてみた。顔を横に向けて、まず右の頬を水で冷やし、それから左も冷やした。水槽の底に頭をつけ、両手で体重を支えて逆立ちしてみたりもした。どのくらい息を止めていられるかな……？　口から泡が出てきた。陥落孔《シンク・ホール》の底から父親の声が聞こえた。

「ほう、またどういうわけで、ここの水はそんなに気持ちがいいんだ？　同《おんな》じもんを洗面器に入れりゃ、あんなにいやそうな顔するくせに」

水滴をしたたらせたまま、ジョディはふりかえった。

「とうちゃんか。近づいてくる音、ぜんぜん聞こえなかった」

「その汚れた顔を思いっきり水に突っこんでる最中だったからな。やれやれ、一口飲もうと思ってきたのに」

「ぼく、汚くないよ。水、にごってないよ」

「いいよ、そうのどが渇いてるわけじゃないから」

ペニーは斜面を登って下のほうの水槽を調べ、うなずいた。そして洗濯用水槽の縁をのぞきこみ、小枝を嚙みながら言った。

「いやあ、かあさんの口から『二〇年』と聞いたときには、正直、驚いたよ。時間のことなんぞ、あらためて考えもしなかった。毎年毎年、あっという間に過ぎちまって、気にもせず数えてもみなかった。春が来るたびに、かあさんに井戸を掘ってやりたいとは思うんだが、そのたびに、雄牛を買わなきゃならんとか、雌牛が沼にはまって死んだとか、赤ん坊を亡くして井戸を掘る気力も出んとか、医者代がかさんだとか。レンガ代がばかに高いし。いちど本気で掘ったとき、三〇フィートまで掘っても水が一滴も出なくて、こりゃかなり大変だぞ、とは思った。だが、二〇年も女房にこんな急斜面の湧き水で洗濯させたのは、長すぎたな」

ジョディは深刻な顔つきで聞いていた。

「いつか、きっと、ぼくらで井戸を掘ってあげようよ」

たしな」

「二〇年か……」ペニーがくりかえした。「だが、いつも何だかんだと邪魔がはいった。戦争もあった。戦争から帰ってきたら、土地の開墾は最初からまたやり直しだっ

ペニーは水槽にもたれてたたずみ、過ぎた歳月をふりかえった。

「おれが最初にここへ来たときには、この場所だと決めて移ってきたときには——」

けさの疑問がふたたびジョディの頭にうかんだ。

「とうちゃん、なんでここを選んだの？」

「そうだなあ、なんでここを選んだかといえば——」ペニーは額にしわを寄せて言葉を探した。「要は平穏に暮らしたかった。それだけだ」ペニーはそう言ってほほえんだ。「ここへ来て、やっと平穏な暮らしを手に入れた。クマやパンサーやオオカミやヤマネコに悩まされることはあるが……あと、たまに、かあさんにもな」

二人は黙ったまま座っていた。木々の梢でリスがごそごそしはじめた。突然、ペニーが肘《ひじ》でジョディの脇腹をつついた。

「ごらん、あそこ。こっちをのぞいてるぞ」

ペニーが指さした先にはモミジバフウの木があった。まだ子どものアライグマが木

に登り、幹の陰からこちらをのぞいている。地面から一二フィートほどの高さだろうか。人間の視線に気づくと、アライグマの子どもは顔をひっこめた。が、すぐにまた、目のまわりだけ黒く塗ったような顔をのぞかせた。

「むこうにしてみりゃ、人間が珍しいんだろうな。こっちが動物を見るのと同《おんな》じで」ペニーが言った。

「なんで怖がるやつと平気なやつがいるの？」

「それは、おれにもわからん。どれくらい小さいころに怖い思いをしたかによるんじゃないかと思うが、とくに決まりはなさそうだ。そういえば、むかし、朝早くから猟に出たことがあってな――ワイルドキャット・プレーリーでの話だ。そいで、おれは常緑カシの下に腰を下ろして、火をおこした。ちょいと暖まって、ベーコンでも焼くかな、と思ってさ。そしたら、そこに座ってるあいだにキツネが一匹すたすた近づいてきて、たき火をはさんで向こう側にごろんと寝そべった。おれがキツネを見る、キツネもおれを見る。腹がへってるんだろうと思って、肉を一切れ、長い棒に刺して、そいつの前に差し出してやった。それこそ、鼻のすぐ下に。キツネってやつはなにしろ人に慣れん動物で、いくら腹がへったといっても、人間を見て逃げ出さんなんて話は聞いたこともない。ところが、こいつはすぐそばにごろんと寝そべったまま、おれを見てるだけで、食いもしなけりゃ逃げもしなかった」

「見たかったな。なんで、寝そべったまま父ちゃんを見てたんだろう？」

「それが、いまだにわからん。おれの想像だが、たぶんそいつは犬に追っかけられて逃げるうちに頭ん中まで熱くなって脳みそが煮えちまったんじゃないかな。どっちにしても、あのキツネは完全に頭がおかしかったと思う」

さっきのアライグマが木の陰から出てきて全身を現した。

「とうちゃん、ぼく、一緒に遊べるペットが欲しいな。フォダーウィングみたいに。アライグマとか、仔グマとか」

「かあさんが怒るの、わかってるだろう。おれはかまわんさ、動物が好きだから。だが、これまで楽じゃなかったし、食い物だって足りてるわけじゃない。かあさんの言うことは、もっともだろう」

「キツネの赤ちゃんが欲しいな。でなけりゃ、パンサーの赤ちゃん。飼いならせると思う？　小さいうちに連れてきたら、飼いならせる？」

「ああ、アライグマは飼いならせる。クマも飼いならせる。ヤマネコもパンサーも飼いならせるさ」ペニーはそう言ったあと、少し考えた。むかし、自分の父親の説教で聞いた言葉を思い出していた。「なんだって飼いならすことはできるさ、人間の舌のほかはな」

# 第10章

病気で寝かされているものの、気分は悪くなかった。熱は下がりはじめている。母親が熱の出る病気だと言うから反論はしなかったけれど、ジョディは内心、まだ熱してない野イバラの実を食べすぎたせいではないかと思っている。そういうことで具合が悪くなった場合は、熱が出たときほど優しく看病してはもらえない。母親はジョディががたがた震えているのを見て、大きな手を額に当て、「ベッドにはいりなさい。寒気がして熱があるんだから」と言った。ジョディは黙って従った。

母親が湯気のたつ液体を入れたカップを持って部屋にはいってきた。ジョディは母親の手もとに不審の眼差しを向けた。ここ二日間、母親はジョディにレモン・リーフの煎じ薬を飲ませていた。それは香りもよくておいしく飲めた。ジョディが酸っぱすぎると言うと、母親は茶さじ一杯のジャムを加えてくれた。が、ときに摩訶不思議《まかふしぎ》な知力を発揮する母親がこんどこそ真実を覚《さと》ったのではないかと、ジョディは恐れた。ジョディの病気を腹痛と見破ったとしたら、いま母親が持ってきた薬はスネーク・ルートの煎じ薬か、さもなければクイーンズ・デライトから作った血をきれいにするとかいう薬だろう。どちらも、ジョディにとっては大の苦手だ。

「とうさんがフィーバー・グラスを植えといてくれれば、熱なんかすぐ下がっちまうのに。庭に熱さましの薬草も植わってないなんて、何を考えてるんだか、まったく」

「かあちゃん、そのカップ、何がはいってるの?」

「あんたは知らなくていいんだよ。さ、口を開けな」

「やだよ、教えてよ。もし、それを飲んだせいで死んじゃったら、何飲まされたか知らないままになっちゃうじゃないか」

「モウズイカの煎じ薬だよ、うるさい子だね。もしかしたら、あんた、はしかじゃないかと思ってさ」

「はしかなんかじゃないよ、かあちゃん」

「なんでわかるのさ?　はしかにかかったこともないくせに。さ、口を開けなよ。はしかじゃなくても、毒にはならないから。もしはしかだったら、これで発疹が出てくるはずだよ」

発疹が出るという話は、なかなか魅力的だ。ジョディは口を開いた。母親はジョディの髪をつかんで、煎じ薬をカップ半分ほど口に流しこんだ。ジョディはゲホゲホむせながら抵抗した。

「もういらない。はしかじゃないもん」

「もしはしかだったら、発疹が出なけりゃ死んじまうんだよ」

ジョディはふたたび口を開き、残りの煎じ薬を飲んだ。苦い味だが、母親が作るほかの煎じ薬に比べれば、まだましだった。ザクロの皮を煎じた薬やウツボカズラの根から作る薬は、とてつもなくひどい味なのだ。ジョディはスパニッシュ・モスを詰めた枕にもたれて仰向けになった。

「もしはしかだったら、どのくらいで発疹が出てくるの?」

「薬を飲んで汗が出てきたら、発疹が出るよ。ふとんをかぶって寝ておいで」

母親は部屋から出ていき、ジョディは諦めて汗が出るのを待った。病気になるのも悪くない。最初の夜みたいに腹痛でからだを二つ折りにして転げまわるのはごめんだが、病気が快方に向かったあとは、父親や母親にだいじにしてもらえて、いい気分だ。

野イバラの実のことを黙っているのは、少し後ろめたかった。正直に白状すれば、下剤を飲まされて、翌朝には一件落着だろう。この二日間、開拓地の仕事はすべてペニーが一人でこなしている。老馬シーザーに犂《すき》を引かせてサトウキビ畑の中耕《ちゅうこう》をすませ、土寄せをし、トウモロコシとササゲの手入れをし、ささやかなタバコ畑の世話をし、おまけに陥落孔《シンク・ホール》から水を運び、薪を割り、家畜にえさをやり、水を飲ませ……。

でも、やっぱり熱だったのかもしれない。ほんとうにはしかにかかったのかもしれない。ジョディは顔と腹をさわってみた。まだ発疹は出ていない。汗も出ていない。ジョディは早く熱くなって汗が出るようにふとんの中でからだを曲げたりそらしたりして暴れた。どう考えても、いつもと変わらず元気だとしか思えない。実際、肉をたらふく食べすぎて腹をこわす前よりも、むしろ調子がいいくらいだ。母親が止めないので調子に乗って作りたてのソーセージや鹿肉をどれほど食べたか、ジョディは思い出した。もしかしたら、野イバラの実も、結局、こんどの病気とは関係なかったのかもしれない。ようやく汗が出てきた。

「かあちゃん、来て！　汗が出てきたよ」

母親がやってきて、ジョディの容態を調べた。

「すっかり元気そうじゃないか。ベッドから出なさい」

ジョディはふとんをはねのけてベッドからおり、鹿皮の敷物の上に立った。一瞬、頭がくらっとした。

「だいじょうぶなの？」母親が聞いた。

「うん。ちょっと力がはいらない感じ」

「何も食べてないからだよ。シャツ着て、ズボンはいて、ごはんを食べにおいで」

ジョディは急いで服を着て、母親のあとについて台所へ行った。料理はまだ温かかった。母親は丸パンをテーブルに出し、肉と野菜のハッシュを皿によそい、搾りたての牛乳をカップに注いでくれた。そして、ジョディが食べるのを見守った。

「あいかわらずだね、少しは食欲もおさまるかと思ったけど」母親が言った。

「ハッシュ、おかわりしてもいい？」

「もう、やめときな。アリゲーターも顔負けなぐらい食べたじゃないか」

「とうちゃんは？」

「放牧場へ行ったんじゃないかね」

ジョディは父親の姿を探してぶらぶら歩いていった。父親は、珍しく、ゲートにぼんやりと腰を下ろしていた。

「おう、すっかり元気そうじゃないか」

「もう治った」

「はしかじゃなかったのか。どうやら産褥熱《さんじょくねつ》でもないし、天然痘でもなさそうだな」父親の青い瞳がいたずらっぽく光った。

「あのさ、とうちゃん――」

「なんだ」

「ぼく、病気っていうより、まだ青い野イバラの実を食べたせいだと思うんだけど」

「まあ、そんなとこだろうと思ったさ。かあさんには何も言わずにおいたけどな。青い野イバラの実を腹いっぱい食ったなんて言ったら、こっぴどく叱られるぞ」

ジョディは安堵のため息をついた。

「いま、ここに座って空を見てたんだがな。一、二時間もすりゃ、月がちょうどいい位置に来る。どうだ、浮きでも作って、釣りに行くか?」

「クリークへ?」

「どっちかと言うと、スルーフットが葉っぱを食いちらかしてたアンペラソウの湿原へ行ってみたい気がするね」

「きっと、めちゃめちゃでかいのが釣れるよ！」

「狙ってみるのも悪くないな」

二人は家の裏手の納屋へ行き、釣具を準備した。ペニーは古い釣り針をはずして、二本の糸に新しい釣り針をつけた。そして、先日撃ったシカのしっぽから短い毛を切り取り、灰色と白の小さな毛束で擬似餌《ルアー》を作って、それとわからないように釣り針にくくりつけた。

「おれが魚だったら、こいつにパクッと食いつくね」ペニーは言った。

ペニーは家に戻って妻と短い言葉をかわした。

「ジョディと二人でバス釣りに行ってくる」

「あんたはへたばってるし、ジョディは病気だと思ったけど？」

「だから釣りに行くのさ」

母親は戸口まで出てきて二人を見送った。

「バスが釣れなかったら、小さいブリームでも獲ってきておくれ。かりっとフライにして骨ごと食べれるのを」

「手ぶらじゃ帰ってこないから」ペニーが請けあった。

午後の空気は暑かったが、池までの道のりは短く感じられた。ある意味、釣りは狩りよりいいかもしれない、と、ジョディは思った。狩りほど興奮しないけれど、狩りほど怖い思いもしない。心臓がバクバクすることもないし、歩きながら周囲を眺める余裕もある。常緑カシやモクレンの葉がどんどん緑濃くなってきているのがわかった。二人はいつもの池で足を止めた。長いこと雨が降らないので、水が少なくなっている。ペニーはバッタを見つけて水に投げこんだ。何も食いつかない。えさを求めて水面に渦を描く魚影は見られなかった。

「ここの魚はみんな死んじまったのかもしれんな」ペニーが言った。「こんなとこにぽつんぽつんと小さい池が散らばってて、毎年そこで魚が生きのびてるってことが、そもそもおれには不思議だ」

ペニーはもう一匹バッタをつかまえて池に放ったが、やはり何も食いつかなかった。「魚たちも気の毒になあ。自分のすみかにおりながら、どうにもならんとは。魚を釣るより、えさをやりに来たほうがいいくらいだ」

ペニーは竹の釣りざおを肩にかついだ。

「もしかしたら、神様もおれの姿を見て、同《おんな》じように思っておられるかもしれんな」ペニーは、のどの奥でクックッと笑った。「空の上からおれを眺めて、『ペニー・バクスターもかわいそうに、あの開拓地で苦労しておるわ』とか何とか言っておられるかもしれん。だが、うちの開拓地はいい開拓地だぞ。とすると、魚たちも案外、おれと同《おんな》じで満足しとるのかもしれんな」

ジョディが口を開いた。「見て、とうちゃん。人が歩いてる」

常緑カシの樹島《アイランド》とアンペラソウの湿原や低湿地《プレーリー》ばかりのこのあたりでは、人間の姿は動物を見るより珍しい。ペニーは手びさしをかざして遠くを見た。二人がいましがた通ってきた矮樹林《スクラブ》の道に、一列に並んだ六人ほどの男女がはいってくるところだった。

「ミノルカ人だ。アナホリガメを獲ってるんだ」ペニーが言った。

その人たちが肩に袋を背負っているのが、ジョディにも見えた。地面に深い穴を掘って棲む小さな陸ガメは地味がいかに劣っているかを象徴するような生き物で、矮樹林《スクラブ》の動物や人間もよほど飢えなければまず食用にはしない代物だ。

「前から思ってたんだが、連中はもしかしたらアナホリガメから薬でも作るんじゃないか。でなけりゃ、食うためだけに、わざわざ海岸あたりからあんなものを獲りには来《こ》んだろう」

「そうっと戻って、近くまで見にいこうよ」ジョディが言った。

「気の毒な人たちをわざわざ見に行くこともないだろう」ペニーが言った。「ミノルカ人は、えらくひどい目にあってきた人たちなんだ。おれの父親はミノルカ人の歴史をよく知っていた。どっかのイギリス人が、むかし、ミノルカの人たちをニュー・スマーナへ連れてきたんだそうだ。はるばる海を越えて、インディアン川を通って。そのイギリス人は、ここなら天国みたいな暮らしができると請けあって、その人たちを働かせた。ところが、天候が悪くて作物ができないとなったとたん、そのイギリス人はミノルカの人たちを放り出した。ほとんどが飢え死にして、生き残ったのはほんの少しだったそうだ」

「その人たち、ジプシーみたいなもの？」

「いや、ジプシーはもっと自由だ。ミノルカ人は、男は髪や肌が黒っぽくてジプシーみたいだが、女は若いうちは金髪で色が白い。だれの邪魔もせずにおとなしく暮らしてる人たちだ」

ミノルカ人の行列は矮樹林《スクラブ》の奥へ消えていった。ジョディはぞくぞくして、うなじの毛が逆立つような感じがした。スペイン人でも見たような気分だった。生きている人間の男や女ではなく、暗い影のような幽霊が、肩に背負ったアナホリガメと苛酷な運命の曰《いわ》く言いがたい重荷に打ちひしがれて通り過ぎていったような感じがした。

「その先の池なら、バスがオタマジャクシみたいにうようよ泳いでるぞ、きっと」ペニーが言った。

二人はスルーフットがショウジョウソウを食べていた低湿地《プレーリー》の端から少し西のあたりまで来ていた。雨が降らないせいで水がずいぶん引いて、湿原にはあちこちに硬く乾いた地面が露出していた。池の輪郭もはっきりしている。アンペラソウの湿原一帯を覆っていた池の水が引き、いまはスイレンの葉が揺れているあたりだけが水をたたえる池だ。黄色い脚と白塗りしたような派手な顔のオオバンがスイレンの上を渡っていった。かすかな風が湿原をそよがせ、水面に小さな波をたてた。スイレンが揺れ、丸い大きな葉が太陽のまぶしい光を反射する。

「ちょうどいいさざ波だな」ペニーが言った。「月もちょうどいい高さだ」

ペニーは二本の釣りざおに糸を縛りつけ、シカの毛で作った浮きをつけた。

「それじゃ、おまえは北側で釣ってごらん。おれは南側でやってみる。バタバタ足音をたてるんじゃないぞ」

ジョディはしばらくその場に立って、父親が慣れた手つきで釣り糸を池に放《ほう》る動作を観察し、節くれだった手の巧みな動きに感嘆した。父親が放った浮きは、スイレンがかたまって浮いているあたりのすぐ手前に着水した。ペニーは浮きを水面にそってゆっくり動かした。浮きは、まるで生きた昆虫のように不規則なリズムで水に浮いたり沈んだりしている。が、当たりは来ず、ペニーは糸をたぐりよせて、もう一度同じ場所にしかけを放った。そして、水草の揺れる池の底にひそむ魚に向かって話しかけた。

「おーい、じいさまよ、玄関の上がり口に座りこんどるんだろ、ちゃーんと見えとるぞ」ペニーは、浮きをさらにゆっくりと動かした。「さあさあ、パイプなんぞ置いて、ごはんを食べにおいで」

ジョディは父親の釣りに見とれていたが、そのうちに切り上げて、自分の釣り場へ移動した。しばらくは釣り糸がうまく放れず、糸がもつれたり、浮きがとんでもないところに着水したりした。狭い水面を通りこして、いまいましいアンペラソウに釣り針がひっかかったりもした。そのうちに、こつがわかってきた。腕も大きくしならせて振れるようになった。手首を返すタイミングもつかめてきた。ジョディの放った浮きは、キビがかたまって生えているすぐ手前に狙いどおり着水した。

「うまいぞ、ジョディ。ちょっとのあいだ、そのままにしとくといい。動かしはじめたら、すぐ当たりに備えるんだぞ」

父親が見ていたとは知らなかった。ジョディは緊張した。釣りざおをそっと揺らすと、浮きがピクンと跳ねた。水面が乱れ、銀色の影が水から半身を現し、鍋の口と同じくらい大きな口が開いてパクッとしかけを飲みこんだ。石臼のような重さで釣り糸が引っぱられ、釣り糸の先がヤマネコのように暴れ、釣りざおを握ったまま引き倒されそうになった。ジョディは腹に力を入れ、否応《いやおう》なしに始まった死闘に耐えた。

ペニーの声が聞こえた。「落ち着け。草の下に逃げこませるな。釣りざおの先を上げとけ。糸をたるませるな」

ペニーは手を出さなかった。ジョディは力を入れすぎて腕が痛くなった。あまり強く引けば釣り糸が切れそうで心配だが、一インチでも糸をゆるめれば大物に逃げられて急に引きがなくなりそうで、それも怖い。父親が何か魔法の言葉をかけてくれればいいのに、魚を引きあげてこの死闘に終止符を打つための秘法を伝授してくれればいいのに、と思った。バスは曲者《くせもの》で、水草の生えているほうへ猛烈な勢いで糸を引いていこうとする。水草に釣り糸を絡ませ、糸を切って逃げようという魂胆《こんたん》だ。ジョディの頭に考えがうかんだ——糸をぴんと引いたまま池の縁にそって歩いていけば、バスを浅瀬に引き寄せて弱らせることができるかもしれない……。ジョディは慎重に動いた。釣りざおを捨てて糸を直接つかんで相手と綱引きしようか、という考えも頭をよぎったが、ジョディは少しずつ池から遠ざかり、最後に釣りざおを大きくたわませてバスを釣りあげた。草の上に引きあげられたバスが激しくはねまわる。ジョディは釣りざおを捨てて駆け寄り、逃げられる心配のない場所へ獲物を移した。一〇ポンドもありそうな大物だ。ペニーが走ってきた。

「すごいぞ、やったじゃないか。いや、じつにうまく上げたもんだ」

ジョディは肩で息をしながら立ちつくしていた。ペニーがジョディの背中をドンとたたいた。息子に負けないくらい興奮している。ジョディはずんぐり太いバスの姿と大きな口を信じられない思いで見下ろした。

「ぼく、スルーフットをやっつけたのと同《おんな》じくらい気持ちいいや」ジョディと父親は笑顔をかわし、たがいの背中をげんこつで打ちあった。

「さあ、おまえに負けてはおれんな」ペニーが言った。

二人は別々の池で釣ることにした。そのうちに、ペニーが「負けたよ」と降参し、釣り針に虫をつけて手釣りで妻に約束したブリームを釣りはじめた。ジョディは何度も釣り糸を放《ほう》ったが、その後は水面が激しく渦巻くこともなく、魚が跳ねることもなく、強い引きと戦うこともなかった。いちど、小さなバスが針にかかったので、ジョディはそれを高く掲げて父親に見せた。

「水に戻してやれ」ペニーが言った。「そんな小さいのは食べる身もない。さっきのやつみたいに大きくなるまで、おいといてやれ。そしたら、また釣りにこよう」

ジョディは小さな魚をしぶしぶ水に戻し、泳ぎ去っていくのを見送った。ペニーは、魚であろうと獣であろうと、食べたり保存したりできる以上には獲らないという姿勢を厳しく守っていた。太陽が春の空に弧を描きおえるころには、大物をもう一匹釣りあげようという望みもしぼんだ。ジョディは腕と手首の使いかたがますます巧みになってきたのを楽しみながら、のんびりと釣り糸を放りつづけた。すでに月の位置が移り、魚がえさに食いつく時刻は過ぎてしまった。もう当たりも来ない。そのとき不意に、父親が口笛でウズラの鳴き声に似た音を出した。ペニーとジョディがリス狩りをするときに使う合図の音だ。ジョディは釣りざおを置き、釣りあげたバスが日ざしで傷まないよう草で覆った場所をふりかえって確かめてから、手招きしている父親のほうへ足音をたてないようにして歩いていった。

「ついておいで。そうっと、近づけるところまで近づいてみよう」ペニーがささやいて、指をさした。「シロヅルがダンスを踊っている」

遠くに大きな白い鳥が群れているのが見えた。とうちゃんの目はタカの目みたいだ、と、ジョディは思った。二人は四つんばいになって、そろそろと前進した。ときどき、ペニーは地面にぺたんと腹ばいになった。すぐ後ろからついていくジョディも、父親に倣って腹ばいになった。丈の高いアンペラソウがかたまって生えているところまで来ると、その陰に隠れよう、と、ペニーが身ぶりで合図した。シロヅルは、釣りざおを伸ばせばさわれそうなほど近くにいる。ペニーがその場にしゃがみ、ジョディも父親に倣った。ジョディは目を丸くしてシロヅルを見つめた。数えてみると、一六羽いた。

シロヅルのダンスは、ヴォルーシャの舞踏会で踊られるコティヨンそっくりだった。

二羽が群れから少し離れ、すっとまっすぐ立って、なかば鳴き声なかば歌声のような不思議な音楽を奏でている。コティヨンと同じく、複雑なリズムだ。ほかのシロヅルたちは輪になって踊っている。輪の中心では、数羽が時計と反対回りに動いている。離れて立つ二羽が音楽を奏で、輪になった鳥たちは翼を高く広げたり足を左右交互に上げたりして踊る。あるいは、雪のように白い胸に首を深くうずめ、首を上げ、ふたたび首をうずめる動作をくりかえす。踊るシロヅルは声もたてず、どこかぎこちないようでいて不思議に優雅な動作をくりかえしている。おごそかな光景だった。シロヅルは腕を伸ばすように大きく広げた翼を上下にはばたかせて踊る。外側で輪を作るツルたちが小刻みなすり足でぐるぐる回り、内側のツルたちは徐々に熱狂を高めていく。

突然、すべての動きが止まった。ダンスが終わったのだろうか、それとも人が見ていることに気づいたのだろうか。ジョディがそんなことを考えていると、音楽を担当していた二羽が踊りの輪に加わった。かわりに別の二羽が音楽を担当するようだ。少しの間《ま》があって、ダンスが再開した。鳥たちの姿が鏡のような湿原の水面に映り、一六の白い影がシロヅルの動きに合わせて踊っている。夕風がアンペラソウのあいだを吹き抜けた。草が腰を折り、葉先を揺らす。水面にさざ波が立つ。沈む夕日が白いツルの群れをバラ色に染める。魔法のように美しく神秘的な光景だった。シロヅルのダンスにつれて草が揺れ、浅瀬の水が揺れ、その下で大地が揺れた。大地が一六羽のシロヅルとともに踊っていた。沈みゆく太陽も、風も、空も。

気がつくと、ジョディ自身も呼吸に合わせて腕をツルの翼のように上下に揺らしていた。太陽がアンペラソウのかなたへ沈んでいく。湿原は金色の光に包まれた。シロヅルの群れも金色の光を浴びている。遠くの樹林地帯《ハンモック》が黒々とした影になって見える。夕闇がスイレンの池を覆い、水面を黒く染める。ツルたちの姿はどんな雲よりも白く、どんなキョウチクトウの花よりも、どんなユリの花よりも、白く見えた。いきなり、何の前ぶれもなしに、シロヅルの群れが飛び立った。一時間も続いたダンスが終わったただけなのか、それともアリゲーターの長い鼻面が水の上に現れて驚いたのか、ジョディにはわからなかった。とにかく、ツルたちは飛んでいってしまった。シロヅルの群れは夕焼けの空に大きな円を描き、大空を飛ぶときにしか発しない不思議なしゃがれ声で鳴きかわし、一列の長い線になって西のほうへ飛んでいき、やがて見えなくなった。

ペニーとジョディは腰を伸ばして立ちあがった。長いあいだしゃがんでいたせいで、ふくらはぎがつった。夕闇がアンペラソウの湿原に厚くかぶさり、池はほとんど見分けがつかなくなった。あたりの景色は色彩を失った陰翳になり、さらに暗い闇へ溶けていこうとしている。二人は北へ戻ってジョディが釣りあげたバスを回収したあと、東へ方向を変えて湿原を離れ、それからふたたび北へ向かった。しだいに濃くなる夕闇の中に、細い道がぼんやり続いている。やがて、二人は矮樹林《スクラブ》を突っ切る道に出て、もういちど東へ折れた。ここまで来れば、道はまちがいようがない。密生した木々が道の両側を壁のようにふさいでいるからだ。真っ暗なやぶの中に、濃い灰色のカーペットを敷いたような砂の道がひっそりと延びている。小動物が二人の前をすばやく横切り、やぶの中へ消えていった。遠くでパンサーの叫び声が響いた。ヨタカが頭上をかすめて飛んだ。二人は黙って歩いた。

家ではすでにパンが焼きあがり、鉄のスキレットには熱した揚げ脂が待っていた。ペニーはたきつけ用の薪に火をつけた松明《たいまつ》を持って放牧場へ行き、夕方の仕事をすませた。ジョディは台所の炉の光がぼんやり届く裏口の上がり段のところで魚のうろこを引き、身をおろした。母親は魚の切り身にとうもろこし粉をまぶし、カリッときつね色に揚げた。三人は黙って食べた。

「あんたたち、いったいどうしたの?」母親が声をかけた。

二人とも答えなかった。料理を口に運んでいても、目の前に座っている母親から話しかけられても、まるで上の空だった。二人は、この世のものとは思えない美しい光景を見た。その強い魔力に縛られて、いまだ夢の中をさまよっているのだった。

# 第11章

仔ジカの生まれる季節になった。ジョディは矮樹林《スクラブ》のあちこちで小さくとがったひづめが残した頼りない足跡を見た。陥落孔《シンク・ホール》へ行くときも、放牧場の南側に広がるブラックジャック・オークの林へ薪を切りにいくときも、害獣をつかまえるためにペニーがあちこちにしかけたわなを見まわりにいくときも、ジョディは地面に目を凝らして仔ジカの足跡を探した。仔ジカの足跡は、たいてい母ジカの大きな足跡を追うようについていた。しかし、母ジカは用心深く、大きな足跡だけが一ヵ所に集中していることも多かった。母ジカが単独でえさを食べにきたのだ。あぶなっかしい仔ジカの足跡は、そこから少し離れた場所で見つかる。母ジカは仔ジカを安全な深いしげみの奥に隠しておいて、単独でえさを食べに来るのだ。仔ジカは二頭生まれることが多い。ジョディは二頭ぶんの足跡を見ると、気持ちを抑えることができなかった。

そういうときは、いつも、「一頭は母ジカのところに残しておいて、あとの一頭をぼくのペットにできたらいいのに」と思った。

ある夜、ジョディはこのことを母親に切り出した。

「かあちゃん、うち、牛乳はいっぱいあるでしょ、だから、ぼく、自分のペットに仔ジカを飼っちゃだめ？　背中に斑紋《はんもん》のある仔ジカだよ、ねえ、かあちゃん、だめ？」

「だめに決まってるよ。牛乳がいっぱいあるって、どういう意味だい？　毎日毎日、一滴だって牛乳が余る日なんかないじゃないか」

「ぼくの牛乳をあげるから」

「ふん、そうやってろくでもない仔ジカばっか太らせて、あんたはチビのまんま大人になるのかい。ただでさえ仕事がいくらでもあるのに、昼も夜もメェメェ鳴くようなもんを飼ってどうしようっていうのさ」

「欲しいんだもの。ぼく、アライグマが欲しいけど、アライグマは大きくなったら悪さするようになるし、クマの仔でもいいけど、クマも大きくなったら悪さしそうだし。でも、何か欲しいんだよ」——ジョディが顔をしかめると、そばかすがひとところに寄った——「ぼく、自分だけのものが何か欲しいんだよ。ぼくのあとをついて歩く、ぼくだけのものが――」ジョディは言葉を探した。「何か、ぼくを頼ってくるようなものが欲しいんだよ」

　母親は、ふんと鼻を鳴らした。

「そんなもの、どこを探したってありゃしないよ。動物の世界でも、人間の世界でも。いいかい、これ以上うるさくしたら承知しないよ。あといっぺんでも『仔ジカ』だの『アライグマ』だの『仔グマ』だの言ってごらん、ひどい目にあわせるからね」

　ペニーはいつもの場所に座って、黙って聞いていた。

　あくる朝、ペニーが言った。「ジョディ、きょうは雄ジカを狩りに行くぞ。もしかしたら、ねぐらでじっとしてる仔ジカが見れるかもしれん。自然のままの仔ジカを見るのは、飼いならすのと同《おんな》じくらい楽しいぞ」

「犬は二匹とも連れていくの？」

「ジュリアだけだ。ジュリアはけがのあと動いてないから、のんびり狩りをすればちょうどいいだろう」

　母親も会話に加わった。「この前の鹿肉は、すぐなくなっちまったからね。でも、まあ、いい干し肉がたくさんできたけど。ハムがあといくつか薫製小屋にぶら下がってりゃ、多少はましな眺めになるんだけどさ」

母親の機嫌は、食料の備蓄次第で良くも悪くもなる。

「ジョディ、あの古い先込め銃は、おまえに譲ることになりそうだな」ペニーが言った。「ただし、おれのときみたいに故障しても、気を悪くするなよ」

気を悪くするなんて、とんでもない。自分に使わせてもらえるというだけで、ジョディは満足だった。母親がクリーム色のアライグマの皮を縫ってナップザックを作ってくれたので、ジョディはそれに弾丸《たま》と雷管と詰め綿がわりのスパニッシュ・モスを入れ、火薬筒に火薬を詰めた。

ペニーが妻に声をかけた。「かあさん、ちょっと考えたんだが、ヴォルーシャへ行ってこようと思うんだよ。薬莢《やっきょう》を買いに。レムが銃と一緒につけてくれたのは二、三個しかなかったから。それに、本物のコーヒーも欲しいし。そこらに生えてる代用コーヒーは、さすがに飽きたな」

「ああ、あたしも同じだよ。それに、針と糸も要るし」妻が同意した。

「このところ、シカはセント・ジョンズ川のほうへえさを食いにいってるようだ。足跡がみんな川へ向かってる。だから、おれたちも川のほうへ下っていきながら雄ジカを一、二頭しとめて、鞍下肉《くらした》や腰肉をヴォルーシャへ持っていって交換で必要なものを手に入れようと思うんだ。ついでにハットーばあちゃんの顔も見てこれるし」

ペニーの妻は顔をしかめた。

「あんたたち、あのはすっぱなばあさん家《ち》に寄ったら、二日は帰ってこないでしょ。そんなら、ジョディは置いてってもらわないとね」

ジョディは身もだえしながら父親を見た。

「明日には戻ってくるさ。ジョディだって、父親について歩かなけりゃ猟をおぼえて一人前の男になれんだろうが」

「そりゃ、体《てい》のいい言い訳だよ。男ってのは、何かっていうとつるんでほっつき歩きたがるんだから」

「なら、おまえが一緒に猟に行くかい？　ジョディに留守番させて」

ジョディは声をあげて笑った。母親の大きなからだが湿地林《ベイヘッド》をかきわけて進んでいく図を想像したら、大声で笑わずにはいられなかった。

「わかったよ、行っといで」母親も笑った。「行って、さっさと用事をすましておいで」

「たまには、おれたちが留守なのもいいもんだろう」ペニーが言った。「そういうときしか、ゆっくりできないからね。じいちゃんの銃に弾丸《たま》を込めて置いてっておくれよ」

旧式も旧式のロング・トムなんぞをぶっ放せば相手よりかあちゃんのほうが危ないだろう、と、ジョディは思った。かあちゃんの銃の腕はからっきしだし、ロング・トムのほうもペニーの先込め銃と同じで、いつ故障するかわからない。が、それがあるだけで安心だという母親の気持ちは理解できた。ジョディは納屋からロング・トムを取ってきて、父親に装塡《そうてん》を任せた。自分が譲り受けたばかりの先込め銃を置いていけと言われなくてよかった、と思った。

ペニーは口笛を吹いてジュリアを呼び、午前も半ばを過ぎたころ、二人と一匹は東へ向けて出発した。五月の日は蒸し暑いくらいだった。太陽が矮樹林《スクラブ》の木々のあいだから照りつける。オークの小さな硬い葉が平鍋のように太陽の熱を受け止めている。焼けた砂の熱さが牛革の靴底から足の裏へ伝わってくる。この暑さにもかかわらず、ペニーの足取りは速い。ジョディはついていくのがやっとだ。ジュリアは飼い主の前方を軽やかに駆けていく。まだ獣のにおいはない。ペニーはいったん足を止め、地平線を見わたした。

「とうちゃん、何か見える？」

「いや、何も見えん、影も形もなし」

開拓地から一マイル東へ来たところで、ペニーは方向を変えた。急にシカの足跡が多くなった。ペニーは足跡を見て、シカの大きさや性別や何日前の足跡かを調べている。

しばらくして、ペニーが口を開いた。「ごらん、ここ、大きな雄ジカが二頭で移動している。きのう、ここを通ったようだ」

「どうして足跡からそんなにわかるの？」

「慣れだな」

ジョディには、父親が示した足跡とそれ以外の足跡のちがいがほとんどわからなかった。ペニーはしゃがみこんで、足跡を指でなぞった。

「雌ジカと雄ジカのちがいはわかるだろう？　雌ジカの足跡は、先がとんがってほっそりしている。いつの足跡かは、簡単だ。古い足跡には砂が吹きこんでるからな。それに、よく見ると、走ってるときはひづめの先が開いている。ふつうに歩くときは、ひづめの先が閉じている」ペニーは新しい足跡を猟犬に示して、「こいつだ、ジュリア。行け！」と命じた。

ジュリアは長い鼻先を足跡に近づけた。シカの足跡は矮樹林《スクラブ》を抜け、東南方向に開けたゴールベリーの低地へ続いていた。あたりにはクマの足跡もあった。「チャンスがあったら、クマでも撃ったほうがいいの？」ジョディが尋ねた。

「クマでもシカでもいいぞ。ただ、確実に狙えるかどうか考えろ。弾丸《たま》を無駄にするな」

低地は、歩くのは楽だが、照りつける太陽が強烈だ。やがてゴールベリーのしげみがとだえ、マツ林にさしかかった。木陰が涼しくてありがたい。ペニーが指さした先に、クマの痕跡があった。大きなマツの幹にクマの爪痕が残っている。大人の肩くらいの高さだ。爪に削られたところから松脂《まつやに》が滲《にじ》み出ていた。

「クマがこういうことをするのを何度も見たことがある」ペニーが言った。「立ちあがって、爪でひっかくんだ。それから、顔を横にして幹にしつこく歯を立てる。で、少し下がって松脂が出てるとこに肩をこすりつける。蜜を取るときハチに刺されんようにするためだという話も聞くが、おれは前から、クマが自分の大きさを自慢したいがためにやるんじゃないかと思っている。雄ジカもそっくり同《おんな》じ方法で自慢するからな。雄ジカも、木の幹に頭や角をこすりつけるんだ。自分の大きさを見せつけるためだけにな」

ジュリアが鼻先を上げたので、ペニーとジョディはその場で足を止めた。前方で何やら騒ぎが起こっている。ペニーはジュリアに後《あと》につけと身振りで命じ、忍び足で進んでいった。前方に開けた土地が見えたところで、ペニーとジョディは立ち止まった。双子の仔グマがマツの若木にのぼって細い幹を揺らしている。若木は高くしなやかで、去年の春に生まれたクマの一年仔《いちねんご》たちがそれを前後に揺さぶって遊んでいるのだ。ジョディは、自分でも同じようにして遊んだことがあった。一瞬、仔グマの姿が自分と同じ男の子に見えた。自分もあそこにのぼって仔グマたちと一緒に木を揺らして遊びたい、と思った。二頭の仔グマが体重を傾けて揺すると若木は地面から半分あたりまでしなり、またまっすぐに戻って、こんどは反対側へ大きくしなる。仔グマたちはときどき可愛い声をたてた。

ジュリアががまんしきれずにほえた。仔グマたちは驚いて遊びを中断し、下にいる人間を見た。が、警戒する様子はない。人間を見るのは初めてで、ジョディと同じく好奇心しか感じていないようだ。二頭の仔グマは黒い毛に覆われた頭を右に左に傾けてこっちを見ている。一頭がさらに高い枝にのぼった。安全なところへ逃げたのではなく、もっとよく見える場所へ移ったのだ。仔グマは片腕を若木の幹に回し、口をぽかんと開けて人間たちを見下ろしている。黒くて丸い小さな目がきらきらと光っている。

「ねえ、とうちゃん、一頭つかまえようよ」ジョディがねだった。

ペニーも一瞬その気になりかけ、「飼いならすには大きくなりすぎてるな……」とつぶやいたところで我に返った。「おいおい、とんでもないこと考えるんじゃないよ。クマの仔なんか連れて帰ったら、あっという間にかあさんに追い出されちまうぞ、クマと一緒に、おまえも、おれも」

「とうちゃん、見て。あいつ、こっちをにらんでるよ」

「たぶん、性質《たち》の悪いほうのやつだな。双子のクマは、たいてい一頭は性質が良くて、もう一頭は性質が悪いもんだ」

「性質のいいほうをつかまえようよ、ね、とうちゃん、頼むからさあ」

仔グマが首を伸ばして二人を見た。ペニーは首を横に振った。

「いいかげんにしないか。きょうは猟をしにきたんだ、仔グマは放っとけ」

父親はふたたび雄ジカの足跡を追いはじめたが、ジョディはその場でぐずぐずしていた。もしかして仔グマが木から下りて自分のほうへ来ないかと思ったが、二頭は別の枝へ移ってジョディを眺めているだけだ。ジョディは仔グマにさわってみたくてしかたない。仔グマたちがおすわりしたりちんちんしたりする場面を想像した。調教されたクマはそういうことができるのだと、オリヴァー・ハットーから聞いたことがあった。ふんわり温かい仔グマが自分になついて膝の上で丸くなっている光景も想像した。ぼくのベッドの足もとに寝かせてやろう……寒い夜なら一緒にふとんにはいってもいいな……。マツ林を歩いていく父親の姿を見失いそうになり、ジョディはあわてて追いかけた。肩越しにふりかえって、仔グマたちに手を振る。二頭は黒い鼻先を空に向けた。黒い小さな目では見抜けなかったこと——下から自分たちを見上げていた生き物の本性——を、風に尋ねるように。仔グマたちはようやく警戒感を抱《いだ》いたらしく、若木をすべりおりて、西の方向、ゴールベリーのしげみの奥へ逃げていくのが見えた。ジョディは父親に追いついた。

「かあさんにああいうものを飼わせてくれと頼むなら、ちゃんと飼いならせるような若いのを見つけんとだめだ」ペニーが息子に声をかけた。

その言葉で少し気持ちがおさまった。たしかに、満一歳を超えた仔グマは大きすぎて手に負えないだろう。

「おれも動物をペットにしたことはなかったなあ」ペニーが言った。「うちは子供がたくさんだったからな。畑仕事も聖書もたいした金にはならんし、おれの父親はおまえのかあさんと同《おんな》じで、動物を飼うなんて話はいっさい聞いてくれなかった。おれたち子供に食わせるだけで精一杯だった。そのうちに父親が死んじまって、おれがいちばん年上だったから、下の連中が自分で何とか食っていけるようになるまで面倒を見てやらにゃならんかったしな」

「でもさ、仔グマなら自分で何とか食っていけるよね?」

「かあさんのヒヨコをえさにして、か?」

ジョディはため息をつき、父親と一緒に雄ジカの追跡に専念した。二頭の雄ジカはずっと一緒に行動していた。不思議なものだ、と、ジョディは考えた。春から夏にかけて、雄ジカたちはとても仲が良い。そのくせ、角《つの》が生えだして、秋になって雌ジカとつがうようになると、雌ジカの連れている仔ジカを追い払ったり、オスどうしで激しくけんかしたりする。二頭の雄ジカのうち、一頭はもう一頭より大きいようだった。

「こっちの雄ジカは背中に乗れるくらい大きいぞ」ペニーが言った。

マツ林の先は樹林地帯《ハンモック》が続いていた。アラマンダが密生し、黄色いラッパ形の花を空に向けている。ペニーは入り乱れる足跡を調べた。

「ジョディ、おまえ、仔ジカが見たいと言ってただろう。おれとジュリアがここからむこうへぐるっと一周してくるから、おまえはこの常緑カシに登って、枝のあいだにうずくまってろ。きっと、いいもんが見れるぞ。銃はそこのしげみに隠しとけ。邪魔になるだけだ」

ジョディは常緑カシを半分くらいまで登ったところで枝にうずくまった。ペニーとジュリアの姿は見えなくなった。カシの葉陰は涼しい。そよ風が葉のあいだを吹きぬける。ジョディのぼさぼさの髪は汗で濡れていた。ジョディは目に落ちかかる髪をかきあげ、青いシャツの袖で顔をぬぐってから、じっとその場で待った。静寂が矮樹林《スクラブ》を支配する。遠くでタカが鋭い声を発して飛び去った。枝に鳥が動く気配もなく、獣が歩いたりえさを食《は》む気配もない。ミツバチの羽音もせず、飛びかう虫もいない。真昼の時刻。天頂から照りつける太陽の下で、生きとし生けるものが休息をむさぼる時間。だが、ペニーとジュリアだけは、オークやギンバイカのしげみを分けて黙々と歩いているはずだ。下のほうで枝の折れる音がした。ジョディは父親が戻ってきたのだろうと思い、あやうく不用意に動いて自分の存在を顕《あらわ》すところだった。メェという声がした。仔ジカだ。丈の低いパルメット・ヤシの陰にうずくまっていたらしい。最初からずっとそこにいたのだろう。ペニーは知っていたのだ。ジョディは息を詰めた。

雌ジカがパルメット・ヤシを跳び越えて姿を現した。仔ジカは頼りない足取りで母ジカに走り寄った。母ジカは仔ジカに鼻先を近づけて、小さな挨拶の声を出した。そして、母親を求める小さな顔を舐めてやった。仔ジカは大きな目と耳ばかりが目立ち、背中に白い斑紋があった。ジョディはこんなに小さな仔ジカを見るのは初めてだった。母ジカがさっと顔を上げ、鼻孔を広げて空気を嗅いだ。危険な人間のにおいをかすかに感じたのだろう。母ジカは後ろ足で地面を蹴たて、常緑カシの周辺を調べまわった。そして猟犬と人間の臭跡を発見すると、前進と後退をくりかえしてにおいをたどりながら数歩ごとに勢いよく頭を突き上げた。母ジカは立ち止まり、耳を澄ました。聡明そうな大きな目の上で、耳がぴんと立っている。

仔ジカがメェと鳴いた。母ジカが落ち着いた。どうやら、危険が近くまで迫ったもの一応は去っていったことに満足したようだ。仔ジカは母ジカの張りきった乳房に鼻面を押しつけて乳を吸いはじめた。ごつごつした頭で母親の乳房を押しながら、食欲の満たされる喜びに短いしっぽを振っている。が、母ジカはまだ安心してはいなかった。母ジカは仔ジカからからだを離し、一直線に常緑カシの下へやってきた。枝にさえぎられてジョディの姿は見えないものの、母親が木の根元までジョディのにおいをたどり、鼻先を上に向けて居場所をつきとめようとしているのがわかった。母ジカの鼻は、人間の目が獣の痕跡をたどるように確実にジョディの手のにおいをたどり、靴の革のにおいをたどり、服にしみた汗のにおいをたどったのだ。仔ジカが温かい乳を求めて母ジカを追ってきた。突然、母ジカがくるりと向きを変え、仔ジカを蹴った。仔ジカは吹っ飛んでしげみの中に消えた。母ジカはひとっ跳びでしげみを越え、走り去った。

ジョディは急いで木から下り、仔ジカが転げこんだあたりへ走った。が、仔ジカの姿はなかった。ジョディは慎重にあたりを探しまわった。小さなひづめの跡が一面に残っているが、どれがどれだか見分けがつかない。ジョディはがっかりしてその場に座りこみ、父親を待った。ペニーは赤い顔をして汗だくになって戻ってきた。

「どうだ、ジョディ、何か見たか？」

「母ジカと仔ジカ。仔ジカは、ずっとここにいたんだ。母ジカから乳をもらってたんだけど、母ジカがぼくのにおいに気づいて逃げちゃった。仔ジカを探したんだけど、ぜんぜん見つからない。ジュリアなら跡を追えると思う？」

ペニーは地面にしゃがんだ。

「ジュリアは何でも追跡できる。だが、そんな小さい仔をいじめるのはやめとこう。きっと、いまもこのすぐ近くで死ぬほど怖い思いをしてるんだろう」

「母ジカは仔ジカを置いていっちゃったんだよ。ひどいよね」

「そこが賢いところさ。そうすりゃ、みんな母ジカを追いかけるだろう？　母ジカは、ちゃんと仔ジカに教えてあるんだよ。その場でじっとしてりゃ見つからない、って」

「すごくかわいい斑紋がついてたんだよ、とうちゃん」

「きれいに並んでたか？　それとも、ばらばらか？」

「きれいに並んでた」

「なら、そいつはオスの仔ジカだ。近くで見れて、よかっただろう？」

「よかったけど、つかまえて連れて帰りたかったな」

ペニーは笑いながらナップザックを開けて昼食を取り出した。ジョディが不満を口にした。このときばかりは、食べるより猟を続けたかったのだ。

「いずれ、どっかで昼めしを食わにゃならんだろう」ペニーが言った。「ここなら、シカが通りかかる確率がめっぽう高い。どうせ昼めしを食うんなら、獲物が通る場所で食えばいいじゃないか」

ジョディは銃を隠し場所から取ってきて、腰を下ろした。が、心ここにあらずの態《てい》で、野イバラの実のジャムのすっぱい味でようやく食べ物に意識が向いた。ジャムは薄く、砂糖が乏しいので甘味も十分ではなかった。老犬ジュリアはまだ万全でなく、横倒しに寝てからだを休めている。黒っぽい毛並のところどころに傷の痕が白く目立つ。ペニーは仰向けに寝ころがって、のんびりした口調で言った。

「あの二頭の雄ジカは、このまま風が変わらなけりゃ、もうすぐねぐらに帰る途中でここを通るはずだ。おまえ、四分の一マイルほど東に立ってるあの高いマツの木に登ってごらん。待ち伏せの場所としては最高だぞ」

ジョディは銃を取って歩きはじめた。自分ひとりの力で雄ジカをしとめることができるのなら何だってするつもりだ。

ペニーがジョディの背中に声をかけた。「あんまり遠くから狙うなよ。ゆっくり待つんだ。それから、撃った反動で木から落ちんようにな」

ゴールベリーしか生えていない荒涼とした低地の先に、まばらにそびえる高いマツの木立が見えてきた。ジョディは周囲を広範囲に見わたせる木を選んだ。この木の上から見ていれば、どっちに向かう獲物も見逃すことはないだろう。片手に銃を持ってまっすぐな木の幹を登るのは、ひと苦労だった。いちばん下の枝まで登っただけで、膝も脛《すね》もすりむけてしまった。ひと呼吸入れたあと、ジョディは登れるだけ高いところまで登った。マツの梢は気づかないほどの微風にもゆらゆらと揺れた。まるで木が生きていて自分の呼吸に合わせて動いているように感じられた。

ジョディは若木を揺すって遊んでいた双子の仔グマを思い出し、自分もマツの梢を揺すってみた。が、高い木の先端はジョディの体重と銃の重さですでに限界だったらしく、どこかが裂ける不吉な音がした。ジョディは揺するのをやめて周囲を見まわした。こうしてみると、空の高いところから下界を見晴らすタカの気分がわかる。自分がこうして見下ろしているように、タカも空の高みから賢く鋭い目で獲物を狙っているのだ。ジョディはゆっくりとあたりを見まわした。生まれて初めて、世界は丸いものだと実感できた。首を素早く回せば、周囲の地平線をいっぺんに視野におさめられそうな気がした。

下界がすっかり視野にはいっていると思っていたジョディは、何かが動いたのに気づいてはっとした。いままで見えていなかったが、大きな雄ジカがえさを探しながら自分のほうへ近づいてくる。熟しはじめたばかりのハックルベリーを食べているようだ。まだ弾丸《たま》の届く距離ではない。マツの木からおりてそっと近くまで行こうかとも考えたが、獣のほうが自分より敏感だから銃を構える前に逃げられてしまうだろう、と思いなおした。雄ジカがえさを求めて射程内にはいってくることを祈りながら木の上で待つしかない。標的は、気が狂いそうなほどのろのろと進んでくる。

一瞬、雄ジカが自分から遠ざかって南のほうへ行こうとしているように思われた。が、その直後、雄ジカはジョディのほうへ向かってまっすぐ進みはじめた。ジョディは枝の陰から銃を構えた。心臓がドクドク鳴っている。標的との距離が近いのか、遠いのか、もう何もわからなくなった。大きく迫って見えるような気がするものの、まだ目や耳などの細部まではっきり判別できるほど近くはない、ということはわかっていた。待つ時間がはてしなく長く感じられた。雄ジカが頭を上げた。ジョディはシカのたくましい首すじに狙いを定めた。

引き金を引いた。その瞬間、自分が標的よりどれくらい高い位置にいるかを計算に入れてなかったことに気づいた。これでは飛びすぎてしまう。が、弾丸《たま》は当たったようにに見えた。シカが空中に跳びはねたときの様子が、単に驚いただけとは思えなかったのだ。シカは大きな弧を描いてゴールベリーのしげみを跳び越え、ジョディが登っているマツの真下を通り過ぎた。父親の新しい二連式の猟銃があればもう一発撃てたのに――と思った数秒後、ペニーの銃声が聞こえた。ジョディはぶるぶる震えていた。マツの木からおり、しげみをかき分けて樹林地帯《ハンモック》まで戻った。雄ジカは常緑カシの木陰に倒れていた。ペニーがすでに解体を始めていた。

「ぼくの弾丸《たま》、当たった?」

「ああ、当たった。大手柄だぞ。おまえの一発で倒せたと思うが、こっちへ来たんで念のため撃った。おまえ、ずいぶん高いとこから撃ったな」

「うん。撃った瞬間に、そう思ったんだけど」

「まあ、そうやっておぼえていくものさ。次からは気をつけるようになる。ほら、これがおまえの撃った弾丸《たま》で、こっちがおれのだ」

ジョディは地面に膝をついてみごとな獲物を眺めたが、光を失った瞳とのどから流れ出る血を見たら、また吐きそうになった。

「殺さずに肉がとれたらいいのに」ジョディは言った。

「ああ、そうだな。だが、おれたちも食わにゃならん」

ペニーは手ぎわよく作業を進めていく。狩猟ナイフがわりに使っているのは平べったい金属やすりを刃のように薄くなるまで研いだもので、柄はトウモロコシの軸をつけただけだ。切れ味の鋭い道具ではないが、ペニーはすでにはらわたを抜き、重い頭部を切り落としていた。そして膝下の皮をはぎ、脚を交差させて縛り、そこに左右の腕を差し入れて、巧みにバランスをとって背負った。

「ヴォルーシャに着いて皮をはいだらボイルズが欲しがるかもしれんが、おまえがハットーばあちゃんに鹿皮をプレゼントしたいんなら、ボイルズのほうはことわってもかまわんぞ」

「鹿皮は敷物にできるから、ばあちゃん、きっと喜ぶと思うよ。ぼく、自分でしとめたのをあげたかったな」

「そんなことはかまわんさ。おまえの鹿皮だよ。おれは肉を半割りにして、肩のほうをプレゼントに持っていくとしよう。オリヴァーが船乗りになっちまったから、ばあちゃん家《ち》に猟でしとめた肉を持ってってやる人間はおれたちしかいないもんな。ばあちゃんにつきまとってやがるあの役立たずの北部野郎《ヤンキー》には、猟なんかできんだろう。いや待てよ」――ペニーが何食わぬ顔で言った――「それよりおまえ、その鹿皮、かわいいスイートハートに持っていってやらなくていいのかい？」

　ジョディは怒ったように顔をしかめた。

「とうちゃん、ぼくにスイートハートなんかいないこと、知ってるくせに」

「ユーラリーはどうなったんだ？　こないだのお祭りで手を握りあってるのを見たぞ」

「手なんか握ってないよ。ただのゲームだよ。そんなこともういっぺん言ったら、ぼく死んじゃうからね」

　ペニーはめったに息子をからかうことはなかったが、たまには少しからかってみたくなるのだった。

「ぼくのスイートハートはハットーばあちゃんだから」ジョディが言った。

「そうかい、わかったよ。この際、はっきりさせとこうと思ってさ」

砂の道は長く暑かった。ペニーは汗まみれだったが、重い荷物を背負っていても足取りは軽やかだった。

ジョディが「ぼくも運ぼうか?」と言ってみたが、ペニーは、「こういうもんは大人の背中でないと無理だ」と、首を振った。

二人はジュニパー・クリークを渡り、細い道を二マイルほど歩いたあと、川ぞいの町ヴォルーシャへ続く本道にはいった。ペニーは足を止めて休憩を取った。午後遅く、二人はマクドナルド船長の家の前を通った。もうすぐフォート・バトラーだ。道路が大きく曲がるあたりで砂地に生える細くねじくれたマツや背の低いオークが姿を消し、みずみずしい緑の木々が見られるようになった。モミジバフウやヒメタイサンボクが生え、川が近いことを示す道しるべのようにイトスギが増えてきた。低地では遅咲きのツツジが花をつけ、道ぞいにトケイソウが薄紫色の花弁を広げている。

二人はセント・ジョンズ川にさしかかった。黒々とした流れには人を寄せつけぬものがある。川は岸辺の営みにも、川を渡る人間や川を利用する人間にもまるで無頓着に、大海へ向かってひたすら流れていく。ジョディは川面を見つめた。この流れの先は広い世界につながっているのだ。ペニーが大声を出して川むこうのヴォルーシャ側にいる渡し舟を呼んだ。切り出した丸太をつないだだけの粗末ないかだを操って船頭が川を渡ってきた。ペニーとジョディはいかだに乗り、ゆったりとした川の流れを眺めながら向こう岸へ渡った。ペニーが渡し賃を払い、二人は湾曲した貝殻の道をたどってヴォルーシャの商店にはいっていった。

ペニーが店の主人に挨拶した。「やあ、ボイルズさん、こんにちは。このシカ、どうかね？」

「蒸気船に売ってやるにゃ惜しいが、船長は欲しがるだろうね」

「鹿肉の値段は？」

「変わりなしだよ。鞍下肉《くらした》で一ドル五〇セント。川を往来する都会の連中は、鹿肉、鹿肉と騒ぐが、豚肉のほうが倍もうまいと思うよ。あんたやおれには、ちゃんとわかってるけどな」

ペニーは大きな肉切り台へシカを運んでいき、皮をはぎはじめた。

「そうさな。だが、自分じゃ猟に出られんような太鼓腹の連中には、鹿肉はさぞや珍味なんだろうよ」

二人は声を合わせて笑った。ペニーは取引する品物だけでなく、機知と話の面白さでも、店にとって大歓迎の客なのだ。ボイルズ自身も判事と仲裁人の肩書を持ち、ヴォルーシャの生き字引的な存在だ。さまざまな品物のにおいが入りまじる手狭な店内に立つボイルズの姿には、薄暗い船倉に立つ船長の趣《おもむき》があった。店には、農具、荷車、馬車、道具類、食料品、ウイスキー、金物、生地、小間物、薬品など、必需品からなかなか手にはいらない贅沢品まで、各地から仕入れた商品がそろっていた。

「肉は、肩のほうを半分かみさんに持って帰るから、あす帰りがけに取りに寄るよ。もう半分は、これからハットーばあちゃんに持っていこうと思ってるんだ」ペニーが言った。

「ああ、ハットーばあちゃんね」ボイルズはそう応じたあと、「それにしても、『ばあちゃん』はないやね。自分の女房があれくらい気の若い人なら、毎日がさぞ楽しかろうよ」と言った。

ジョディはカウンターの下のガラスケースを眺めて歩いた。甘いビスケットやいろいろなキャンディが並んでいる。大型のバーロー・ポケットナイフ。新型のロジャーズ・ナイフ。靴ひも、ボタン、針と糸。荒物は壁の棚に陳列してある。バケツ、水差し、ラードオイル・ランプ、たらい、新型の灯油ランプ、コーヒーポット、鋳鉄製のスキレットやダッチ・オーブン――さまざまな種類のひな鳥がひとつの巣から顔をのぞかせたみたいな眺めだ。家庭用雑貨の奥には、キャラコ、オスナブルク、デニム、ショディ、リンネル、ホームスパンなどの生地が並んでいる。アルパカやリンゼイ・ウールゼイやラシャも二、三反あるが、どれも厚くほこりをかぶっている。こんな贅沢品は、とくに夏場には、ほとんど売れないのだ。店の裏手には食料品があった。ハム、チーズ、ベーコン、砂糖、小麦粉、とうもろこし粉、粗びきカラス麦、コーヒーの生豆《きまめ》など、樽がたくさん並んでいる。麻の大袋にはいったジャガイモ、小さな樽にはいったシロップ、樽詰めのウイスキーなどもある。が、どれもたいして興味をそそる品物ではなく、ジョディはぶらぶらとガラスケースのほうへ戻ってきた。ひも状のリコリス菓子を束ねた上に、錆《さび》の浮いたハーモニカが置いてあった。鹿皮と交換でハーモニカを手に入れようか、そうすればハットーばあちゃんに吹いて聞かせてあげられるしフォレスターの人たちと合奏もできる、という考えがジョディの頭をよぎった。が、ハットーばあちゃんは、たぶん鹿皮のほうを喜ぶだろう。そのとき、ボイルズの声がかかった。

「坊っちゃん、あんたの父さんが店に来てくれる機会はそうそうないから、きょうは一〇セントまでなら何でも好きなものを坊っちゃんにあげよう」

ジョディは貪欲な眼差しで店に並ぶ商品に目を走らせた。

「ハーモニカは一〇セントより高いですよね」

「ああ、そうだね。だが、それはずっと売れずに置いてあったやつだから、持っていっていいよ」

ジョディはキャンディもちらっと見たが、お菓子ならハットーばあちゃんのところでもらえるだろうと思った。

「ありがとうございます」ジョディは礼を言った。

ボイルズは、「バクスターさん、おたくの息子さんは礼儀正しいねえ」と言った。

「この子のことは、ほんとうに楽しみにしてるんですよ」ペニーが言った。「うちは子供を小さいうちにたくさん亡くしてるんで、この子をだいじにしすぎかと思うこともあるんですがね」

ジョディは褒められたうれしさでからだが熱くなるのを感じた。清く正しい人間になろうと思った。そして、良い子の自分に下されたご褒美をいただこうと、カウンターの奥へ回った。そのとき、ドアの近くで何かが動いたので、ジョディは視線を上げた。ボイルズの姪ユーラリーが口をぽかんと開けてジョディを見ている。瞬間的に、少女に対する嫌悪が押し寄せてきた。父親が冷ややかすからユーラリーなんか大嫌いだ、と思った。きっちり編んだ二本のお下げが気に入らない。自分よりそばかすの多い顔が憎らしい。リスみたいな前歯も、手も、足も、痩せっぽちの全身も、何もかも大嫌いだ……。ジョディはすばやく身をかがめ、麻袋から小さなジャガイモを手に取って構えた。ユーラリーは憎々しい顔でジョディを見ていたが、そのうちに舌を出してガーターヘビのようにチロチロ揺らしてみせた。さらに二本の指で鼻をつまみ、あんた臭いわ、最低、というしぐさをした。ジョディはジャガイモを投げつけた。ジャガイモは肩口に命中し、ユーラリーは苦痛の叫びをあげて逃げていった。

「何をするんだ、ジョディ」ペニーが言った。

ボイルズが険しい顔で近づいてきた。

ペニーが厳しい口調で言った。「ジョディ、外へ出なさい。ボイルズさん、こいつにハーモニカをもらうわけにはいきません」

ジョディは店の外に出た。暑い太陽が照りつけていた。恥ずかしかった。でも、もう一度同じ状況になったら、やっぱりジャガイモを投げつけるだろう、それも、もっと大きいやつを投げつけてやる、と思った。用事を終えたペニーが店から出てきた。

「情けないぞ、おれの顔に泥を塗るようなまねをして。やっぱり、かあさんの言うとおりかもしれんな。おまえをフォレスターと付き合わせたりしたのがまちがいだったようだ」

ジョディは足で砂を蹴っている。

「構うもんか。あんなやつ、大嫌いだ」

「あきれたぞ。いったい、なんであんなことをしたんだ?」

「だから、大嫌いなんだってば。あいつ、ぼくにアッカンベーしやがった。あのブス」

「おいおい、ブスを見るたびにものを投げつけるわけにはいかんだろう」

ジョディは、なおも強情な態度で砂につばを吐いた。

「ハットーばあちゃんが聞いたら、何て言うだろうな」

「だめだよ、とうちゃん、ハットーばあちゃんには言わないで。頼むから」

父親は返事をしてくれない。

「これからは行儀よくするからさ、とうちゃん」

「こんなことでは、この鹿皮も、おまえから受け取ってもらうべきかどうか——」

「ぼくに持っていかせてよ、とうちゃん。ハットーばあちゃんに黙っててくれるなら、もう絶対にだれにも何も投げつけたりしないから」

「わかった。こんどだけだぞ。二度とあんなことするなよ。ほら、鹿皮を持っていけ」

よかった……暗雲は去った。二人は北へ曲がり、川ぞいに続く道をたどった。道の脇にモクレンの花が咲いている。その先に、キョウチクトウの咲く小道があった。真っ赤なカーディナルが二人の前を飛んでいく。小道の先に白い垣根のゲートが見えてきた。ハットーばあちゃんの庭は色とりどりの花が咲き乱れ、垣根の中に鮮やかな色のパッチワーク・キルトを広げたみたいだ。白い小さな家にはスイカズラとジャスミンのつるが絡みつき、家を地面につなぎとめているように見える。何もかもがなつかしく、いとおしい。ジョディは、ピンクがかった薄紫色の細かい花をつけた藍《アイ》に埋まりそうな庭の小径を駆けだした。

「おーい、ばあちゃん！」

ジョディが呼ぶと、家の中で軽やかな足音がして、ハットーばあちゃんが戸口に姿を見せた。

「おや、ジョディじゃないの！」

ジョディはハットーばあちゃんに駆け寄った。

「ばあちゃんを押し倒すなよ」背中からペニーの声がした。

ハットーばあちゃんは小柄なからだを踏ん張ってジョディを抱きとめた。ジョディはばあちゃんが悲鳴をあげるほどぎゅっと抱きついた。

「しょうもないクマの仔だね、あんたは」

ばあちゃんは笑いだし、ジョディも上を向いて一緒に笑いながら、ばあちゃんの顔を見た。ピンク色でしわだらけの顔だ。ばあちゃんの目はゴールベリーと同じくらい真っ黒で、笑うとその黒い瞳が開いたり閉じたりして、目尻にしわが寄る。ばあちゃんが笑ってからだを上下に震わせるたびに、ふっくらとした胸が細かく揺れる。ウズラの砂浴びみたいだ。ジョディはクンクンと仔犬のようにばあちゃんのにおいをかいだ。

「うーん、ばあちゃん、いいにおい」

「残念ながら、こっちはひどいにおいだよ」ペニーがハットーばあちゃんに話しかけた。「泥まみれの二人組だ」

「猟をしてきたからだよ」ジョディが言った。「鹿皮とか葉っぱなんかのにおい。それと、汗のにおいかな」

「いかしたにおいだわよ」ばあちゃんが言った。「近ごろ男っぽいにおいにご無沙汰で淋しいわ、なんて思ってたとこだったの」

「とにかく、これ、挨拶がわりに。しとめたばかりの鹿肉」ペニーが言った。

「それと、鹿皮」ジョディが言った。「敷物に使ってもらおうと思って。これ、ぼくのなんだ。ぼくが撃ったの」

ハットーばあちゃんは両手を空に向かって放りあげた。それだけで、プレゼントは特別な価値のあるものになった。ばあちゃんが喜んでくれるなら、自分ひとりでパンサーを撃ちに行ったっていい、と、ジョディは思った。ばあちゃんは鹿肉と鹿皮をなでた。

「ほらほら、手が汚れちまうよ」ペニーが言った。

ハットーばあちゃんには、太陽が水を引きつけるように男から男気《おとこぎ》を引き出す魅力があった。明るく粋なところが男心を魅了するのだ。若い男はめっぽう雄々しい気分をかきたてられ、年配の男は銀色に輝く巻き毛のとりこになる。ハットーばあちゃんには、どこか究極の女らしさのようなものがあって、あらゆる男たちの心をそそった。そして、それがあらゆる女たちの敵意を招くのだった。ジョディの母親は、ハットーばあちゃんの家で四年間世話になったあと、ばあちゃんを大嫌いになって開拓地に帰ってきた。ばあちゃんのほうも、ジョディの母親を嫌うことにかけては負けていなかった。

「肉はおれが台所へ運んでいくよ。鹿皮も、しばらくねかせとくといいから、納屋の壁に鋲《びょう》で留めつけておこう」

「フラッフ、おいで!」ジョディが犬を呼んだ。

白い犬が全力で駆けてきて、ボールがはねるようにジョディにとびつき、顔を舐めた。

「フラッフったら、まるで親類が来たみたいな喜びようだわね」

フラッフは静かにおすわりしている老犬ジュリアに気づき、緊張した様子で近づいていった。ジュリアは長い耳を垂らしたまま、ぴくりとも動かない。

「いい犬じゃないの。うちのルーシーおばさんにそっくり」ハットーばあちゃんが言った。

ペニーは鹿肉と鹿皮を持って小屋の裏手に回った。この家では、父も、息子も、戦いで傷を受けた猟犬も、だれもが温かく迎えてもらえる。ジョディは自分の母親のもとに帰ったときよりもくつろげる気がした。

「ばあちゃんだって、毎日毎日ぼくの世話を焼かなきゃならないんだったら、きっと、こんなに喜んでくれないよね」ジョディが言った。

ハットーばあちゃんは、くすくす笑った。

「おかあちゃんがそう言ったんだね。あんたが来るんで、文句言ってた？」

「今回はそれほどでもなかったよ」

「あんたのとうさんは、まったく、愛想のかけらもない女と結婚したもんだよ」ハットーばあちゃんは辛辣《しんらつ》な口調でそう言ってから、指を一本立てた。

「あんた、泳ぎに行きたくない？」

「川で？」

「そう、川で。水から上がったら、きれいな服をあげるよ。オリヴァーのお古だけど」

ばあちゃんは、アリゲーターに気をつけなさいとか、ヌママムシに気をつけなさいとか、川の流れが速いから気をつけなさい、というようなことをひとつも言わなかった。そんなこと言わなくてもわかっているはずだと思ってもらえるのは、いい気分だった。ジョディは小径を走って栈橋《さんばし》へ向かった。川の水は深くて暗い。岸辺を洗う波は小さく砕けて音をたてているが、真ん中のほうはよどみなく音もたてずに流れていく。水面に落ちた木の葉の動きだけが水の流れる速さを教えてくれる。ジョディは木の栈橋の上で少しためらったあと、水に飛びこんだ。水の冷たさに息がとまりそうになったあと、上流に向かって泳ぎはじめた。流れのさほど速くない川岸から離れないようにして泳いだ。

が、ほとんど前に進まない。川の両岸には鬱蒼とした木々がそびえている。ジョディは、右と左に常緑カシとイトスギが生えているあたりから少しも前に進まない。アリゲーターに追われているつもりになって必死で泳いだ。一つ目標を過ぎ、必死に犬かきを続けて、また一つ目標を越した。すぐ次の栈橋——渡し舟が往来し、蒸気船が横付けする、上流のあの栈橋まで泳ぎ着けるだろうか。ジョディは何とかがんばってそこまで行こうとした。イトスギの膝根《しっこん》が川の中に張り出していたので、それにつかまってひと息ついたあと、また泳ぎだした。桟橋はまだ遠い。シャツやズボンが泳ぎの邪魔をする。素っ裸で飛びこめばよかった、と思った。ハットーばあちゃんなら、とがめたりしないだろう。フォレスターの男たちが素っ裸で楽器を弾いたり歌を歌ったりしていたことを話したら、かあちゃんは何と言っただろうか。

肩ごしにふりかえると、川すじが大きく曲がっているせいで、ハットーばあちゃん家《ち》の桟橋が見えなくなっていた。突然、水の底知れぬ暗さが不安になった。ジョディは戻ろうとして方向転換した。流れにすくわれて、からだがすごい速さで流されはじめた。川岸に寄ろうともがいても、水が手足に絡みついてくる。パニックが襲ってきた。このままヴォルーシャ砂州まで流されるかもしれない。ジョージ湖まで行ってしまうかもしれない。もしかしたら海まで流されるかもしれない……。ジョディは無我夢中で水に抗《あらが》い、何でもいいから動かないものにつかまろうともがいた。気がつくと、桟橋の少し上流で足が川底についた。ジョディはほっとして、桟橋まで慎重に水の流れに乗って近づき、板張りのデッキに上がった。ひとつ深呼吸をするとパニックは去り、冷たい水につかったことと危機を乗り切ったこととで気持ちが高揚してきた。桟橋の上にペニーがいた。

「なかなかの奮闘ぶりだったな。おれは岸のそばでおとなしく水浴びして汚れを落とすだけにするか」

ペニーは桟橋から慎重に水にはいった。

「足のつかんとこまで行くのはやめとこう。バシャバシャ泳ぐ年齢《とし》でもないからな」

ペニーはじきに水から上がった。二人は小屋の裏手に回った。ハットーばあちゃんが洗濯した衣類を用意しておいてくれた。ペニーには、ずっと昔に他界したミスター・ハットーの衣類――歳月を経て、かびくさいにおいがした。ジョディには、オリヴァーが何年も前に小さくて着られなくなったシャツとズボン。

「ものは取っておけば七年ごとに使う機会があるっていうけど……七の二倍はいくつかしらね、ジョディ？」

「一四だよ」

「それ以上は聞かんでやってくれ。去年の冬、うちとフォレスターが下宿させて面倒見た教師ときたら、自分でも計算が怪しそうだったからな」

「本で勉強するよりだいじなことは、いくらでもあるわよ」

「そりゃそうだが、読み書きと計算くらいはできんと。まあ、ジョディはいまのとこ、おれが教えることをよくおぼえてるがね」

ペニーとジョディは納屋で着がえ、手ぐしで髪をなでつけた。清潔になった感じはしたが、他人の服を身に着けるのは妙なものだった。ジョディのそばかすだらけの顔はつやつやと輝き、黄褐色の髪は水に濡れたおかげできちんとおさまっている。二人は自分の靴をはき、脱いだシャツで靴のほこりをぬぐった。ハットーばあちゃんの呼ぶ声がしたので、二人は家にはいっていった。

いつものにおいだが、何がまざったにおいなのか、ジョディにはいまだにわからない。ばあちゃんが衣類につけているスイートラベンダーの香りは、まちがいない。いつも壜に入れて暖炉の前で乾かしてあるから。蜂蜜のにおいも、はっきりわかる。ばあちゃんは、いつも戸棚に蜂蜜をしまってあるのだ。焼き菓子のにおいもする――タルト、クッキー、フルーツケーキ。フラッフを洗うのに使うせっけんのにおいもする。外の庭からはいってくる花の香りもある。そして、それらすべてを覆うように、川のにおいが漂っている――きょう初めて、ジョディはそれに気がついた。川は、ばあちゃんの小さな家やその周辺を満たし、湿った土や朽ちていくシダのまじりあったにおいを置いていく。ジョディは開いているドアから外を見た。マリーゴールドのあいだを縫って小径が川まで続いている。川面は午後の遅い太陽を受けてまばゆい金色に輝き、マリーゴールドのあざやかな色と溶けあいそうだ。川の流れはジョディの心を大海原へ誘《いざな》う。オリヴァーが船で嵐を越え、世界を股にかけるという大海原へ。

ハットーばあちゃんがスカパノン種のブドウから作ったワインとスパイスケーキを出してくれた。ジョディも一杯だけワインを許された。ワインはジュニパー・スプリングズから湧き出る清水のように透きとおった液体だった。ペニーは舌鼓を打ちながらおいしそうに飲んだが、ジョディは、ブラックベリー・シュラブみたいなもう少し甘い飲み物ならいいのに、と思った。ぼんやりとスパイスケーキを口に運ぶうちに、気がついたら、なんと皿がからっぽになっていた。家でこんなことをしたら、たいへんだ。でも、ハットーばあちゃんは戸棚のところへ行って、ふたたびお皿にケーキを盛ってくれた。

「夕ごはんが食べられなくなっちゃうわよ」

「ぼく、いつも知らないうちに食べすぎちゃうんだ」

ばあちゃんは台所へ行き、ジョディも一緒についていった。ばあちゃんは鹿肉をスライスしはじめた。あぶり焼きにするつもりらしい。ジョディは心配になって顔をしかめた。バクスターの人間にとって、肉料理はべつに珍しいごちそうではないのだ。が、ばあちゃんがオーブンの扉を開けると、ほかにも料理ができているのがわかった。ばあちゃんの家には、料理用の薪ストーブがある。その中から出てくる料理は、自分の家のように丸見えの炉で作られる料理より神秘的に見えた。ぴったりと閉じられたオーブンの扉は、暗い懐《ふところ》にありとあらゆるものを秘めているように見えた。ケーキのせいでいくらか鈍っていた食欲が、香ばしいにおいにふたたびかきたてられた。

ジョディはハットーばあちゃんと父親のあいだをうろうろと行き来した。ペニーは表の部屋でソファに沈みこんだまま黙っている。夕闇が父親に忍び寄り、やがてその姿をすっかり飲みこんだ。ここにはフォレスターの家を訪ねたときのような興奮はない。そのかわり、居心地のいい空気が冬の夜の暖かいキルトのように人を包んでくれる。家でさまざまな仕事に追いまくられるペニーにとっては、無上の安らぎに身をゆだねることのできる空間だ。ジョディは台所仕事を手伝うと申し出たが、ハットーばあちゃんに追い返された。それで、ぶらぶらと庭に出て、フラッフと遊んだ。その様子を老犬ジュリアが不思議そうに見ている。ジュリアには、飼い主と同じく、遊びなど考えられないことなのだ。黒と茶のまじったジュリアの顔には、使役犬のまじめくさった表情がうかんでいる。

夕食の用意ができた。ジョディが知るかぎり、独立した部屋で食事をするのはハットーばあちゃんの家だけだ。ほかの家では、台所に食事用のテーブルがある。そのテーブルも、むきだしのマツの天板をごしごし拭いて使うだけだ。ハットーばあちゃんが料理を運んでくるあいだ、ジョディは白いテーブルクロスと青いお皿から目が離せなかった。

「こんなきれいなテーブルに座るのがおれたちみたいなみすぼらしい二人組じゃ、申し訳ないな」ペニーが言った。

だが、ペニーは自分の家の食卓ではけっして見せないようなくつろいだ態度でハットーばあちゃんと冗談や世間話に興じた。

「例のスイートハート氏がまだ姿を見せんのは、どうしたわけだろうね」ペニーがハットーばあちゃんをからかった。

ばあちゃんが黒い瞳をキッと光らせた。

「いまの言葉が、ペニー・バクスター、あんたの口から出たんでなけりゃ、とっくに川に突き落としてるところよ」

「気の毒なイージー・オウゼル君と同《おんな》じ運命、ってわけですかな?」

「溺れちゃえばよかったのに、あんなやつ。肘鉄《ひじてつ》食らわされてもわかんない男なんて、最低よ」

「やつを正真正銘お払い箱にしたいんなら、まずもって拾ってやらんことには話が始まらんわな」

ジョディは大声でばか笑いした。二人のおしゃべりを聞いていると、ついつい食事を口に運ぶ手が留守になる。自分だけ食事が遅いのに気づいて、ジョディは食べるほうに専念した。香りのよい詰め物をして丸焼きにしたバス——イージー・オウゼルが川にしかけた網から上がったばかりの魚だ。ジャガイモの料理もある。バクスター家で一日三食サツマイモが食卓にのぼったあとだけに、ジャガイモはごちそうだった。早生《わせ》のトウモロコシもある。バクスター家では、とれたてのトウモロコシが人間の口にはいることはめったにない。畑で作るトウモロコシは、人間よりもまず家畜にとって絶対に必要な食糧なのだ。出された料理をすべて腹に詰めこめないのが残念で、ジョディはため息をついた。そして、サンザシのジャムを塗った白パンを黙々と口に運んだ。

「ジョディをこんなに甘やかしたら、家に帰ったあとがたいへんだ。母親が新しい猟犬を仕込むみたいに一からしつけなくちゃならんだろうよ」ペニーが言った。

夕食のあと、三人は庭から川岸へ出て散歩した。船が行きかう。旅人たちが手を振る。ハットーばあちゃんも手を振る。日も暮れかけたころ、イージー・オウゼルが小径に折れて家のほうへやってきた。夕方の雑用をしにきたのだ。ハットーばあちゃんは近づいてくる崇拝者に目を向けた。

「まったく、哀れもここに極まれり、って風情だわね」

たしかに、病気にかかった灰色のツルが全身ずぶぬれで歩いているみたいだ、と、ジョディは思った。灰色の髪がよれて首すじにまとわりつき、貧相なごま塩の口ひげがあごまで伸びている。両腕は折れた翼のように力なく垂れている。

「見てよ、あの姿」ハットーばあちゃんが言った。「胸くそ悪い北部人《ヤンキー》が、アリゲーターのしっぽみたいに足をひきずって」

「たしかに見た目はお粗末だが、犬のようによく言うことをきくじゃないか」ペニーが言った。

「あたし、情けない男は嫌いなの。それに、がに股はとにかく嫌い。あの男のがに股ときたら、あんまりひどくて、ズボンが地面にすりそうじゃないの」

イージーは足をひきずりながら家の裏手へ消えていった。乳牛の世話をする音が聞こえ、そのあと薪を割る音が聞こえた。夕方の仕事が終わると、イージーは表の戸口におずおずと姿を見せた。ペニーはイージーと握手をし、ハットーばあちゃんは会釈した。イージーはひとつ咳払いをした。が、のどぼとけが上下に動くだけで、まるでそれが栓をしているみたいに言葉が出てこない。結局、イージーは何か言おうとしたのを諦めて、上がり段のいちばん下に腰をかけた。その頭上を会話が行きかう。イージーは灰色の顔を満足そうに輝かせて聞いていた。日が暮れて薄暗くなったところで、ハットーばあちゃんは家の中に引きあげた。イージーはぎくしゃくと立ちあがり、いとまごいをした。

「いや、おたくのようにしゃべれたら、どんなにいいか。そしたら、ハットーさんのおぼえも少しはよくなるかな……。そこでしょうかね、そこがまずいんでしょうかね、それとも、わたしが北部人《ヤンキー》だってことで彼女は未来永劫《みらいえいごう》許しちゃくれないんでしょうかね。それが問題なら、ペニーさん、わたしゃはっきり言いますが、北軍の旗に唾《つば》を吐きかけたっていいんです」

「まあ、女人《にょにん》というのは、いったん思いこんだらアリゲーターが仔豚に食らいついたのと同《おんな》じでね。彼女は北軍の連中に針も糸も取りあげられて、はるばるセント・オーガスティンまで歩いたときのことが忘れられないんですよ。縫い針と交換するために、メンドリが産んだ卵を三個持ってね。まあ、北軍が負けでもすりゃ、あんたのことを許してくれるかもしれませんな」

「だが、わたしだって負けた口なんですよ、ペニーさん。ひどい負け戦を経験したんです、ブル・ランで。おたくらの南軍にしこたまやられました。なにしろ、ひどいもんでした」戦場の記憶がよみがえって耐えられなくなり、イージーは涙をぬぐった。「北軍は惨敗でした。しかも、兵隊の数では二対一でこっちが多かったのに！」

イージー・オウゼルは足をひきずりながら去っていった。

「あの負け犬がハットーばあちゃんに懸想《けそう》するとはな」ペニーが口を開いた。「いやはや、身のほど知らずもいいとこだ」

家に戻ると、ペニーはユーラリーのことでジョディをからかったのと同じように、イージー・オウゼルのことでハットーばあちゃんをからかった。ばあちゃんのほうも負けておらず、丁々発止《ちょうちょうはっし》のやりとりは聞いていて楽しかった。二人の会話を聞いているうちに、ジョディは心にひっかかっていたことを思い出した。

「ばあちゃん、レム・フォレスターがね、トウィンク・ウェザビーは自分の女だ、って言ってたよ。ぼく、その人はオリヴァーのもんだって言ったんだけど、レムはすごく機嫌が悪くなった」

「オリヴァーが帰ってきたら、自分でレムと決着をつけるでしょうよ」ハットーばあちゃんが言った。「フォレスターの男が正々堂々と勝負するような人間ならね」

ばあちゃんが用意してくれた寝室は、オリヴァーが言っていた「雪」というものみたいに真っ白な部屋だった。ジョディは父親と並んでしみひとつないシーツにからだを横たえた。

「ハットーばあちゃんの家って、きれいだよね」ジョディが言った。

「女の人も、人それぞれなのさ」そう言ったあと、ペニーは妻をかばって付け加えた。「うちのかあさんがこういうふうにしないからといって、恨むんじゃないぞ。かあさんには、どうすることもできんのだ。それはおれのせいで、かあさんが悪いんじゃない。粗末な暮らしでがまんするしかないんだから」

「ハットーばあちゃんがほんとうのばあちゃんだったらいいのに。オリヴァーがほんとの親戚だったらいいのになあ」

「親戚同然の付き合いをしてりゃ、親戚と同《おんな》じさ。おまえ、こっちでばあちゃんと暮らすほうがいいか?」

ジョディは開拓地の中に建つ丸太小屋を思いうかべた。いまごろ、フクロウが鳴いているだろう。オオカミの遠ぼえも響いているだろう。パンサーの鋭い叫び声も。陥落孔《シンク・ホール》にはシカが水を飲みにきているだろう。雄ジカはひとりで、雌ジカは仔ジカを連れて。双子の仔グマはくっつきあってねぐらで丸くなっているだろう。バクスター島には、白いテーブルクロスやベッドカバーよりいいものがあった。

「ううん、そんなことない。ばあちゃんを家に連れてって、一緒に住めたらいいな。でも、それならかあちゃんがハットーばあちゃんと仲良くしないとだめだね」

ペニーがくすくす笑った。

「まだ子供だな。もう少し大きくならんと、女のことはわからんよなあ――」

# 第12章

夜明けごろ、ジョディは貨物と客をのせた蒸気船が家の前の桟橋を通り過ぎる音を聞いた。ベッドに起きあがって窓の外へ目をやると、早朝の空に航行灯がぼんやり見えた。蒸気船の外輪が川の水をかきまぜるくぐもった音が聞こえる。船はヴォルーシャにさしかかって細く高い汽笛を鳴らした。ジョディの耳には、蒸気船が桟橋でいったん停まり、そのあとふたたび川を上りはじめたように聞こえた。なぜか、その船が気になって、ジョディは眠りに戻ることができなかった。外の庭でジュリアが低くうなった。ペニーも目をさまして寝返りを打った。つねに警戒怠りないペニーは、風の音でも目がさめるのだ。

「船が着いた。だれか、こっちへ歩いてくる」ペニーが言った。

老犬ジュリアが低い声でほえたと思ったら、クンクンと甘えた声を出し、おとなしくなった。

「ジュリアの知ってる人間だ」

「オリヴァーだ！」ジョディは声をあげてベッドから飛び出し、素っ裸のまま家の中を走り抜けた。フラッフが目をさまし、けたたましくほえながら、ばあちゃんの部屋の入り口にしつらえた寝床から飛び出してきた。

大きな声がした。「さあさあ起きろ、陸者《おかもの》ども！」

ハットーばあちゃんが寝室から走り出てきた。丈の長い白いねまきに白いナイトキャップをかぶっている。走りながら、ばあちゃんは肩にショールをはおった。オリヴァーは玄関の階段を雄ジカのようにひとっ跳びで上がり、ハットーばあちゃんとジョディからもみくちゃの歓迎を受けた。オリヴァーはハットーばあちゃんを腰で抱きあげたまま、ぐるっと回った。ばあちゃんは小さなこぶしで息子の胸をドンドンたたいた。ジョディとフラッフも甲高い声をあげて関心を引こうとした。オリヴァーはジョディとフラッフを交代で抱きあげて振りまわした。ペニーはきちんと服を着て現れ、落ちついて歓迎の輪に加わった。ペニーとオリヴァーは手を上下に力いっぱい振って握手した。夜明けの薄明かりの中で、オリヴァーの歯が白く光っていた。それとは別に、ハットーばあちゃんの目が光り物をとらえた。

「その耳飾り、いただくわよ、この海賊小僧」

ハットーばあちゃんは目いっぱい背伸びして、オリヴァーの耳に手を伸ばした。耳たぶに金の輪が揺れている。ばあちゃんは耳飾りのねじをはずし、自分の耳につけかえた。オリヴァーは笑いながら母親を揺さぶり、フラッフは狂ったようにほえている。

この騒ぎの中で、ペニーが口を開いた。

「おいおい、ジョディ、おまえ、素っ裸じゃないか」

ジョディはその場で凍りつき、くるりと向きを変えて逃げようとした。が、オリヴァーがジョディをつかまえた。ハットーばあちゃんが肩にはおっていたショールを取ってジョディの腰に巻きつけた。

「あたしだって、事情が事情なら裸で走って出たかもしれないわ。オリヴァーったら、年に二回しか帰ってこないんだもの。ね、ジョディ?」

「どっちにしても、ぼくが出てきたときには、まだ暗かったんだもん」ジョディが言った。

騒ぎはおさまった。オリヴァーはダッフルバッグを持ちあげて家の中へ運んだ。

ジョディはオリヴァーにつきまとって歩いた。

「こんどはどこへ行ってきたの、オリヴァー？　クジラ見た？」

「ひと息つかせてやれよ、ジョディ」ペニーが言った。「そうそうせがまれたって、泉から水が湧くように話が出てくるもんじゃないさ」

しかし、オリヴァーは話をしたくてうずうずしていた。

「船乗りが陸《おか》に戻ってくる目的は、それっきゃないだろう。かあちゃんの顔を見て、いとしいあの娘《こ》に会って、嘘八百をしゃべりちらすためさ！」

オリヴァーの乗った船は熱帯地方へ行ってきたのだという。ジョディは大急ぎで借りもののシャツとズボンを着て戻った。ジョディとハットーばあちゃんが、あれやこれやと質問する。久々に帰ってきた息子は、次から次へと答える。ハットーばあちゃんは花柄の軽やかなコットンドレスに着がえ、銀色の巻き毛をとくに念入りに結いあげている。ばあちゃんは台所へ行って朝食のしたくを始めた。オリヴァーはダッフルバッグの口を開け、中身を部屋の真ん中に広げた。

「おみやげ見せてもらうのと、料理と、両方いっぺんにはできないわよ」ばあちゃんが言った。

「そんなら、かあちゃん、料理のほうを頼むよ」オリヴァーが言った。

「あんた、すっかり痩せちゃって」

「骨と皮さ。かあちゃんの料理を楽しみに帰ってきたんだ」

「ジョディ、こっちへ来て、火をがんがんおこしてちょうだい。ハムもスライスして。そっちのベーコンも。その鹿肉もスライスしてね」

ハットーばあちゃんは戸棚からボウルを出して、卵と小麦粉に牛乳と水を加えて混ぜはじめた。ジョディはばあちゃんを手伝い、それから走ってオリヴァーのところへ戻った。太陽がのぼり、小さな家をまぶしい光で満たした。オリヴァーとペニーとジョディは床にしゃがみこんで、ダッフルバッグの中身を検分した。

「みんなにおみやげがあるよ、ジョディは別だけど」オリヴァーが言った。「変だな、どうしてジョディのおみやげだけ忘れちまったんだろう……？」

「うそだ。ぼくのおみやげ忘れたことなんか、ないじゃないか」

「なら、自分のおみやげが見つけられるか、探してみな」

ジョディは絹の反物を見つけたが、これは除外した。ハットーばあちゃんへのおみやげに決まっている。オリヴァーの衣類も、脇へよけた。香辛料とかび臭さが入りまじったような奇妙な異国のにおいがした。フランネルの小さな包みがあったが、それはオリヴァーがジョディの手から取りあげた。

「これは、おれのあの娘《こ》にやるんだ」

口の開きかけた袋もあった。瑪瑙《めのう》や半透明の石がたくさんはいっていた。ジョディはそれも脇へよけて、次の包みを鼻先へ持っていった。

「タバコだ！」

「これは、おまえのとうちゃんのだ。トルコのタバコだよ」

「いやはや、オリヴァー」ペニーは驚き入った面持ちで包みを開いた。芳醇な香りが部屋全体に広がった。「いや、驚いたな、オリヴァー。おれはプレゼントなんぞ、いつもらったか思い出せんほど久しぶりだよ」

ジョディは細長い包みをつまみあげた。重い金属のような感触だ。

「これだ！」

「開けてみなきゃ、わからんだろう」

ジョディは狂ったように包みを開いた。狩猟用のナイフが床に落ちた。鋭利な刃が光っている。ジョディはナイフを見つめた。

「ナイフなんて、オリヴァー……」

「親父さんみたいにヤスリを削ったやつのほうがよかったなら――」

ジョディはナイフに飛びついた。刃渡りの長いナイフを太陽の光にかざしてみる。

「こんなすごいナイフ持ってるやつなんか、矮樹林《スクラブ》に一人もいないよ。フォレスターの人たちだって、こんなナイフは持ってないよ」

「そこだよ。あの黒ひげどもに負けるわけにはいかないからな」

ジョディはオリヴァーが片手に持っているフランネルの小さな包みを見た。オリヴァーとフォレスターのあいだで心が揺れた。

言葉のほうが先に飛び出した。「あのね、オリヴァー。レム・フォレスターがさ、トウィンク・ウェザビーは自分の女だって言ってるんだよ」

オリヴァーは笑い、小さな包みを両手でお手玉しながら言った。

「フォレスターの連中がほんとのことをしゃべったためしなんか、あるか？　だれにもおれの女を横取りなんかさせないさ」

ジョディは気が楽になった。ハットーばあちゃんにもオリヴァーにもしゃべって、後ろめたい思いが解消した。それに、オリヴァーはそんなこと気にもかけていない。

でも、レムの暗い表情が思い出された。ヴァイオリンを弾き鳴らしながら不機嫌に黙りこんで何やら考えていた、あの顔――。ジョディは記憶を頭の中から払いのけ、海のかなたの遠い世界から運ばれてきた貴重な品々に関心を向けた。

ハットーばあちゃんは、自分の朝食にはちっとも手をつけない。ジョディが見ていると、ばあちゃんはオリヴァーの皿が空になるたびに料理を盛ってやっている。ばあちゃんのきらきら輝く瞳は、腹をすかせたツバメが虫を探すみたいに息子の姿をすみからすみまで見つめている。オリヴァーはすっと背すじを伸ばしてテーブルについていた。シャツの開いた襟もとからのぞく引き締まった首すじは、たくましく日焼けしている。髪は太陽の光にさらされて赤茶け、瞳は灰青色に緑色をちりばめたような色に輝いている。きっと、海はこんな色をしているのだろう。ジョディは自分のしし鼻とそばかすだらけの肌を手でさわってみた。それから、自分の後頭部にそっと手をやって、麦わら色の「アヒルのしっぽ」をさわった。自分はなんてみっともないんだろう、と、ひどく落胆した。

「ねえ、ばあちゃん、オリヴァーって、生まれたときからハンサムだった?」

「おれは知ってるよ」ペニーが言った。「オリヴァーが小さいころは、おまえとおれを足したよりもっと不細工だったな」

オリヴァーは無頓着に言った。「ジョディ、おまえも大きくなったらおれみたいにハンサムになるさ。それが心配なんだろ?」

「半分くらいハンサムになれりゃいいんだよ」ジョディは答えた。

「きょう、あとであの娘《こ》に会いにいくから、おまえ、一緒についてきてそう言ってやってくれよ」オリヴァーが言った。

ハットーばあちゃんが鼻にしわを寄せた。

「船乗りは、家に帰ってくる前に女を口説くもんじゃないの?」

「おれが聞いた話じゃ、船乗りってのは、のべつ女を口説くもんだそうだよ」ペニーが口をはさんだ。

「おまえはどうなんだ、ジョディ?」オリヴァーが話を振り向けた。「おまえ、スイートハートはいないのか?」

「おや、聞いてないのか、オリヴァー? ジョディのお気に入りはユーラリー・ボイルズさ」ペニーが言った。

ジョディは狂暴な怒りが湧いてくるのを感じた。フォレスターの男たちのようにものすごい声でわめきちらして皆に思い知らせてやりたい気がした。が、言葉がうまく出てこない。

「ぼく――ぼく、女なんか嫌いだ。ユーラリーなんか最低だ」

オリヴァーがとぼけて聞いた。「ほう、ユーラリーのどこがお気に召さないのかな?」

「だって、あいつ、鼻なんかピクピクさして、ウサギみたいなんだもん……」

オリヴァーとペニーは大声ではやしたて、たがいの背中を平手で殴りあって笑った。

「二人ともいいかげんになさいよ、子供をからかったりして。ついこないだまで自分だって子供だったくせに、忘れちゃったのかい?」ハットーばあちゃんが言った。

ばあちゃんに対する感謝の気持ちで、激しい怒りが溶けていった。自分に味方してくれるのは、ハットーばあちゃんだけだ……。いや、ちがう、そうじゃない。とうちゃんだって、いつもは味方になってくれる。かあちゃんが困ったことを言いだすと、とうちゃんはいつも、「好きなようにさしてやれ、オリー。おれも自分が子供だったころをおぼえてるが……」と、助け船を出してくれる。ここは遠慮のいらない人ばかりだから、とうちゃんはぼくをからかっているだけなのだ――ジョディは、やっとわかった。助けが必要なときには、とうちゃんは絶対に助けてくれるもの……。

ジョディは、にやっと笑って父親に言った。

「そんなら、ぼくにいい娘《こ》ができた、って、かあちゃんに言ってみたら？　イタチをペットにしたって言うよりもっと怒ると思うよ」

「あんたのかあさんは、あんたに怒るのかい？」ハットーばあちゃんが聞いた。

「ぼくにも、とうちゃんにも、怒るよ。とうちゃんのほうがひどいかな」

「この人の良さをわかってないんだね。何ひとつわかっちゃいないんだから」ばあちゃんは、ため息をついた。「一度や二度、どうしようもない男に惚れてみるといいのよ。そしたら、まともな男をありがたく思うようになるから」

ペニーは慎み深く下を向いていた。亡くなったミスター・ハットーがまともな男だったのか、それともろくでなしだったのか、ジョディは知りたくてうずうずしたが、ここは黙っていることにした。どっちにせよ、ミスター・ハットーは亡くなってもうずいぶん長いから、いまさら問題にはならないのだろう。オリヴァーが立ちあがり、長い足を伸ばした。

ばあちゃんが言った。「もう出かけるのかい？　いま帰ってきたばかりなのに」

「ちょっと行ってくるだけさ。そこいらをひと回りして、顔をつないでくるよ」

「例の黄色い頭のトウィンクとかいう娘に会うんだね？」

「そういうこと」オリヴァーは母親の上にかがみこんで巻き毛をくしゃくしゃに乱した。「ペニー、きょうはまだ帰らないんだろ？」

「いや、買い物をすませてから矮樹林《スクラブ》に戻らなきゃならんのだ。土曜の夜の楽しみを逃すのは、なんとも残念だが。きょうの北行きの船に間にあうようにボイルズに鹿肉を買いあげてもらおうと思って、金曜日にむこうを出たんだ。オリーをあんまり長いこと一人で置いとくわけにもいかんしね」

「そうね、パンサーがさらっていくかもしれないし」ハットーばあちゃんが言った。

ペニーはちらっとばあちゃんを見たが、ばあちゃんはことさらていねいにエプロンのひだを整えている。

「じゃ、またこんど川向こうへ会いにいくよ」

オリヴァーはそう言うと、セーラー・キャップをあみだにかぶり、口笛のメロディを残して行ってしまった。ジョディは見捨てられた気分になった。いつだって、何かが持ちあがってオリヴァーの話は聞けずじまいなのだ。絶対、そうなんだから。きょうだって、昼までずっと川岸に座ってオリヴァーのほら話を聞いていたかったのに。心ゆくまでオリヴァーの話を聞かせてもらったことは、ついぞなかった。オリヴァーが一つか二つ話をすると、きまって人が訪ねてきたり、オリヴァーに何かほかの用事ができたりして、最後まで聞けないまま終わってしまうのだ。

「まだちっとも話を聞かしてもらってないよ」ジョディが言った。

「あたしだって、一緒にゆっくり過ごしたことなんかないのよ」ハットーばあちゃんが言った。

ペニーもなかなか帰ると言いだせずにいた。

「帰りたくない気分だなあ。とくに、オリヴァーが戻ってきたとあっては」ペニーは言った。

「ヴォルーシャに戻ってきてるのにそこらへ出かけちゃったときのほうが、遠くの海に出てっちゃったあとよりずっと淋しい感じがするわ」ハットーばあちゃんが言った。

ジョディも口をはさんだ。「トウィンクのせいだ。女のせいだ。ぼく、女なんか絶対欲しくない」

オリヴァーが行ってしまったことを、ジョディは恨んでいた。せっかく四人で楽しい時間を過ごしていたのに、オリヴァーがそれをぶち壊してしまった。

ペニーは小さな家で過ごす至福の時間を惜しみ、外国製のタバコを何度もパイプに詰めかえて吹かしていたが、とうとう口を開いた。「残念だが、そろそろ行くよ。買い物もしなくちゃならんし、家まで歩いて帰るにはかなりの距離があるし」

ジョディが川ぞいの道でフラッフに棒切れを投げて遊んでいると、イージー・オウゼルが走ってきた。

「おとうさんを呼んできてください、急いで。ハットーさんには聞かれないように」

ジョディは庭を走って父親を呼びにいった。ペニーが外に出てきた。

イージーは息を切らしている。「オリヴァーがフォレスターの連中とけんかしてるんです。オリヴァーが店の前でレムを一発殴ったら、けんかっ早いフォレスターの連中が全員出てきてオリヴァーに殴りかかったんです。オリヴァーが殺されてしまいます……」

ペニーは店のほうへ走りだした。ジョディはペニーの足に追いつけない。イージーは二人の後方からついてくる。

ペニーが肩ごしにふりかえって言った。「ハットーばあちゃんが銃を持って飛んでくる前になんとかしないと」

「とうちゃん、ぼくたちオリヴァーに加勢するの？」

「分《ぶ》の悪いほうに加勢する。ってことは、オリヴァーだ」

ジョディは頭の中で忙しく考えをめぐらせた。

「とうちゃん、フォレスターと仲良くしなかったらバクスター島では生きてけない、って言ったじゃないか」

「ああ、言った。だが、オリヴァーがやられるのを放っておくわけにはいかん」

ジョディは頭がしびれて何も考えられなかった。オリヴァーがこうなったのは、自業自得じゃないか。女と会うために自分たちを置いて出かけたのが悪いんだ。フォレスターの連中に目をつけられて、むしろいい気味だ。こてんぱんに伸《の》されて帰ってくれば、オリヴァーももう馬鹿なことはしなくなるだろう。トウィンク・ウェザビー――その名前に向かってジョディは砂につばを吐いた。フォダーウィングの顔がうかんだ。フォダーウィングと遊べなくなるなんて、絶対にいやだ。

「ぼく、オリヴァーには加勢しないよ」ジョディは父親の背中に向かって言った。

ペニーは返事をしなかった。短い脚を全速で回転させて走っていく。けんかの現場はボイルズの店の前の砂道だった。前方に、炎天下のつむじ風のような砂塵が舞いあがっている。けんかの当事者たちの姿が見えるより先に、やじ馬の叫び声が耳に届いた。ヴォルーシャの住民全員が集まったような騒ぎだ。

「あのやじ馬連中ときたら、けんかが見られりゃ、だれが殺されようと、かまやしないんだ」ペニーが肩で息をしながら言った。

現場をとりまく人垣の中にトウィンク・ウェザビーの姿があった。みんなは彼女を美人だというけれど、ジョディはあの柔らかな黄色い巻き毛を一本一本みんな引っこ抜いてやりたいと思った。トウィンク・ウェザビーはあごのとがった小さな顔を蒼白にして、殴りあう男たちを大きな青い目で見つめたまま、両手の指に巻きつけたハンカチをよじっている。ペニーは人垣をかきわけて進んだ。ジョディも父親のシャツをぎゅっと握ったまま、後ろについていった。

イージー・オウゼルの言ったとおりだった。フォレスターの男たちはオリヴァーを殺そうとしている。オリヴァーは、レム、ミルホイール、バックの三人を同時に相手にしていた。ジョディの目には、オリヴァーの姿がいつか見た雄ジカと重なって見えた。雄ジカは傷つき、血を流し、猟犬たちにのどぶえや肩口の肉を食いちぎられていた。オリヴァーは血と砂にまみれた顔でなおもこぶしを構え、フォレスターの男を一人ずつ倒そうとしている。レムとバックが同時に襲いかかった。げんこつが骨を打つ鈍い音が聞こえた。オリヴァーが砂の上に崩れた。やじ馬がどよめいた。

ジョディの頭は完全に混乱していた。これは自業自得なのだ、オリヴァーは家を出て女に会いに行ったのだから。でも、三対一は卑怯《ひきょう》だ。猟犬たちが寄ってたかってクマやパンサーに襲いかかる光景でさえ、ジョディには不公平に見えるのに。フォレスターの人たちは腹黒いと母親は言っていた。でも、ジョディはそうは思わなかった。フォレスターの人たちは歌って、飲んで、浮かれ騒いで、ばか笑いしてただけだ。フォレスターの人たちはたっぷりの食事を出してくれ、親しみを込めて背中をたたき、フォダーウィングと遊ばせてくれた。でも、三人が寄ってたかって一人をやっつけるのは、やっぱり腹黒いことではないだろうか？　だけど、ミルホイールとバックは、女を取られまいとするレムに加勢しているだけだ。これも正しくないことだろうか？　家族として当然ではないのか？　オリヴァーは地面に膝をついてからだを起こし、それからふらふらと立ちあがった。そして、泥と血で汚れた顔で笑ってみせた。ジョディは吐き気に襲われた。オリヴァーが殺されてしまう。

ジョディはレムの背中に飛びつき、首すじをひっかき、頭突きを食らわした。レムはジョディを払いのけ、ふりむいて、張り倒した。大きな手で殴られた顔がひりひり熱かった。地面に倒れたときに腰をしこたま打った。

「ひっこんでろ、ガキ」レムが言い捨てた。

ペニーが大声で叫んだ。「このけんかの審判はいるのか?」

「おれたちさ」レムが言った。

ペニーはレムの正面に立ちはだかり、やじ馬の喚声に負けないよう声をはりあげた。

「三人で寄ってたかって一人をやっつけるなら、一人のほうに道理があるってもんだろうが」

レムがペニーに詰め寄った。

「あんたを殺す気はないけどよ、ペニー・バクスター、おれの邪魔だてするってんのなら、容赦なくたたきつぶしてやる」

「正々堂々とやったらどうだ。オリヴァーを殺したいんなら、真正面から撃ち殺して、自分も人殺しで縛り首になるがいい。男らしくやれ」

バックが足で砂をかきよせながら言った。

「おれたちは一対一でやろうとしたんだよ。けど、あいつがむちゃくちゃにかかってきたからさ……」

ペニーはここぞとたたみかけた。

「いったい、だれのけんかなんだ？　だれがだれに何をした？」

「あの野郎が戻ってきて、人のものを盗みやがった。それだけさ」レムが言った。

オリヴァーは袖で顔をぐいとぬぐって言った。

「盗もうとしたのはレムのほうさ」

「何を盗んだんだ？」ペニーは、自分のこぶしをてのひらに打ちつけて一喝した。

「猟犬か？　豚か？　銃か？　馬か？」

人垣の中でトウィンク・ウェザビーが泣きだした。

オリヴァーが声を低くして言った。「こんな場所じゃ言えないよ、ペニー」

「なら、こんな場所でけんかなんぞするな。犬のけんかじゃあるまいし、道の真ん中で。おまえたち二人で別の日に好きなだけやりゃいいじゃないか」

「いつでもどこでも相手になるさ、あんなこと言いやがったら」オリヴァーが言った。

「ああ、何度でも言ってやる」レムが応じた。

また殴りあいが始まった。ペニーが二人のあいだに割ってはいった。ハリケーンの暴風に幹をしならせて耐える小さなマツの木みたいだ、と、父親の姿を見てジョディは思った。人垣がどよめいた。レムがこぶしを引いて、ペニーの頭越しにオリヴァーを殴った。ライフルを撃ったような音がした。オリヴァーは縫いぐるみの人形のように砂地にくずおれて動かなくなった。ペニーがレムのあごに下からげんこつを見舞った。バックとミルホイールが両側からペニーに殴りかかった。レムのこぶしがペニーの脇腹に食いこんだ。ジョディは激しい怒りにかられて思わずけんかに飛びこみ、レムの手首に噛みついて、大きなむこうずねを蹴とばした。レムは仔犬にまとわりつかれたクマのようにふりむき、ジョディをからだごと浮きあがるほど殴りとばした。宙を飛んでいくあいだに、ジョディはもう一度レムに殴られたような気がした。オリヴァーがゆらゆらと立ちあがるのが見えた。ペニーが両腕を竿《さお》のように振りまわしている。どよめきが聞こえた。初めは近くに聞こえたが、だんだん音が遠のいていった。

そして、ジョディは暗闇の中へ落ちていった。

# 第13章

「けんかの夢を見たんだ……」

ジョディは、ハットーばあちゃんの家の客用ベッドの上で天井を見つめながら考えた。貨物船が波をたてながら川をのぼっていく。外輪船の水かきが速い川の流れを吸いこむ音がする。水かきは濡れた大きな口で水を吸いこみ、そして吐き出す。蒸気船はヴォルーシャの桟橋に近づいて汽笛を鳴らした。いま、自分は朝になって目がさめたところにちがいない。蒸気船のバッバッバッバッバッというエンジン音が川面を満たし、西側の岸に壁のようにたちはだかる矮樹林《スクラブ》にはねかえって響いてくる。悪い夢を見た。オリヴァー・ハットーが家に帰ってきて、フォレスターの男たちとけんかした夢だった。ジョディは窓から通り過ぎる船を見ようとして頭を動かした。首から肩にかけて鋭い痛みが走った。頭はほんの少ししか動かせない。記憶がよみがえり、ずきんと痛んだ。

夢ではなかったんだ、と思った。

午後になっていた。太陽は川むこうの西に輝き、ベッドカバーに明るい光の帯をさしかけている。痛みはおさまったが、頭がくらくらした。部屋の中で何か動く気配がして、ロッキングチェアのきしむ音が聞こえた。

「目を開いたわ」ハットーばあちゃんの声だ。

声のするほうへ顔を向けようとしたが、痛くて動けない。ばあちゃんの顔が上からのぞきこんだ。

「よお、ばあちゃん」ジョディは声を出した。

ばあちゃんは、ジョディでなく父親に向かって言った。

「あんたと同じで、丈夫にできてるわ。もう安心ね」

ペニーがベッドの反対側に現れた。片方の手首に包帯を巻き、片方の目をどす黒く腫らしている。ペニーは息子を見てにやっと笑った。

「おれたちの加勢も、なかなかのもんだったな」

冷たい水でしぼった布がおでこからずり落ちた。ハットーばあちゃんが湿布を取り、おでこに手を当てた。そして指先をジョディの頭の下に差し入れ、痛むところをそっと探った。痛いのは、レムのこぶしが当たった左あごと、砂地に倒れたときに打った後頭部だった。ばあちゃんがゆっくりさすってくれると、痛みがやわらいだ。

「何か言ってごらん、頭がだいじょうぶかどうか」

「何も思いつかないよ」と言ったあと、ジョディは、「もう、ごはんの時間、過ぎちゃった？」と聞いた。

「こいつのいちばん肝腎なとこは腹らしいな」ペニーが言った。

「腹がへったんじゃないんだよ。お日さまがあんなとこにあるから、何時ごろかな、と思ったんだ」

「いいのよ、心配しなくて」ばあちゃんが言った。

「オリヴァーは、どこ？」ジョディが聞いた。

「ベッドに寝てるわ」

「ひどいけが？」

「分別が身につくほどのけがじゃないわね」

「どうかな」ペニーが言った。「もう一発よけいに殴られてたら、分別をつける頭が残ってたかどうか」

「どっちにしても、ハンサムな顔がだいなしだから、しばらく黄色い髪をした女は色目を送ってよこさないでしょうよ」

「女どうしってのは、ほんとに容赦がないな」ペニーが言った。「おれの見たとこじゃ、色目を使ってたのはオリヴァーとレムのほうだと思うが」

ハットーばあちゃんは湿布をたたんで寝室を出ていった。

「子供を気絶するほど殴りとばされたんじゃ、どう考えても間尺《ましゃく》に合わんが、おまえ、友だちが危ないのを見てけんかに加勢したのは、男としてりっぱだったぞ」

ジョディは太陽の光を見つめながら、「フォレスターの人たちだって友だちなんだけどな」と思った。

ジョディの胸の内を読んだように、ペニーが言った。「これでフォレスターとの付き合いは終わりだろうな」

うずくような痛みがジョディの頭の奥からみぞおちへ落ちていった。フォダーウィングを忘れるなんて、できない。こうなったら、いつか家をそっと抜け出していって、しげみの中からフォダーウィングに声をかけよう、と思った。ジョディは、秘密の再会を思い描いてみた。たぶん、レムに見つかって、二人とも死ぬほどぶちのめされるだろう。そうなったら、オリヴァーはトウィンク・ウェザビーをめぐってけんかしたことを後悔するだろう。ジョディは、フォレスターの男たちよりもオリヴァーに対して腹をたてていた。ジョディのものだったはずのオリヴァー、ハットーばあちゃんのものだったはずのオリヴァーが、あの黄色い頭の女のものになってしまったから――けんかを見ながら両手をもみしぼっていた女のものに。

とはいえ、もう一度同じ状況になったら、やはり自分はオリヴァーに加勢せざるをえないだろう。猟犬たちに寄ってたかって食いちぎられたヤマネコの無残な姿を思い出した。ヤマネコがそういう目にあうのは当然だと思う。それでも、牙をむいた口が苦悶に大きくあえぎ、邪悪な目が死の間際に光を失いはじめたとき、ジョディの胸は哀れみの感情できりきりと痛んだ。もがき苦しむ生き物を前にして、ジョディは何とか助けられないのかと泣いた。あまりにむごい苦痛は不当だと思う。あまりに大勢で一人をいたぶるのは不当だと思う。だから、自分はオリヴァーに加勢しなければならなかった。たとえそれがフォダーウィングを失う結果につながっても。ジョディは納得して目を閉じた。理解できてしまえば、すべてはそれでよかった。

ハットーばあちゃんがお盆を運んできた。

「さ、ジョディ、からだを起こせるかしら」

ペニーが枕の下に手を差し入れてくれ、ジョディはそろそろとからだを起こした。こわばったり痛んだりするところはあるが、センダンの木から落ちたときとさほど変わらない感じだった。

「オリヴァーもこの程度ですめばよかったんだが」ペニーが言った。

「自慢の鼻を折られなかっただけでも運がよかったわよ」ハットーばあちゃんが言った。

ジョディはなんとか料理を口に運んだが、どうしても痛くて、ジンジャーブレッドの最後の一切れが食べられなかった。ジョディは皿に残ったジンジャーブレッドを見つめた。

「取っておいてあげるわよ」ばあちゃんが言った。

「ありがたいご身分じゃないか、女の人に心中《しんちゅう》を察してもらって、気に入るように計らってもらうなんて」ペニーが言った。

「うん」

ジョディは枕に背中を預けた。穏やかに流れていた時間の中に暴力が飛びこんできて、世界がずたずたに引き裂かれたけれど、ふたたび唐突に穏やかな時間が戻ってきたような気がした。

「そろそろ行かないと。オリーが怒ってるだろう」ペニーが言った。

戸口に立ったペニーの姿はどことなくうつむき加減で、淋しそうに見えた。

「ぼくも一緒に行く」ジョディが言った。

ペニーの表情が明るくなった。

「そうか。だいじょうぶか?」口調には期待が込められていた。「そうだ、いい方法がある。ボイルズの雌馬を貸してもらおう。ひとりで勝手に家まで帰るやつだ。そいつに乗って帰って、放してやればいい」

ばあちゃんが口をはさんだ。「オーラも、ジョディが一緒に帰ったほうが安心するでしょう。わたしだって、オリヴァーが目の届くとこにいれば何とでもなるから安心だもの。目の届かないところで何かあるより、ずっとましだわ」

ジョディはそろそろとベッドから起きあがった。めまいがした。頭が大きくふくれあがったような感じだ。もういちど気持ちのいいシーツに沈みこんでしまいたい気がした。

「だいじょうぶ、ジョディは男だ」ペニーが言った。

ジョディはしゃきっと背すじを伸ばして戸口に向かった。

「オリヴァーにさよなら言ったほうがいい?」

「ああ、もちろん。だけど、どんなひどい顔になってるかは言うなよ。あいつにも体《てい》裁《さい》があるからな」

ジョディはオリヴァーの部屋へ行った。オリヴァーは両目が腫れあがって、開けることもできない。まるでスズメバチの巣に落っこちたようなありさまだ。片方の頬は紫色になっている。頭には白い包帯が巻いてある。くちびるも腫れている。粋な船乗りがだいなしだ。それもこれも、みんなトウィンク・ウェザビーのせいなのだ。

「帰るよ、オリヴァー」ジョディは声をかけた。

オリヴァーは返事をしなかった。ジョディは少し気の毒になった。

「とうちゃんとぼくがもう少し早く行けたら、よかったんだけど」

オリヴァーが「こっちへおいで」と呼んだ。

ジョディはベッドのそばへ行った。

「ちょっと頼まれてくれないか？　トウィンクのとこへ行って、火曜日の日暮れごろ例の森で待ってる、って伝えてほしいんだ」

ジョディは一瞬言葉を失ったあと、「いやだ。ぼく、あの人嫌いだもん。黄色い頭の女なんか、嫌いだ」と言ってしまった。

「わかった。じゃあ、イージーに頼むよ」

ジョディは片方の足で敷物を蹴った。

「友だちだと思ってたんだけどな」オリヴァーが言った。

友だちなんて面倒なことだ、と、ジョディは思った。が、狩猟用ナイフのことを思い出したら、感謝の気持ちと自分を恥じる気持ちでいっぱいになった。

「わかった。いやだけど、行くよ」

オリヴァーはベッドの中で笑った。この人はきっと死にかけてても笑うんだろうな、と、ジョディは思った。

「さよなら、オリヴァー」

「じゃあな、ジョディ」

ジョディは部屋を出た。ドアの外でハットーばあちゃんが待っていた。

「なんか、がっかりだったね、ばあちゃん。オリヴァーが、けんかなんかしちゃってさ」

「こら、不作法だぞ」ペニーが言った。

「いいのよ、事実が事実だから」ばあちゃんが言った。「さかりのついた熊どもが女を口説きにかかれば、トラブルが起こるのはあたりまえ。これが始まりじゃなくって終わりであってくれればいいんだけど――」

「何かあったら、おれを呼んでくれればいいから」ペニーが言った。

二人は庭の小径を歩いていった。ジョディが肩越しにふりかえると、ハットーばあちゃんが戸口に立って手を振っていた。

ペニーはボイルズの店に立ち寄って必要な買い物をすませ、家に持ち帰るぶんの鹿肉を受け取った。ボイルズは気持ちよく雌馬を貸してくれた。借り賃として靴ひも用に加工できる上質なバックスキンを鞍にくくりつけて馬を帰す、という条件で話がついた。ボイルズはペニーが買った小麦粉、コーヒー、火薬、鉛、そして新しい銃に使う薬莢《やっきょう》などを袋に入れたあと、中庭から雌馬を引いてきて、鞍のかわりに毛布をのせた。

「朝になるまで放さんように願いますよ。オオカミ程度なら追われても振りきれるが、上からパンサーに飛びかかられたんじゃ、うまくないからね」ボイルズが言った。

ペニーは買い物のはいった袋を馬にのせようとしてボイルズに背を向けた。ジョディは店主ににじり寄った。オリヴァーとの秘密を父親に知られたくなかったのだ。ジョディは小声で聞いた。「ぼく、トウィンク・ウェザビーに会わなくちゃならないんですけど、どこに住んでるんですか?」

「何の用があるんだね?」

「ちょっと言うことがあるんです」

「あの女に言うことのある人間はごまんといるが、いますぐは無理だよ。黄色い頬かむりして、こっそり貨物船でサンフォードへ行っちまったからね」

ジョディは、自分の手でトウィンク・ウェザビーを追放したに等しい満足感を味わった。そして、紙と太字の鉛筆を借り、拙《つたな》い字でオリヴァーに短い手紙を書いた。父親から勉強を教わる以外は巡回教師の授業をひと冬受けただけなので、文章をつづるのはひと苦労だった。手紙はこんな文面だった。

オレバーへ、トインクはかわをのぼていたあとでした。よかたです。
ジョディより。

ジョディは手紙を読み返し、もう少し思いやりのある文面にしようと考えなおして、「よかた」を線で消して「ざんねん」に訂正した。自分がいいことをしたような気がした。オリヴァーに対して抱いていた温かい感情がいくらか戻ってきたような気がした。たぶん、いつかまたオリヴァーの話を聞く機会もあるだろう。
渡し舟で矮樹林《スクラブ》に覆われた対岸へ渡りながら、ジョディは滔々《とうとう》と流れる川を見つめていた。ジョディの内面も川の流れと同じようにかき乱されていた。オリヴァーは、いままで一度だって自分をがっかりさせたことはなかった。フォレスターの男たちは、結局、母親がいつも言っているように乱暴な連中だった。ジョディはだれからも裏切られたような気がした。でも、フォダーウィングだけは絶対に変わらない、と思った。醜くねじ曲がった肉体に宿る優しい精神は、争いごとにも、おのれの肉体にも、縛られはしないだろう。それに何より、ペニーがいる。この大地と同じく、どっしりと揺らぐことのない父親が。

# 第14章

ウズラが巣を作る季節になった。群れの中で鳴きかわす笛の音のような声がここしばらく聞かれないと思ったら、群れはつがいに分かれ、こんどはオスのウズラがメスを誘う澄んださえずりが毎日のように耳を楽しませてくれた。

六月なかばのある日、ジョディは一つがいのウズラがブドウ棚の下から親鳥特有のあわてぶりで飛び出し、走り去るのを見た。ジョディはちゃんとわかっていたので、親鳥のあとを追いかけたりせず、ブドウ棚の下を探し歩いてウズラの巣を見つけた。巣にはクリーム色の卵が二〇個あった。卵には手を触れないよう気をつけた。前にホロホロチョウの卵をさわったら、親鳥が巣を捨ててしまったことがあったからだ。一週間後、スカパノン種のブドウの育ち具合を見に、ジョディはまたブドウ棚のところへ行った。ブドウの実はごくごく小さな散弾の粒ほどの大きさで、緑色の固い実が茎にしっかりとついていた。ジョディはブドウのつるを手に取り、夏の終わりに鈍い金色に光るブドウが実った光景を想像してみた。

そのとき、足もとで草むらが爆発したような騒ぎが起こった。巣の中の卵がかえったのだ。ジョディの親指の先ほどしかない小さなウズラのひなたちが、風に吹き飛ばされた葉のように散らばった。母鳥が忙しく走りまわってひなたちを守りながら、ジョディを威嚇する。ジョディは父親から教わったとおり、その場でじっとしていた。母鳥はひなたちを追いたてながら、背の高いブルーム・セージの草むらへ消えた。ジョディは父親のところへ走っていった。ペニーはエンドウ畑にいた。

「とうちゃん、ウズラがかえったよ。スカパノン・ブドウの下。ブドウも実がついてた」

ペニーは鋤《すき》の柄にもたれてひと休みした。汗びっしょりだ。ペニーは畑を見わたした。タカが獲物を探して低く飛んでいる。

「ウズラがタカに食われずにすんで、スカパノンがアライグマに食われずにすんだら、初霜がおりるころにはごちそうにありつけるぞ」

「ぼく、タカなんか嫌いだな。ウズラを食べちゃうから。でも、アライグマがブドウを食べるのは、まだ許せるかな」

「そりゃ、おまえ、ブドウよりウズラのほうが好物だからだろう」

「ううん、ちがう。タカが嫌いで、アライグマが好きだから」

「フォダーウィングの影響かな。ペットのアライグマやら何やら」

「たぶんね」

「豚はまだ戻ってこんか？」

「まだ」

ペニーは眉をひそめた。

「フォレスターの連中がさらってったとは思いたくないが、こんなに長いこと戻らんのは初めてだ。クマのしわざなら、全部そろっていなくなることはないだろうし」

「ぼく、古い開拓地まで行ってみたんだよ、とうちゃん。でも、足跡はもっと西へ続いてた」

「このエンドウ畑が終わったら、リップとジュリアを連れて探しにいくしかないな」

「もしフォレスターがさらっていったとしたら、どうするの？」

「そのときはそれ、やるべきことをやるしかない」

「フォレスターの人たちとまた対決するの、こわくない？」

「いや、こわくはない。自分はまちがってないから」

「自分がまちがってたら、こわい？」

「自分がまちがってたら、対決なんかしないさ」

「またぶちのめされたら、どうするの？」

「そういうもんだと割りきって先へ進むんだな」

「ぼく、フォレスターに豚を取られたままでもいいな」

「で、肉を食わずにがまんするのか？　青あざのひとつやふたつはすぐに治るが、食い物がないのは毎日続くんだぞ。おまえ、行くの、やめとくか？」

ジョディはためらった。

「ううん、行く」

ペニーは背中を向けて畑仕事に戻った。

「それじゃ、かあさんとこ行って、頼んでこい。夕飯を早めにお願いします、って」

ジョディは家に戻った。母親はポーチの日陰でロッキングチェアを揺らしながら縫い物をしていた。椅子の下から青い腹をした小さなトカゲがチョロチョロ這い出してきた。かあちゃんが気づいたらあの巨体のくせにさっと跳びあがって逃げるぞ、と思ったら、ジョディの顔に笑みがうかんだ。

「かあちゃん、とうちゃんが夕飯をいますぐ頼む、って。豚を探しに行かなくちゃならんから」

「やっと行く気になったかい」

母親はとくに急ぐふうもなく、縫いかけの仕事をきりまですませた。ジョディは母親の足もとの階段に腰を下ろした。

「ねえ、かあちゃん、ぼくたちフォレスターと対決することになりそうなんだよ、もしあの人たちが豚をさらったんなら」

「なら、対決しておいで。まったく、はらわたまで真っ黒な盗っ人どもめ」

ジョディは母親の顔を見つめた。ペニーとジョディがヴォルーシャでフォレスター相手にけんかしたと聞いてかんかんに怒ったのは、この母親ではなかったか。

「ねえ、かあちゃん、ぼくたち、またぶちのめされて血だらけになるかもしれないんだよ?」

母親は、うるさそうに縫い物をたたんだ。

「そりゃ気の毒だけど、うちだって肉なしじゃやってけないからね。あんたたちが取り返しにいかなきゃ、だれが取り返しにいくんだい?」

母親は家にはいっていった。ダッチ・オーブンの蓋を乱暴に閉じる音がした。ジョディには理解できない。母親は、よく「義務」がだいじだと言う。その言葉を聞かされるたびに、ジョディは「義務」なんてうんざりだと思う。友だちのオリヴァーを助けようとしてフォレスターの連中にぶちのめされたのが「義務」でないというなら、豚を取り返すために連中にぶちのめされに行くのがどうして「義務」なのだろう?ジョディには、友だちのために血を流すほうがベーコンのために血を流すよりりっぱなことだと思われた。ジョディはぼんやりと腰を下ろしたまま、センダンの枝から枝へ飛びうつるマネシツグミの細かいはばたきを聞いていた。クワの木立では、カケスがカーディナルを追いたてている。この安全な開拓地の中でさえ、食べ物をめぐって小ぜりあいがある。それでも、ここではいつも各々に必要なものが足りているようにジョディには思われた。バクスター家の三人には、食べるものと雨露をしのぐ場所がある。老馬シーザーにも、トリクシーとまだらの仔牛にも、リップとジュリアにも、食べるものと寝る場所がある。コッコッと鳴き騒ぎ、ときをつくり、地面をひっかくニワトリたちにも。夕方になるとブーブー鼻を鳴らしながらトウモロコシの軸を食べに戻ってくる豚たちにも。木の枝でさえずる鳥たちにも、ブドウ棚の下に巣をかけたウズラたちにも。この開拓地には、すべての生きものが飢えずにすむだけのものがある。

外の矮樹林《スクラブ》は、そうじゃない。たえず戦争だ。クマもオオカミもパンサーもヤマネコも、みんなシカをえじきにしようと狙っている。クマなどは、ほかのクマの仔まで食ってしまう。貪欲な牙には、何の肉であろうと同じなのだ。リスやモリネズミやオポッサムやアライグマは、身を守ろうとして逃げまどう。鳥や小動物は、タカやフクロウの影におびえて暮らす。けれども、開拓地は安全だ。ペニーが安全を守っているから。しっかりと柵をめぐらし、リップとジュリアを仕込み、そして、ジョディがいつ眠るのだろうと思うほど油断なく警戒を続けて。ときどき、夜中に人の動く気配がして、ドアを開け閉めする音が聞こえるときがある。それは、ペニーが開拓地を荒らしにきた獣を音もなく追い払ってそっと家に戻ってきた音なのだ。

侵入したり侵入されたりは、おたがいさまといえば、そうかもしれない。バクスターの人間だって、シカの肉やヤマネコの毛皮を求めて矮樹林《スクラブ》へはいっていく。肉を食らう獣や腹をすかせた害獣も、隙を狙って開拓地にはいってくる。開拓地は飢えた獣たちに取り囲まれている。バクスター島は、矮樹林《スクラブ》の真ん中に築かれた要塞、飢餓の海に浮かぶ豊饒《ほうじょう》の島なのだ。

馬につけた農具の鎖が音をたてた。ペニーが柵ぞいの道を放牧場へ戻ってきたのだ。ジョディは先に走っていって、放牧場のゲートを開けた。それから馬具をはずすのを手伝い、はしごを使って畜舎の二階にあがり、ピッチフォークでササゲの干し草をシーザーの飼葉桶《かいばおけ》に落としてやった。トウモロコシはもう食べつくしてしまい、夏の収穫を待たなければならない。干し草の中にひからびた豆のついているものがあったので、ジョディはそれをトリクシーに投げてやった。これで、あすの朝バクスター家の三人とまだら模様の仔牛が飲む乳の量が少し増えるだろう。仔牛は、ペニーがそろそろ母牛から離そうとしているので、少々痩せぎみだ。畜舎の屋根は丸太をざっと割った厚板で葺《ふ》いてあるので、熱がこもって、二階は蒸し暑い。干し草がパリパリと割れて、乾いた甘いにおいが鼻をくすぐる。ジョディは少しのあいだ干し草の上に寝ころがり、その弾力を楽しんだ。が、くつろぐ暇もないうちに母親の声がした。ジョディは大急ぎで二階から下りた。ペニーは乳搾りを終えたところだった。二人は一緒に家に戻った。テーブルに夕食が並んでいた。凝乳《ぎょうにゅう》とコーンブレッドだけだが、量はじゅうぶんあった。

「行ってくるついでに、何かしとめてきてちょうだい」母親が言った。

ペニーがうなずいた。

「そのつもりで銃を持っていくよ」

二人は西に向けて出発した。太陽はまだ梢の上にある。このところ数日ほど雨が降ってないが、北と西の空を見ると、低いところに雲がむくむくと積みあがっていた。東から南にかけての空は鈍色《にびいろ》で、それがぎらぎらとまぶしい西の空に向かって広がりはじめている。

「きょう雨がたっぷり降れば、じきにトウモロコシの土寄せにかかれるぞ」ペニーが言った。

風はそよとも動かず、空気が分厚い羽根布団のように道路を覆っている。この空気の層をかきわけて上まで出られれば、ふとんみたいに押しのけられるんじゃないか、などと思いながらジョディは歩いた。皮の厚くなったはだしの足の裏が焼けそうなほど砂が熱い。リップとジュリアは頭をうなだれ、尾を垂らし、開いた口から舌を出して、大儀そうに歩いている。ずいぶん長いこと雨が降らないので、ゆるんだ砂地で足跡をたどるのは容易ではなかった。こういう場所では、ジュリアの鼻よりもペニーの目のほうが利いた。豚たちはブラックジャック・オークのやぶで食べ物をあさり、古い開拓地を横切って、低湿地《プレーリー》のほうへ向かっていた。低湿地《プレーリー》では、土を掘ればユリ根が出てくるし、冷たい水たまりでころげまわって泥浴びもできる。家の周辺で食べ物にありつけるなら、豚たちはこれほど遠くまで来ない。いまは植物の実が少なく、食べ物を探すのがたいへんな季節なのだ。マツやオークやヒッコリーの実はまだ落ちておらず、去年からの厚く積もった落ち葉を鼻で分けて埋まっている実を探すしかない。パルメット・ヤシの実もまだ緑色で、いくら味のわからない豚でも食べようとはしないだろう。バクスター島から三マイル来たところで、ペニーは地面にしゃがんで足跡を調べ、トウモロコシの粒をつまみあげて、てのひらで転がした。そして、馬のひづめの跡を指さした。

「こいつで豚をおびき寄せたんだ」

ペニーは立ちあがって背すじを伸ばした。表情は厳しい。ジョディは父親を不安な目で見上げた。

「こうなったら、跡をたどっていくしかないな」

「フォレスターの家まで?」

「どこだろうと、豚がいるところまでだ。もしかしたら、どこぞの畜舎に入れられとるかもしれん」

ばらまかれたトウモロコシを求めて豚たちが右往左往したとみえて、足跡はジグザグに続いていた。

「フォレスターの連中がオリヴァーとけんかしたのは、わかる。おまえとおれをぶちのめしたのも、わかる。だが、こういう卑怯なことを平気でやってのける神経は、わからん」

さらに四分の一マイルほど行った先に、にわか作りのわながあった。仕掛けは跳ねているが、中はからっぽだ。わなは枝葉も払わぬままの若木を組んだだけの簡単な作りで、そのうちの一本をしならせた先にえさをつけて、豚の群れがはいったあと背後で柵が閉まるしかけになっていた。

「盗っ人め、すぐそばで待ちかまえていやがったんだ」ペニーが言った。「あんな囲いじゃ、豚を何分も閉じこめておけやしない」

荷車のわだちが砂地に残っていた。わなから右へ方向転換したあと、わだちは薄暗い矮樹林《スクラブ》の中の細い道をフォレスター島のほうへ続いている。

「よし、こっちだ」ペニーが言った。

太陽は地平線近くまで傾いた。空には白いきのこのような積雲が夕日を浴びて赤と黄に染まっている。南の空は一面に硝煙のような真っ黒な色に変わった。冷たい風が矮樹林《スクラブ》を吹き抜けた。何か巨大な生き物が冷たい息を吹きつけて去っていったようで、ジョディは身震いし、そのあとに流れこんできた暑い空気にほっとした。わだちのかすかに残る道を野ブドウのつるが横切っていた。ペニーは、「面倒なことになりそうなときは、さっさと片づけちまったほうがいい」と言いながら、かがんでブドウのつるをどけようとした。

いきなり、ブドウのつるの下からガラガラヘビが跳んだ。ジョディの視野をにじんだ映像が横切った。ツバメよりも敏捷で、クマのかぎ爪よりも致命的な一瞬の動きだった。一撃の威力で父親が後方へよろめくのが見えた。父親の悲鳴も聞いた。ジョディは、後ろへ下がりたい、絶叫したい、と思ったが、砂に根が生えたように立ちつくすばかりで声も出せなかった。いまのはガラガラヘビではなくて、稲妻にちがいない。いや、枝が折れたのだ、鳥が空中をかすめたのだ、ウサギが駆け抜けたのだ――。

「下がれ！　犬を押さえろ！」ペニーが叫んだ。

その声で金縛りがとけた。ジョディは後ろへ下がり、二匹の犬の首根っこをつかまえた。まだら模様の影が、平たい頭部を人間の膝の高さにもたげている。ペニーのゆっくりした動きを追って、かま首が右へ左へ揺れる。ガラガラヘビの尾が出す低い音が聞こえた。犬たちもその音を聞き、においを嗅ぎつけ、毛を逆立てた。ジュリアが甲高《かんだか》い声をあげ、身をよじってジョディの手を逃れた。老犬はくるりと後ろを向き、長い尾を後ろ足のあいだにしっかりはさんで、いま来た道をすごすご後戻りしていく。リップは後ろ足で立ちあがってほえた。

夢の中を泳ぐようなゆっくりゆっくりとした動作で、ペニーがあとずさりした。ガラガラヘビの尾が音をたてている。いや、あれはガラガラヘビの音ではない……そうだ、セミの声にちがいない……いや、アマガエルだ……。ペニーが銃を肩の高さに構え、撃った。ジョディのからだがぶるぶる震えた。ガラガラヘビはとぐろを巻き、痙攣し、のたうちまわっている。頭部が砂に突っこみ、太い胴体がよじれ、そのよじれが尾のほうへ伝わっていき、音がだんだん弱くなり、動かなくなった。とぐろが力を失い、潮が引くように渦巻がゆるく解けていく。ペニーがふりむき、息子をじっと見すえたまま、「嚙まれた」とつぶやいた。

ペニーは右腕を持ちあげ、口をぽかんと開いたまま傷口を見た。くちびるが乾いてめくれあがり、歯がむきだしになっている。のどぼとけが上下に動いた。ペニーは腕に残った二つの咬傷を呆然と眺めた。傷口から血が滲《にじ》み出ている。

「大きいやつだったな」

ジョディはリップをつかまえていた手を放した。リップは死んだヘビのそばへ走っていって激しくほえたて、何度か手出しを試みたあと、おそるおそる前足で解けたとぐろをつついた。そして少し落ち着くと、あたりの砂を嗅ぎまわった。傷を見つめていたペニーが顔を上げた。ヒッコリーの灰のように血の気が引いた顔だった。

「とうとう死神につかまったか」

ペニーはくちびるを舐めると、いきなり回れ右をして、開拓地の方角へ矮樹林《スクラブ》を突っ切って歩きだした。開けた道のほうが楽なはずなのに、ペニーはオークやゴールベリーやパルメット・ヤシのやぶをめったやたらに踏み分け、家に向かって一直線に進んでいく。ジョディは息を切らしながらあとを追った。心臓がどきどきして、自分がどこへ向かっているかもわからず、ただひたすら父親が下生えを踏みしだきながら進む音を追った。そのうち密生したやぶが唐突にとだえ、背の高いオークに囲まれた空き地に出た。沈黙したまま歩くのは妙な感じがした。

ペニーが急に足を止めた。前方で何か動く気配がある。雌ジカがパッと立ちあがった。ペニーは、何かの理由で呼吸が少し楽になったみたいに、ひとつ深呼吸をした。そして猟銃を構え、シカの頭に狙いをつけた。一瞬、ジョディは父親が正気を失ったと思った。こんなときに足を止めて猟をしようなんて……。ペニーが銃を撃った。雌ジカはもんどり打って砂の上に倒れ、何度か宙を蹴ったあと動かなくなった。ペニーは事切れたシカに駆け寄り、ナイフを鞘から抜いた。父親は完全に気が狂った、と、ジョディは確信した。ペニーはシカののどを掻き切るかわりに腹にナイフを突きたてたのだ。ペニーは死体の腹を大きく切り裂いた。まだ心臓が動いている。ペニーは肝臓を切って取り出した。それから地面に膝をつき、ナイフを左手に持ち替え、右腕をねじって二つ並んだ咬傷をあらためて見つめた。傷はすでにふさがり、ひじから先が大きく腫れて黒ずみはじめている。額には玉の汗が浮いている。ペニーは傷のあたりをナイフですばやく切開した。どす黒い血が噴き出した。その切り口に、ペニーはまだ温かいシカの肝臓を押しあてた。

「感じるぞ、吸い出してる……」ペニーが押し殺した声で言った。

ペニーは肝臓をさらに強く押しつけたあと、傷口から離して見た。肝臓は毒々しい緑色に変色していた。ペニーは肝臓をひっくり返して新しい部分を傷口に押しあてた。

「心臓を小さく切り取ってくれ」ペニーの声がした。

その場で固まっていたジョディは跳びあがり、ナイフを不器用に使いながらシカの心臓から一部を切り取った。

「もうひとつ」ペニーが言った。

ペニーは何度も何度も心臓の切れ端を取り換えて傷口に当てた。

「ナイフをくれ」

ペニーはいちばんどす黒く腫れている腕の上のほうにナイフをぐさりと突きたてた。

ジョディが悲鳴をあげた。

「とうちゃん！　血が出て死んじゃうよ！」

「腫れあがって死ぬより血が出て死んだほうがましだ。おれは、毒で腫れあがって死んだやつを見たことがある――」

ペニーの頬を汗が流れ落ちた。

「とうちゃん、痛い？」

「ああ、焼いたナイフを肩に突っこまれたみたいだ」

傷口に押し当てた肉の色が緑色に変わらなくなった。温かい生命力を残していたシカの内臓が死の進行とともに硬くなりはじめていた。ペニーは立ちあがり、静かな声で言った。

「これ以上できることはない。おれは家《うち》に戻るから、おまえはフォレスターん家《ち》へ行って、ブランチまで馬を出してウィルソン先生を呼んでくるように頼んでくれ」

「行ってくれると思う？」

「頼んでみるしかないさ。むこうが何か投げつけてくるか撃ってくるかしないうちに、早く用件を言え」

ペニーは、さっき踏み分けた道を戻りはじめた。ジョディも後に従った。背後でかすかな葉ずれの音が聞こえた。ふりかえると、空き地の端に仔ジカが立っていた。背中に白い斑紋があり、まだ足もとがぐらついている。仔ジカの黒い瞳は不思議そうに大きく見開かれていた。

「とうちゃん！　さっきの雌ジカ、仔がいたんだ」ジョディは父親の背中に呼びかけた。

「そうか。かわいそうだが、しかたない。さ、行くぞ」

仔ジカを見捨てるのがかわいそうで、ジョディはためらった。仔ジカは困惑したように小さな頭を振りあげた。そして、ぐらつく足で母ジカの死骸に近づき、上体をかがめてにおいを嗅いで、メェと鳴いた。

「おい、早くしろ」ペニーの声がした。

ジョディは走って父親に追いついた。薄暗い道に出たところで、ペニーが一瞬だけ足を止めた。

「だれかにこの道を通って家《うち》へ向かうよう頼んでくれ。万一おれが家までたどりつけなかったら拾ってくれるように。急げ」

父親が腫れあがった死体となって道に転がっている恐ろしい想像図が襲ってきた。ジョディは走りだした。ペニーはバクスター島をめざして必死で一歩一歩進んでいく。

ジョディは荷車のわだちが残る細い道を走り抜け、ギンバイカがかたまって生えているところまで来た。道はここで本道につながっている。フォレスター島は、この先だ。本道は往来が頻繁なせいで雑草すら生えず、足がかりがない。乾いた砂に足が沈み、両足が砂の触手にからめとられたように重い。ジョディはもっと足を強く蹴りやすいよう歩幅を小さくして走りつづけた。両足は動いていても、頭とからだは宙に浮いているみたいで、車輪の上に空っぽの箱をのせて走っているような感じがした。足もとの道は踏み車なのかと思うほど、さっきからずっと膝を上下に動かしつづけているのに、何度も何度も同じ木立やしげみが現れては後方へ流れていく。走っても走っても、ちっとも進まない。そう思っているうちに曲がり角に出て、ジョディは鈍い驚きに打たれた。この曲がり角は見おぼえがある。フォレスターの開拓地へはいっていく道は、あと少しだ。

ようやく、フォレスター島の目印である背の高い木立が見えてきた。すぐ近くまで来ていると思ったら、どきっとした。我に返ったとたん、怖くなった。ジョディはフォレスターの男たちが怖かった。もし助けてやらないと言われたら、たとえ無事にフォレスターの家から遠ざかることができたとしても、次にどこへ行けばいいのだろう？　ジョディは鬱蒼《うっそう》とした常緑カシの下で立ち止まり、思案した。まだ日が沈んだばかりだ。暗くなるには時間があるはずだ。さっきからの雨雲は、雲というより空に何かを流したようにどんどん広がっていき、いまでは空一面を覆っている。唯一明るく見えるのは、西の空を横切るひとすじの緑色の光だけだ。ヘビの毒を吸い取った雌ジカの内臓があんな色をしていた……。そのとき、仲良しのフォダーウィングを呼んでみよう、という考えがうかんだ。フォダーウィングなら、自分の声を聞きつけて出てきてくれるだろう。そうしたら、用件を伝えられるくらいの距離まで家に近づけるかもしれない。そう考えると、気が楽になった。自分に同情してくれるフォダーウィングの優しい眼差しがうかんだ。ジョディは大きく息を吸いこみ、オークの枝に抱かれた小道をめちゃくちゃな勢いで走りだした。

「フォダーウィング！　フォダーウィング！　ぼくだよ、ジョディだよ！」ジョディは思いきり叫んだ。

いまにも親友が家の中から姿を見せるにちがいない。ぐらぐらする階段を四つんばいになっておりてくるはずだ。急ぐと、フォダーウィングはいつもそうなるのだ。あるいは、しげみの奥からペットのアライグマを従えて現れるかもしれない。

「フォダーウィング！　ぼくだよ！」

返事はなかった。ジョディは平らにならされた砂地の庭に走り出た。

「フォダーウィング！」

家には早々と明かりがともっている。煙突から細い煙が上がっている。ドアや窓のよろい戸は、夜を迎えて蚊を防ぐために閉じられている。ドアが勢いよく開いた。光に照らされた家の中でフォレスターの男たちが一人また一人と腰を上げるのが見えた。まるで森の巨木が一本ずつ根から立ちあがって自分のほうへ動いてくるみたいだ。ジョディは、その場に立ちすくんだ。レム・フォレスターが戸口まで出てきて頭を下げ、首をかしげて侵入者の正体を確かめた。

「てめえか。くそガキが。何の用だ？」

ジョディは口ごもった。「フォダーウィングは――」

「病気だ。会えねえよ」

もう限界だった。ジョディは大声で泣きだした。

「とうちゃんが……とうちゃんがヘビに嚙まれたんだよう」ジョディはしゃくりあげながら言った。

フォレスターの男たちが階段をおりてきて、ジョディを取り囲んだ。ジョディはあたりはばからず大声で泣いた。自分が哀れで。父親が哀れで。やっとここまでたどりつくことができたから。とにかく目的を達することができたから。パン種がボウルの中で急激にふくらんだみたいに、フォレスターの男たちのあいだにどよめきが広がった。

「親父さん、いまどこにいるんだ？　どういうヘビだった？」

「ガラガラヘビ。大きいやつ。とうちゃんは家《うち》に向かってるけど、着けるかどうかわからない、って」

「腫れてきてるのか？　どこを嚙まれたんだ？」

「腕。もう、ひどく腫れてる。ウィルソン先生を呼びにいってください、お願いします。早く行ってください、お願いします。そしたら、ぼく、もうオリヴァーの加勢なんかしないから。お願いします」

レム・フォレスターが笑い声をあげた。

「このやぶ蚊野郎が、もう嚙みつきません、だとよ」

バックが口を開いた。「医者を呼びにいっても間にあわんのじゃないか。腕なんか嚙まれたら、すぐに死んじまうよ。医者が来るまでもたんだろう」

「とうちゃんは雌ジカを撃って、そいつの肝臓で毒を吸い出したんだ。お願いです、お医者さんを呼びに行って」

「おれが行こう」ミルホイールが言った。

安堵の気持ちが陽光のように胸に広がった。

「ありがとう、ほんとにありがとう」

「おれは犬だってヘビに嚙まれりゃ助けるんだ。ありがとうを安売りするんじゃねえよ」

バックも口を開いた。「おれは馬でペニーを拾いに行く。ヘビに嚙まれたら、歩かないほうがいい。まずいな、ペニーに飲ませるウイスキーが一滴もないぞ」

ギャビーが言った。「老いぼれ医者が持ってるだろうよ。多少でも正気が残ってりゃ、ウイスキーも残ってるってことさ。もし、ありったけ飲んじまったあとだったら、あいつの息を吹きかけりゃいい。それでりっぱな薬になる」

バックとミルホイールはジョディが身もだえするほど悠長な足取りで放牧場へ向かい、馬に鞍をつけた。二人が急がないのは急いでも無駄だと思っているからだろうか――そう思うと、ジョディは恐ろしくなった。助かる見込みがあるならば、二人は急ぐはずだ。なのに、二人はペニーを助けに行くというより埋葬しに行くような緩慢で無頓着な物腰なのだ。ジョディは見捨てられた気分で立ちつくしていた。帰る前にひと目フォダーウィングに会いたいと思ったが、残ったフォレスターの男たちはジョディを無視して踵《きびす》を返すと、階段を上がっていってしまった。

「さっさと帰れ、やぶ蚊野郎」戸口からレムが言い捨てた。

「放っといてやれよ」アーチが言った。「親父が死にかけてるってのに、そういじめるな」

「死にゃあいい。せいせいするさ。チャボが偉そうな面《つら》しやがって」レムが言った。

男たちは家にはいり、戸を閉めてしまった。ジョディはわけのわからない恐怖に襲われた。フォレスターの人たちは、きっと、だれも助けてくれる気なんかないのだ。バックとミルホイールも、ただの冗談で厩舎へ行ったんだ。きっと、あっちで自分のことを笑っているにちがいない。自分は見捨てられたのだ、父親も見捨てられたのだ……。そこへ、馬に乗った二人が現れた。バックはジョディに手を上げて合図した。悪意の感じられる態度ではなかった。

「心配するな、ぼうず。できることはしてやるから。相手が困ってるときに、けんかを根に持ったりしねえよ」

二人はかかとで馬の脇腹に軽く蹴りを入れて、走り去った。鉛のように重かった心がすっと軽くなった。つまり、敵はレム一人なのだ。ジョディは憎しみをレムに向け、それで満足した。そして、ひづめの音が遠ざかるまで耳を澄ましてから、家に向かって歩きだした。

いま、ようやく、ジョディは事実をあるがままに受けとめる余裕ができた。父はガラガラヘビに嚙まれた。そのせいで死ぬかもしれない。でも、人が助けに向かっている。自分も、なすべきことをした。恐怖には名前が与えられ、もはやどうしようもない怖さではなくなった。ジョディは、走らないようにしよう、ふつうに歩いて帰ろう、と心に決めた。自分が乗って帰る馬を借りたいとも思ったが、言い出せなかった。

通り雨がぱらぱらと降り、そのあとは静かになった。嵐は矮樹林《スクラブ》を避けて通るかもしれない。よくあることだ。周囲には、まだぼんやりと明るさが残っていた。気がつくと、手に父親の猟銃を握っていた。ジョディは銃を肩にかつぎ、道路の固いところを選んで速足で歩いた。ミルホイールがブランチに着くのにどのくらい時間がかかるだろう、と、ジョディは考えた。ウィルソン先生は酔っぱらっているだろうか、なんてことは考えなかった。酔っているに決まっているから。問題は、どのくらい酔っているかだ。ベッドの上に起きあがることができれば、老医師は使い物になると判断してさしつかえない。

ウィルソン先生のところへは、ごく小さいころにいちど行ったことがあった。いまでも、無造作に建て増ししたようなだだっ広い家をおぼえている。建物の周囲に広いベランダをめぐらした家だった。先生の家も、老先生自身も、密林の奥深くで徐々に朽ちていこうとしているように見えた。家の中にはゴキブリやトカゲが這いまわっていた。それがまた、つる植物の繁茂する屋外となんら変わらず居心地よさそうに動きまわっているのだった。ウィルソン先生はへべれけに酔っぱらって蚊帳《かや》の中に横たわり、天井を凝視していた。人に呼ばれると、先生は這うようにして立ちあがり、仕事にとりかかる。足取りは怪しげでも、心と手は優しい先生で、このあたりでは広く名医として知られていた。酔っていても、いなくても。先生が間にあえばとうちゃんの命はきっと助かる、と、ジョディは思った。

フォレスター島から下ってきた道を東へ折れて、バクスター島へ向かう道にはいる。あと四マイルだ。地面が硬ければ、一時間そこそこの道だ。が、砂の地面は頼りなく、あたりは暗くて、足もとがおぼつかない。この調子では、一時間半で帰り着ければいいほうだろう。あるいは二時間かかるかもしれない。ジョディはときどき小走りになりながら家路を急いだ。上空の明るさは、矮樹林《スクラブ》の高さまで視線を下ろしたとたん真っ暗になる。まるでヘビウが明るい空から暗い川の水に飛びこんだみたいだ。両側からやぶが迫ってきて、道が狭くなった。

東の空に雷鳴がとどろき、一瞬、空が白くなった。オークのやぶで足音が聞こえたと思ったら、雨粒が弾丸のように葉をたたく音だった。これまでジョディは夜や暗闇を怖いと思ったことはなかったが、それはいつも父親が自分の前にいてくれたからだった。いま、ジョディはひとりきりで歩いている。父親はこの道の先に毒で腫れあがった姿になって横たわっているのだろうか、それともバックの馬に助けあげられ運ばれていったのだろうか――バックが父親を見つけてくれたとして。そんなことを考えると、吐きそうになった。ふたたび閃光が走った。父親と二人、常緑カシの根方に座って何度も嵐をやりすごしたことを思い出した。そのときは、父親と二人なら雨で足止めを食らうのも悪くないと思った。

しげみの中からうなり声が聞こえた。何か信じられないほど敏捷な生き物がジョディの前を横切り、音もなくどこかへ消えていった。あとに麝香《じゃこう》のにおいが漂っていた。ヤマネコやオオヤマネコなら怖くないが、パンサーは馬でも襲うといわれている。心臓がどきどきした。ジョディは父親の猟銃の銃床を指でまさぐった。そんなことをしても意味がないのはわかっている。父親はガラガラヘビを撃ち、雌ジカを撃って、二発とも使ってしまったから。ベルトには父親のナイフがはさんである。オリヴァーからもらった大きなナイフを持ってくればよかった、と思った。新しいナイフには鞘《さや》がなく、刃が鋭すぎて持ち歩くには危険だ、と、ペニーは言った。家で安全な場所にいるとき——ブドウ棚の下に寝ころがっているときとか、陥落孔《シンク・ホール》の底で寝そべっているときには、自分があの鋭いナイフでクマやオオカミやパンサーの心臓をひと突きにしとめるところを思い描いたりした。いまは、そんな想像をして悦《えつ》に入《い》っている余裕はない。パンサーの爪はジョディの一撃よりはるかに敏捷なのだ。

道を横切った獣が何であったにせよ、どこかへ行ってしまったようだ。ジョディはつまずきながら、さらに足を速めて先を急いだ。オオカミの遠ぼえが聞こえたような気がしたが、遠すぎて、ただの風音だったかもしれない。風が強くなってきた。初めのうち、風ははるか遠く、底知れぬ暗黒の淵をへだてた別世界で吹いているように聞こえた。が、いきなり風音が高くなった。壁がぐんぐん迫るような勢いで、吹き荒れる風が近づいてきた。前方の木立で大きな枝が激しく揺れた。灌木が音をたてて地面になぎ倒された。風の咆哮《ほうこう》がとどろき、嵐が一気に襲ってきた。

　ジョディは頭を低くして嵐に向かっていった。あっという間にずぶ濡れになった。雨は首すじからはいりこんで滝のように背中を伝わり、ズボンの中を流れ落ちていった。服がからだに重くへばりつき、動きを阻《はば》んだ。ジョディは立ち止まって風に背を向け、銃を道の脇に立てかけた。そして、シャツとズボンを脱ぎ、くるくるとひとつにまとめた。それから銃を取り、素っ裸のままふたたび嵐の中を歩いた。素肌に雨を浴びて歩くと、からだが洗われて自由になった感じがした。稲妻が光り、照らしだされた我が身の白さにどきっとした。急に自分がひどく無防備なものに思えてきた。この敵意に満ちた世界に、自分はたったひとり、しかも素っ裸だ。嵐と暗闇の中に取り残され、忘れられた存在だ。得体のしれないものが背後を、前方を、走りぬける。そいつはパンサーのように矮樹林《スクラブ》のあらゆるところに潜んでいる。途方もなく大きく、形がなく、自分を狙っている。死神が矮樹林《スクラブ》をうろついている。

　ふと、父親はもう死んでしまったのではないか、いまにも死にかけているのではないか、という考えがよぎった。耐えがたい思いだった。その考えを振りきるために、ジョディはさらに速く走った。父親が死ぬはずがない。犬は死ぬかもしれない、クマも死ぬかもしれない、シカも、ほかの人間も、死ぬかもしれない。それはしかたないと思える。遠くのことだから。でも、自分の父親が死ぬはずはない。自分の下にあるこの地面が突然陥没して自分が大きな穴の底に落ちたとしても、それはそういうものと諦めがつく。だけど、父親がいなければ、そもそも地面が存在しなくなるのだ。父親がいなければ、何も存在しないのだ。ジョディはそれまで感じたことのない恐怖を感じて泣きだした。しょっぱい涙が口に流れこんだ。

「お願いです——」ジョディは夜の闇に慈悲を乞うた。フォレスターの荒くれ男たちに慈悲を乞うたように。

のどが痛み、股間は熱い弾丸を浴びているようだった。稲妻に照らされて、前方に空き地が見えた。古い開拓地まで来たのだ。ジョディは空き地に駆けこみ、古い柵に身を寄せて、つかの間でも風雨をしのごうとした。だが、吹きつける風のほうが雨よりも冷たかった。ジョディは身震いし、立ちあがって、また歩きだした。立ち止まったせいで寒くなった。からだを温めるために走りたかったが、とぼとぼ歩くだけの体力しか残っていなかった。雨のせいで砂地が締まって、歩くのは楽になった。風も少しおさまった。土砂降りだった雨も、ふつうの降りかたになった。ジョディは暗くみじめな気持ちで歩いた。どこまで歩いても終わりがないように感じられたが、ふと気がつくと、陥落孔《シンク・ホール》を通り過ぎて開拓地にさしかかるところだった。

バクスターの丸太小屋にろうそくの明かりが見えた。馬がいないて、ひづめで砂地を打った。柵につないである馬は三頭だった。ジョディはゲートを通り、家にはいっていった。とにかくすべては片づいたようで、家の中にあわただしい動きはない。バックとミルホイールは、火のない暖炉の前で椅子の背にもたれてくつろいでいた。ふだんと変わらぬ調子で話をしている。二人は家にはいってきたジョディを見て「おう」と言ったきり、また話に戻っていった。

「バック、おまえ、トウィスルのじじいがヘビに嚙まれて死んだときは、いなかったよな。ペニーはウイスキーなんか効かんと言ってたが、ほんとにそうかもな。トウィスルのじじいは、ガラガラヘビを踏んづけたとき、へべれけだったって話だからよ」

「ふうん。だけど、もしおれがヘビに嚙まれたら、まじないがわりにウイスキーを腹いっぱい飲ましてくれよ。どっちみち、素面《しらふ》で死ぬよりへべれけで死んだほうがいいや」

ミルホイールは暖炉に向かってつばを吐いた。

「心配するな、そうしてやるよ」

ジョディは恐ろしくて、父親がどうなったか二人に尋ねることができなかった。ジョディは二人のそばを通り過ぎ、父親の寝室へ行った。ベッドの片側に母親が座り、反対側にウィルソン先生が座っていた。先生はふりかえらなかったが、母親はジョディを見て、黙って立ちあがった。そして、たんすから洗いたてのシャツとズボンを出してきて、ジョディに差し出した。ジョディは濡れた衣類を床に落とし、銃を壁に立てかけて、そろそろとベッドに近づいた。

「いま死んでなかったら、とうちゃんはきっと死なない」と念じながら。

ベッドの上でペニーが小さく身動きした。ジョディの心臓がウサギみたいにピョンと躍った。ペニーはうめき声をもらし、何か吐きそうなそぶりを見せた。ウィルソン先生がさっと身を乗り出して洗面器をあて、ペニーの頭を支えた。ペニーはどす黒く腫れあがった顔を苦悶にゆがめて吐こうとした。何も吐くものがないのに、それでも吐き気が襲ってくるのだ。ペニーはハアハアとあえぎながら、ふたたび枕の上に倒れた。ウィルソン先生がふとんの中に手を入れてフランネルに包んだレンガを取り出し、それをジョディの母親に渡した。母親はジョディの衣類をベッドの足もとに置き、レンガを温めなおすために台所へ行った。

「悪いんですか?」ジョディは小声で聞いた。

「ああ、かなり悪い。何とかもちこたえそうにも見えるが、しかしまた、危ないようにも見える」

ペニーが腫れたまぶたを開いた。瞳孔が広がって、瞳がほとんど真っ黒に見える。ペニーが片腕を動かした。その腕は去勢牛の腿《もも》と同じくらいの太さに腫れあがっていた。

「風邪……ひくぞ……」ペニーが聞き取りにくい声で言った。

ジョディはあわてて衣類を引っつかみ、袖を通した。ウィルソン先生がうなずいた。

「いい兆候だ、おまえさんのことがわかったんだな。初めて口をきいた」

痛みと歓びがないまぜになった父への思いがジョディの胸にあふれた。こんなに苦しい中でも、父親は自分のことを心配してくれたのだ。とうちゃんは、死ぬはずがない。とうちゃんだけは、死ぬはずがない。

「きっと助かるよね、先生」と、ジョディは言った。そして、父親の口から聞いたことのあるせりふを付け加えた。「おれたちバクスターの人間は、チビだけど丈夫なんです」

先生はうなずき、台所に向かって声をかけた。「奥さん、温かい牛乳を飲ませてみようか」

希望の光が見えて、母親が鼻をすすりはじめた。ジョディは炉の前にいる母親のところへ行った。

母親は涙声で言った。「もしものことになったら、どうしよう。うちらが何か悪いことでもしたかね、こんなことになるなんて」

「だいじょうぶだよ、かあちゃん。もしものことになんて、ならないから」そう言ったものの、ジョディは骨の髄にぞっと冷たいものを感じた。

火を急いで大きくしようと、ジョディは外へ薪を取りに出た。嵐は西のほうへ去っていこうとしている。うねりながら流れていく雲が、スペイン人の大行進みたいに見えた。東の空に雲の切れ間ができて、星がまたたいている。風はさわやかで冷たい。ジョディは松脂の多いたきつけを腕いっぱい抱えて家に戻った。

「あしたはいい天気になるよ、かあちゃん」

「あしたになって、とうさんがまだ生きてりゃね」母親は声をあげて泣きだした。涙が炉の火に落ちてシュッと音をたてた。母親はエプロンを持ちあげて涙を拭いた。

「あんた、牛乳を持っていっておくれ。かあさんは、先生と自分のお茶をいれるから。きょうは何も食べてないんだよ、あんたたち二人を待ってて。そしたら、バックがとうさんを運んできて……」

ジョディは自分もあまり食べてなかったことを思い出した。が、食べたい物なんかひとつも思いうかばなかった。ものを食べることを考えても、ただ味気ないだけで、滋養も味もどうだってよかった。ジョディは温めた牛乳のカップを両手でささげ持って慎重に運んだ。先生はジョディの手から牛乳を受け取り、ペニーの枕もとに腰を下ろした。

「ジョディ、わしがスプーンで牛乳を飲ませるあいだ、とうさんの頭を支えててくれ」

ペニーの頭はぐったりとして重かった。力を入れて支えているうちに、ジョディは腕が痛くなった。父親の呼吸は荒かった。フォレスターの人たちが酔っぱらったときの呼吸に似ている。顔はすっかり色が変わって、カエルの腹のように血の気のない緑色をしている。最初、ペニーは歯を固く食いしばったまま、スプーンを受けつけなかった。

ウィルソン先生が、「さあ、口を開けてごらん。それとも、フォレスターの連中を呼んで開けてもらうか?」と言った。

腫れあがったくちびるが開き、ペニーがスプーンの牛乳を飲み下した。カップに入れてきた牛乳の一部を飲んだだけで、ペニーは顔をそむけた。

「よしよし。だが、吐いたら、また飲ませるからな」先生が言った。

ペニーのからだから汗が出はじめた。

ウィルソン先生は、「いいぞ。毒にやられたときは、汗をかくのがいちばんじゃ。いやはや、なんとも残念至極、ウイスキーさえ切れてなけりゃ、どっと汗を出させてやれるのになあ」と言った。

母親がお茶と丸パンをのせた皿を二つ持って部屋にはいってきた。先生は皿を受け取って膝にのせ、うまそうに、しかしまずそうに、飲んだ。

「けっこうな味だが、ウイスキーでないのがいかにも口惜しい」

ジョディが話に聞くかぎり、今夜ほど素面《しらふ》のウィルソン先生は前例がないらしい。

「こんな善良な人間がヘビに嚙まれるとはなあ……」先生は悲哀に満ちた声で言った。

「しかも、八方《はっぽう》探せどウイスキーは品切れ、ときた……」

母親が疲れた声で言った。「ジョディ、あんたも何か食べるかい?」

「ぼく、腹へってない」

ジョディの胃袋は、父親と同じように食べ物を受けつけなくなっていた。ヘビの毒がこの自分の血管をめぐり、心臓を痛めつけ、腹の中をかきまわしているような気がしていた。

「どうやら牛乳は腹の中に落ち着きそうじゃな」先生が言った。

ペニーは昏々と眠っている。

母親はロッキングチェアを揺すり、お茶をすすり、丸パンをかじりながら言った。

「神様は下々《しもじも》の人間までちゃんと見ておいでなさるから、バクスター家にも救いの手をのべてくださるかね」

ジョディは表の部屋へ行った。バックとミルホイールは床に鹿皮を敷いて横になっていた。

「かあちゃんと先生は何か食べたけど、あんたらも腹へってる?」

「おれらは、おまえが呼びにきたとき、ちょうどめし食ったとこだったから、気にせんでいいよ。おれらはここで寝て、どうなるか様子を見るさ」バックが言った。

ジョディは二人のそばにしゃがみこんだ。話がしたかった。犬の話、銃の話、猟の話。何でもいい、生きている人間のすることを話したかった。が、見ると、バックはすでにいびきをかいていた。ジョディは足音を忍ばせて寝室に戻った。ウィルソン先生は椅子に座ったまま舟をこいでいた。母親は病人の枕もとに置いてあったろうそくを下げ、ロッキングチェアに戻った。しばらくはロッキングチェアの揺れる音がしていたが、やがてそれも止まった。母親も眠っていた。

ジョディは、部屋に父親と二人きりになったような気がした。寝ずの番はいまや自分にゆだねられたのだ。もし自分がこのままずっと眠らず、毒の苦しみにあえぎながら眠る父親の呼吸に寄り添い、父親とともに呼吸し、父親のために呼吸しつづければ、父親を生かすことができる——そんな気がした。ジョディは父親と同じように深く息を吸った。頭がくらくらした。意識が朦朧《もうろう》としてきた。腹もからっぽだ。何か口に入れればいくらか気分がよくなるとはわかっていたが、食べ物を飲みこむことなどできそうになかった。ジョディは床に腰を下ろし、ベッドに頭をもたせかけた。そして、きょう一日のことを思い出した。一歩ずつ、道をたどって戻るように。暗い嵐の中を歩いて帰ってきたときと比べたら、父親のそばにいるだけで何と心丈夫なことだろう。考えてみれば、父親がそばにいてくれるときには平気だけれど自分ひとりでは耐えられないほど恐ろしいことが、たくさんあった。ただ、あのガラガラヘビだけは、こうしていても無条件に恐ろしかった。

あの三角形の頭、閃光のような一撃、じっととぐろを巻いて相手の隙を狙う姿。思い出しただけで、ぞっとする。もう二度と森の中をのんきに歩くことなどできそうもない気がした。冷静にヘビをしとめた父親の一発を思い出し、犬たちの怖がりようを思い出した。雌ジカのこと、まだ体温の残る内臓を傷に押し当てたときの戦慄《せんりつ》も思い出した。そうだ、そういえば仔ジカがいた。ジョディははっとして座りなおした。あの仔ジカは、夜の闇の中にひとりぼっちで残されている――自分がそうだったように。ペニーの命を危うくした大事件のせいで、あの仔ジカは母親を失った。あの雷鳴と稲光の中で、仔ジカは腹をすかせて途方に暮れていたにちがいない。無残に切り裂かれた母親の死骸のそばで、冷たく硬直した影が立ちあがって温かさと満腹と安心を与えてくれるのを待っているにちがいない。ジョディはベッドカバーの裾に顔を押しつけて、やるせない涙を流した。すべての死に対する憎しみと、すべての孤独に対する哀れみで、心が引き裂かれそうだった。

# 第15章

恐ろしい夢を見ていた。父親と一緒にガラガラヘビの群れと戦っているのだが、ヘビどもは尾をひきずり、カラカラと乾いた音をたてながら、ジョディの足の上を這っていく。そのうちにヘビの群れがひとつにまとまって巨大なガラガラヘビになり、ジョディの顔の高さに迫ってきた。嚙まれた——が、叫ぼうとしても声が出ない。父親の姿を探すと、父親はガラガラヘビの下敷きになり、目をぽっかり開けて暗い空を見ている。そのからだはクマと同じくらいの大きさに膨れあがっていた。死んでいる……。ジョディはあとずさりを始めた。一歩、また一歩、必死にガラガラヘビから離れようとする。それなのに、足が地面に貼りついている。と思ったら、ヘビの姿が消えた。ジョディはひとりぼっちで、はてしなく広い場所に立ち、風に吹かれていた。腕に仔ジカを抱いている。ペニーの姿はない。悲しくて悲しくて胸がつぶれてしまいそうだった。泣きながら目がさめた。

ジョディは硬い床の上にからだを起こした。バクスター島に夜明けが訪れようとしている。開拓地を囲むマツの木立のかなたに、ぼんやりと光のすじが見えた。部屋はまだ薄暗い。少しのあいだ、ジョディはまだ腕に仔ジカを抱いているような気がしていた。それから現実に戻り、急いで立ちあがって父親の様子を見た。

ペニーは呼吸がずいぶん楽になったように見えた。からだは腫れあがり、熱もまだあるが、野生のミツバチに刺されたときとさほど変わらぬ程度に見えた。母親はロッキングチェアに座ったまま、首を後ろにがくんと傾けて眠っている。老先生はベッドの足もとに伏せている。

ジョディは小さな声で、「先生！」と呼んだ。

先生は、うーん、とうなって顔を上げた。

「どうした？　どうかしたか？　何があった？」

「先生！　とうちゃんを見て！」

先生はからだの向きを変え、片ひじをついてそろそろと起きあがった。そして目をしばたたいたあと、目もとをごしごしこすった。それから先生は椅子の上にしゃんと座りなおし、ペニーの上にかがみこんだ。

「いやはや、たいしたもんだ。峠は越したぞ」

母親が「え？」と声を出し、はっと姿勢を正した。

「だめだったんですか？」

「とんでもない。その逆じゃよ」

母親がわっと泣きだした。

「なんだ、残念がっておるみたいじゃの」先生が言った。

「先生には想像もつかないでしょうけど、わたし、この人に逝かれてしまったらどうしようかと……」

母親がこんなに優しい口調でしゃべるのを、ジョディは初めて聞いた。

「男なら、もう一人ここにおるじゃろう、ほれ、このジョディが。こんなに大きくなって。もう畑作りも、刈り入れも、猟も、何でもできる」

「ジョディは、なりは大きくても、まだほんの子供なんです。ほっつき歩くことと遊ぶことしか頭になくて……」

ジョディはうなだれた。母親の言うとおりだ。

「この子の父親が甘やかすものだから……」

「ジョディよ、甘やかしてくれる父親を持って、幸せだと思いなさい。そんな運のいい子供は、めったにおらんからな。さてと、奥さん、ペニーが目をさましたら、もう少し牛乳を飲ませてみましょうかな」

「かあちゃん、ぼくが乳搾りに行ってくるよ」ジョディが意気ごんで言った。

「やっとそういう気になったかい」母親の声は満足そうだった。

ジョディが表の部屋を通ると、バックが床に起きあがって眠そうに頭をかいていた。ミルホイールは、まだ眠っている。

「先生が、とうちゃんは峠を越した、って」ジョディが言った。

「へえ、驚きだ。さあて目がさめたから、親父さんを埋める手伝いでもするか、と思ってたとこだ」

ジョディは家の横手に回り、壁にかけてあった搾乳用のひょうたん容器を手に取った。ひょうたんと同じくらい軽やかな気分だった。心が晴れ晴れとして、両腕を広げたら羽根のようにゲートの上を飛んでいけそうな気がした。朝はまだ明けきっていない。マネシツグミがセンダンの枝にとまって細い金属的な声で鳴いている。ドミニク種の雄鶏が、ためらいながらときをつくった。毎朝この時刻にペニーは起き出し、ジョディをもうしばらく寝かせておいてくれるのだ。朝の空気は穏やかで、高いマツの梢がそよ風にかすかに揺れているだけだ。昇りはじめた太陽の光が長い指のように開拓地にさしこんでいる。ジョディがカチリと音をたてて放牧場のゲートを開けると、マツの枝にとまっていたハトたちが風を切って飛んでいった。

ジョディは上機嫌で、「よう、ハトくん！」と呼びかけた。

その声を聞いて、トリクシーがモーと鳴いた。ジョディは乳牛の飼葉桶《かいばおけ》に飼料を投げ入れてやるために、畜舎の二階にのぼった。乳牛はがまんづよい、と思う。こんな粗末な飼料とひきかえに乳を出してくれるんだもの。トリクシーは、むしゃむしゃと飼葉を食《は》んだ。一度だけ、ジョディが下手な手つきで乳を搾ったら、トリクシーが威嚇するように後ろ足を上げた。ジョディは二つの乳首からていねいに乳を搾ったあと、仔牛が残り二つの乳首を吸えるように母牛の囲いに入れてやった。父親がいつも搾る量に比べると、きょうは少なかった。父親が回復するまで、自分は牛乳を飲まずに全部父親にあげよう、と、ジョディは心に決めた。

仔牛は母牛の大きく垂れた乳房に頭を押しつけながら派手な音をたてて乳を吸って

いる。こんなに大きくなったら、ほんとうは母牛から乳をもらわなくてもいいのだが。そう思ったら、きのうの仔ジカを思い出した。鉛のような重苦しい感情がよみがえった。いまごろ、仔ジカは腹をすかせて途方に暮れているにちがいない。母ジカの冷たくなった乳首を吸おうとしただろうか。切り裂かれた死骸を嗅ぎつけて、オオカミが集まってくるだろう。仔ジカもオオカミに見つかって、ずたずたに食い殺されてしまったかもしれない。父親が命をとりとめた朝の喜びが、すっかり曇ってしまった。ジョディは仔ジカの身を案じつづけて、気持ちが晴れなかった。

母親は、牛乳の量について何も言わずにひょうたんを受け取った。そして牛乳を濾《こ》し、カップに一杯注いで、病室へ持っていった。ジョディも母親のあとについていった。ペニーは目をさましていて、弱々しくほほえんだ。

「死神には、もう少し待ってもらうことにしたよ」父親は聞き取りにくい声でささやいた。

「あんたはガラガラヘビと血でもつながっておるのかの。ウイスキーなしで、どうやって生きのびたもんだか、わしにはわからんよ」

ペニーはささやくような声で言った。「だって、先生、おれはキングスネークだから。ガラガラごときがキングを殺すことはできんよ」

　バックとミルホイールが部屋にはいってきて、にやっと笑った。

「ひでえ顔だな、ペニー。けど、正真正銘、生きてやがる」

　ウィルソン先生はペニーの口に牛乳を持っていった。ペニーはごくごくと飲んだ。

「わしは、たいして何もせんかった。要は、まだ寿命じゃなかったということだな」

老先生が言った。

　ペニーは目を閉じた。

「一週間ぶっつづけで眠れそうだ」

「ぜひ、そうしてくれ。わしにこれ以上してやれることはない」

　先生は立ちあがり、足の筋《すじ》を伸ばした。

「この人を眠らせといたら、だれが畑をやるんです?」ペニーの女房が愚痴をこぼした。

「仕事って、何があるんだ?」バックが聞いた。

「まずトウモロコシだね。あと一回、土寄せしないと。サツマイモの草かきもあるけど、これはジョディが得意だから。まじめにやればの話だけど」

言った。


「ぼく、ちゃんとやるよ、かあちゃん」

「おれ、しばらくここにいて、トウモロコシやら何やら、やってやるよ」バックが言った。

母親は面食らった表情を見せ、「恩を受けるのは気が重いから」と、堅苦しいことを言った。

「遠慮すんなよ、ここらの暮らしはただでさえきついんだ。ここで助けなきゃ、男じゃねえよ」

「悪いね」母親は素直に言った。「トウモロコシが育たなけりゃ、うちら一家三人、ヘビに嚙まれて死んじまったほうがましだからね」

ウィルソン先生が口を開いた。「家内が死んでから、これほど素面《しらふ》で目がさめたのは初めてじゃ。帰る前に朝めしを頂戴できるとありがたいがな」

母親は、はりきって台所に立った。ジョディも火をおこしに行った。

「フォレスターの世話になるとは思わなかったよ」母親が言った。

「バックはフォレスターって言ってもちょっとちがうんだよ、かあちゃん。バックは友だちなんだ」

「そうみたいだね」

母親はコーヒーポットに水を入れ、コーヒーかすの上に新しいコーヒー粉を足した。

「薫製小屋にベーコンがあと一つ残ってるから、持っといで。みっともない食事は出せないからね」

ジョディは意気揚々とベーコンを取ってきた。母親はジョディにベーコンをスライスさせてくれた。

「あのさ、かあちゃん、とうちゃんは雌ジカを撃って、その肝臓で毒を吸い出したんだよ。自分の腕を切って血を出して、そこに肝臓を押しつけたんだ」

「ついでに腰肉も持ってきてくれりゃ、よかったのに」

「そんなこと考えてる暇なかったんだよ」

「そりゃそうだね」

「そいでね、かあちゃん、その雌ジカ、仔ジカを連れてたんだ」

「雌ジカはたいてい仔ジカを連れてるものさ」

「でも、すっごく小さいやつだったんだ。生まれたばっかの」

「それがどうしたのさ？　いいから、テーブルの用意をしてきておくれ。野イバラの実のジャムを並べてね。バターもにおいがきつくなってるけど、バターに変わりはないから、それも出しといて」

母親はコーンブレッドの生地をかきまぜている。スキレットの中で溶けた脂がジュージュー音をたてはじめた。母親が生地を流し入れた。平鍋ではベーコンがピチピチと脂を跳ねあげている。母親はベーコンを裏返し、全体がきつね色に焼けるよう鍋底に押しつけた。フォレスター家で大量の料理を食べつけているバックやミルホイールがはたしてこれだけで満腹するだろうか、と、ジョディは心配になった。

「かあちゃん、グレーヴィーをうんとたくさん作ったほうがいいよ」

「あんたが牛乳なしでいいんなら、ミルク・グレーヴィーを作るけど」

そのくらいの犠牲など、なんでもなかった。

「ニワトリも絞めればよかったね」ジョディは言った。

「それはあたしも考えたんだけどさ、うちのニワトリは若すぎるか、ひねすぎてるか、どっちかしかなかったんだよ」

母親はコーンブレッドを裏返した。コーヒーが沸きはじめた。

「朝のうちにハトかリスを撃ってきてもよかったね」

「いまごろ思いついたって遅いよ。男の人たちに、手と顔を洗ってテーブルへどうぞ、って声かけておいで」

ジョディは男たちを呼びにいった。三人は家の外にある流し場へ行って、顔に水をたたきつけ、手をちょっとだけ濡らした。ジョディは洗いたてのタオルを持っていった。

「まったく、素面《しらふ》だと腹がへるわい」老医師が言った。

「ウイスキーは食い物と同《おんな》じだからな」ミルホイールが言った。「おれはウイスキーさえありゃ生きていけるよ」

「わしは、ほとんどウイスキーで生きとるようなもんだ。二〇年このかた、家内が死んでからずっと」

テーブルに並んだ料理を見て、ジョディは誇らしい気持ちになった。フォレスター家ほどいろいろな種類の料理はないけれど、どれも量はたっぷりあった。男たちはがつがつ食べた。満腹すると、三人は皿を押しやり、パイプに火をつけた。

「日曜みてえだな」ミルホイールが言った。

「病人が出ると、日曜みたいになっちまうよね。みんな、家に詰めて、男の人たちは畑に出ないし」母親が言った。

　こんなに人あたりのいい母親を見るのは初めてだった。母親は男たちの食事が足りなくなるのを心配して、皆が食べ終わるまで自分は食べずに待っていた。いま、ようやく、おいしそうに食事を始めたところだ。男たちはのんびり話をしている。ジョディは、また仔ジカのことを考えはじめた。どうしても考えずにはいられなかった。夢の中で両腕に抱いていたときの親密さそのままに、仔ジカの存在が頭の中に居すわって消えようとしないのだ。ジョディはそっとテーブルを離れ、父親の枕もとへ行った。ペニーはベッドに横たわり、目を開けていた。目つきはしっかりしているが、瞳孔はまだ広がったままで瞳が黒っぽく見える。

「具合はどう、とうちゃん？」

「ああ、だいじょうぶだ。死神は、どっか他所《よそ》へ仕事に行ったようだな。それにしても、危ないとこだった」

「そうだね」

「ジョディはえらかったぞ。落ち着いて、やるべきことをやってくれた」

「あのさ、とうちゃん――」

「なんだ？」

「あのさ、とうちゃん、あのときの雌ジカと仔ジカ、おぼえてる？」

「忘れるはずがないさ。かわいそうなことをしたが、あの雌ジカのおかげで命が助かった。それはまちがいない」

「とうちゃん、仔ジカがまだあそこにいるかもしれないんだよ。きっと腹をすかして、ものすごく怖がってると思うんだ」

「そうだろうな」

「とうちゃん、ぼく、もう大きくなったから牛乳はいらないし、だから、あの仔ジカのこと探しに行っちゃだめ？」

「連れてくるのか？」

「育てたいんだ」

ペニーは黙ったまま天井を見つめていた。

「うーん、そう来られると、弱ったな」

「そんなにえさはいらないと思うんだ。すぐに葉っぱやどんぐりを食べれるようになるよ」

「まったく、おまえって子は先のその先までよく考えるもんだね」

「ぼくたち、仔ジカのかあさんを取っちゃったでしょ、何も悪いことしてないのに」

「たしかに、放っといて飢え死にさせるのは、恩知らずかもしれんな。ジョディ、とうさんはダメとは言えんよ。二度とふたたび日の目が見られるとは思えんかった身だからなあ」

「ミルホイールが帰るとき一緒に馬に乗せてもらって探しにいってもいい？」

「かあさんに言っておいで、とうさんがいいと言った、って」

ジョディはそっと台所のテーブルに戻って腰を下ろした。母親は皆にコーヒーを注いでいる。

「かあちゃん、とうちゃんがね、仔ジカを連れにいってもいいって言ったよ」

母親はコーヒーポットを持った手を止めた。

「仔ジカって？」

「きのう殺したシカの赤ちゃんだよ、とうちゃんを助けるために肝臓を取って毒を吸い出すのに使った――」

母親は驚いて息をのんだ。

「そんなこと、冗談じゃな――」

「とうちゃんが、放っといて飢え死にさせちゃ恩知らずだ、って言ったよ」

ウィルソン先生が口をはさんだ。「そのとおりじゃよ、奥さん。世の中、ただで手にはいるものなど、ありゃせん。この子の言うとおり、父親の言うとおりじゃ」

ミルホイールも口を開いた。「おれの馬に乗せてってやるよ。探すのも手伝ってやるし」

母親は困ったようにコーヒーポットを置いた。

「あんたが自分の牛乳をやるって言うなら……。ほかに食わせるものはないからね」

「ぼくも、そうしようと思ってたんだ。すぐに、えさなんか何もいらなくなるよ」

男たちがテーブルから立ちあがった。

ウィルソン先生が言った。「これからは良くなる一方じゃよ、奥さん。だが、もし具合が悪くなるようなことがあったら、いつでも使いをよこしなさい」

「それで、先生、お礼はいかほどで？　いますぐは払えませんけど、収穫どきになればーー」

「何のお礼だね？　わしは何もしとらんよ。わしが着くより前に、ペニーの命は助かっとった。一晩泊めてもらって、けっこうな朝めしもご馳走になったし。サトウキビをしぼったときにでも、シロップを届けておくれ」

「ありがとうございます、先生。ほんとうによくしてもらって。わたしら、これまで苦労ばっかしで、人様がこんなに親切なもんだとは知らなかったです」

「何をおっしゃる。親切の見本が、ほれ、そこに一人おるじゃないか。みんながペニーによくしてくれるのは、当然じゃよ」

バックが口をはさんだ。「ペニーの老いぼれ馬に犂《すき》を引かせてもだいじょうぶかな。使いつぶしちまいそうで心配だ」

ウィルソン先生が話を続けた。「ペニーにできるだけたくさん牛乳を飲ませるようにな。それから、もし手にはいるようなら、野菜や新鮮な肉を食べさせてやるといい」

「おれとジョディに任してくれ」バックが言った。

ミルホイールがジョディに声をかけた。「ぼうず、そろそろ行くぞ」

「遅くならないうちに帰ってくるんだろうね？」母親が心配そうにきいた。

「うん、もちろん。昼ごはんには帰ってくるよ」ジョディが言った。

「まったく、昼ごはんでもなけりゃ帰ってこないのかね、この子は」

「奥さん、男というのはそういう生き物じゃて」先生が言った。「男が家に帰る目的は三つ——ベッドと、女と、めし」

バックとミルホイールがばか笑いした。ウィルソン先生が、ふとクリーム色のアライグマで作ったナップザックに目をとめた。

「ほう、なかなかしゃれたもんじゃの。薬を入れて歩くのに、ああいうのがあったらいいかもしれんな」

ジョディはそれまで、人にあげて喜ばれるようなものを所有したことがなかった。ジョディは釘にかけてあったナップザックを取り、ウィルソン先生に渡した。

「これ、ぼくのなんです。もらってください」

「なにを言う、おまえさんからものを取りあげようなんて思やせんよ」

「持ってても使わないから」ジョディは見栄を張った。「またつかまえればいいし」

「そうか。それじゃ、ありがたくいただこう。往診に行くたびに、心の中で『ありがとうよ、ジョディ・バクスター』と言うからな」

ウィルソン先生が喜んでくれて、ジョディは鼻が高かった。三人は外へ出て馬に水を飲ませ、バクスター家の畜舎にある残り少ない干し草を与えた。

「おまえん家《ち》、かつかつなんだな」バックがジョディに言った。

「働き手が一人しかおらんからな。なあに、この子が父親ほどの背丈になりゃ、暮らしも少しは楽になるじゃろうて」ウィルソン先生が言った。

「バクスターには背丈はあんまり関係なさそうだけどな」バックが言った。

ミルホイールが馬に乗り、後ろにジョディを引きあげた。ウィルソン先生も自分の馬にまたがり、反対の方角めざして出発した。ジョディは先生に手を振った。晴れ晴れした気分だった。

「仔ジカ、まだ同じ場所《おんな》にいると思う?」ジョディはミルホイールに話しかけた。

「探すの、手伝ってくれる?」

「ああ、生きてりゃ、きっと見つけるさ。だけど、なんでオスだってわかるんだ?」

「斑紋がまっすぐ並んでたから。メスだとあっち向いたりこっち向いたりしてるんだって、とうちゃんが言ってた」

「それだから厄介だよな、メスってのは」

「どういう意味?」

「メスってのはあっちゃこっちゃ向いて当てにならねえ、ってことさ」

ミルホイールが馬の脇腹に平手打ちをくれると、馬は速足で進みはじめた。

「メスで思い出したが、おまえと親父さん、おれたちがオリヴァー・ハットーとけんかしたとき、なんでおれたちに向かってきたんだ?」

「オリヴァーがひどい目にあってたからだよ。みんなで寄ってたかってオリヴァーをぶちのめすのは何かまちがってる、って思ったんだ」

「それもそうだな。あれはレムの女で、オリヴァーの女なんだから、あいつら二人で勝負をつけるべきだったな」

「だけど、一人の女がいっぺんに二人の男のものにはなれないでしょ?」

「おまえには、まだ女ってもんがわかんねえんだよ」

「ぼく、トウィンク・ウェザビーなんて大嫌いだ」

「おれも、ああいう女は相手にしねえな。おれは、フォート・ゲイツの後家《ごけ》さんだ。後家は情が篤《あつ》いぞ」

話が複雑になりすぎた。ジョディは仔ジカのことを考えた。二人は古い開拓地を通過した。

「ミルホイール、北に曲がって。とうちゃんがヘビに嚙まれたあとに雌ジカを殺したのは、そっちなんだ。仔ジカを見たのも」

「おまえら、こんなとこまで来て何やってたんだ？」

　ジョディは答えをためらった。

「豚を探してたんだよ」

「ああ……おまえん家《ち》の豚を？　そうか。まあ心配するな。おれの勘だと、日暮れまでにはおまえん家《ち》に戻ってくるような気がするぞ」

「豚が戻ってきたら、かあちゃんもとうちゃんも、きっと喜ぶよ」

「おまえん家《ち》があんなにかつかつで暮らしてるなんて、知らなかったよ」

「かつかつじゃないよ、ちゃんと暮らしてるよ」

「おまえらバクスターの人間は根性あるよ、ほんと」

「とうちゃん、死なないと思う？」

「おまえの親父さんは、死なねえよ。肝っ玉が鉄でできてら」

「フォダーウィングは、どうしたの？　ほんとに病気なの？　それとも、レムがぼくに会わせたくないから？」

「ほんとに病気なんだ。あいつは、おれたちとは出来がちがうからな。ていうか、だれともちがうんだよ、あいつは。水のかわりに空気を飲んで生きてるみたいなやつだろ？　食い物も、ベーコンなんか食わずに、森の動物が食うようなもんばっか食うし」

「あと、ほんとはないものも見たりするでしょ？　スペイン人とか」

「ああ。けど、あいつの話を聞いてると、ほんとに見えてるみたいに思えてくるから、驚きだよな」

「ぼくがフォダーウィングに会いにいったら、レムは会わせてくれると思う？」

「おれなら、まだやめとくな。そのうち、レムがどっか行った日にでも知らせてやるから。な？」

「ぼく、フォダーウィングに会いたいよ。すごく」

「会えるさ。さてと、どこらへんなんだ、仔ジカは？　この道、えらく狭くなってきたぞ」

急に、ミルホイールが一緒でないほうがいいような気がしてきた。もし仔ジカが死んでいたら、あるいは見つからなかったら、がっかりした顔を見られたくない。もし仔ジカが見つかったとしたら、それはきっとすごくうれしくてすごく秘密の瞬間になるだろうから、自分一人だけのものにしておきたい。

「もう、ここからそんなに遠くないけど、この先は木が多すぎて馬で行くのは無理そうだから、ぼく歩いていくよ」

「だけど、おまえを置いてくのは、ちょっとなあ。迷子になったりヘビに嚙まれたりしたら、どうすんだ?」

「ぼく、気をつけるよ。もし仔ジカがどっか行っちゃってたら、見つけるのにずいぶん時間がかかるだろうし。だから、ぼくをここに置いてって」

「わかった。だけど、ほんとに気をつけていけよ。パルメットのやぶは棒で突っついて歩くんだぞ。このへんはガラガラヘビだらけだからな。北がどっちか、わかるか?東は?」

「あっちと、そっち。あの高いマツの木が目印だよね」

「そうだ。じゃ、またなんか困ったことがあったら、おまえでも、バックでも、おれを呼びにこい。じゃあな」

「じゃあね、ミルホイール。ほんとに、ありがとう」

ジョディは去っていくミルホイールに手を振った。そして、ひづめの音が聞こえなくなるのを待ってから、右へ曲がった。矮樹林《スクラブ》の中はしんと静まり、ジョディが小枝を踏みしだく音だけが響く。用心を忘れてしまいそうなほど気が逸《はや》っていたが、ジョディは大きな枝を折って手に持ち、下草が深くて地面が見えないところを突っつきながら進んだ。ガラガラヘビは、逃げるチャンスがあれば逃げるものなのだ。きのう、ペニーはジョディの記憶よりもっと奥までオークのやぶに分け入っていたらしく、ジョディは一瞬、方向をまちがえたかと思った。が、そのとき前方で一羽のノスリが舞いあがり、翼をはばたいて空に上がっていった。ジョディはオークに囲まれた空き地に出た。雌ジカの死骸をとりまくように輪になっていたノスリどもがいっせいに肉のたるんだ長い首をねじってふりかえり、シューッと声を出して威嚇した。ジョディが手に持っていた大きな枝を投げつけると、ノスリどもは錆びたポンプの取っ手がきしむような羽音をたてて近くの木に飛び移った。砂地にはネコ科の大きな足跡が残っていたが、ジョディにはヤマネコなのかパンサーなのかわからなかった。ただ、ネコ科の大型獣は生きた動物を襲うものなので、雌ジカの死骸は屍肉を食らう鳥たちに譲ったのだろう。ネコ科の鼻孔は、屍肉よりもうまそうな仔ジカのにおいを捕えただろうか。

ジョディは死骸を避けて、きのう仔ジカを見かけたあたりの草むらを手で分けてみた。わずか一日前のことだったとは信じがたい気がした。仔ジカの姿はなかった。ジョディは空き地をぐるっと回ってみた。何の物音もしない。何の形跡もない。ノスリどもが早く仕事に戻りたいとばかりに翼を打ち鳴らす。ジョディはきのう仔ジカがしげみから出てきた場所に戻って四つんばいになり、砂地に小さな足跡が残っていないか探した。が、前夜の雨で足跡はすっかり洗い流されてしまい、残っているのはネコ科の足跡とノスリの足跡だけだった。ただし、ネコ科の獣がこちらのほうへやってきた形跡はない。背の低いパルメット・ヤシの下に小さな足跡が見つかった。スズメバトのような、先のとがった華奢《きゃしゃ》な足跡だ。ジョディはヤシのしげみの奥のほうへ這っていった。

すぐ目の前で何かが動いた。ジョディはびっくりして尻もちをついた。仔ジカが顔を上げた。何だろう、というように首を大きくねじって、うるんだ瞳でジョディを見つめている。その眼差しに、ジョディは全身が揺さぶられるような衝撃を受けた。仔ジカは震えていた。立ちあがろうとも逃げようともしなかった。ジョディも、自分が動けるかどうか自信がなかった。

「ぼくだよ」ジョディはささやくように呼びかけた。

仔ジカは鼻を上に向けてジョディのにおいを嗅いだ。ジョディは片手を伸ばして仔ジカの柔らかな首にそっと置いた。仔ジカにさわれただけで天にも昇る気持ちだった。ジョディは四つんばいのまま仔ジカのすぐそばまで近づいた。そして、両腕を仔ジカのからだに回した。仔ジカはびくっとしたが、動かなかった。ジョディは壊れやすい陶製のシカをなでるように、そっと、そっと、仔ジカの両脇腹をなでた。仔ジカの皮はナップザックになった白いアライグマよりもっと柔らかく、すべすべして清潔で草の甘い香りがした。ジョディはそろそろと立ちあがり、仔ジカを地面から持ちあげた。老犬ジュリアほどもないくらいの重さだった。四本の足がだらりと垂れ下がった。仔ジカの足は驚くほど長く、ジョディは仔ジカをかかえた腕をできるだけ高く上げて歩いた。

母ジカの死骸を見たりにおいを嗅いだりしたら仔ジカが足をばたつかせて鳴き騒ぐのではないかと思い、ジョディは空き地を避けてしげみの奥へ進んだ。仔ジカを抱えたままやぶの中を進むのはたいへんだった。仔ジカの足が灌木にからまるし、ジョディ自身も足をとられそうになった。ジョディはとげのあるつる植物から仔ジカの顔を守りながら歩いた。一歩ごとに仔ジカの頭が上下に揺れる。仔ジカが自分を素直に受けいれてくれたことが信じられないくらいうれしくて、ジョディは心臓がどきどきした。やがて、細い道に突きあたったジョディは、できるだけ足を速めて歩きつづけ、家へ帰る道に出た。ジョディはそこでひと休みし、だらんと足を垂らしたまま抱かれていた仔ジカを地面に下ろした。仔ジカはよろめき、ジョディを見てメェと鳴いた。ジョディはすっかりうれしくなって、「ひと息ついたら、また抱いていってやるからな」と話しかけた。

仔ジカは最初に自分を運んでくれた相手を追うようになるという話を父親から聞いたのを思い出して、ジョディはゆっくりと仔ジカから離れてみた。仔ジカはジョディを目で追った。ジョディは仔ジカのところへ戻ってなでてやってから、もういちど離れてみた。仔ジカはぐらつく足で二、三歩あとを追い、哀れっぽい声で鳴いた。ジョディについてこようとしているのだ。仔ジカはジョディのものになった、ジョディだけのものになったのだ。うれしさのあまり、ジョディは頭がくらくらした。この仔ジカをなでまわし、一緒に走り、じゃれあい、おいでと呼び寄せてみたい気持ちがふくらんだ。が、いまはまだ仔ジカを驚かせてはいけない。ジョディは二本の腕で仔ジカを下から抱きかかえて運んだ。そうやって歩くのは、少しもつらくなかった。フォレスターの男のように強くなった気がした。

しばらく歩くと腕がまた痛くなり、ジョディはしかたなく立ち止まった。ジョディが歩きはじめると、仔ジカはすぐにあとをついてきた。ジョディは仔ジカに少し歩かせて、また抱きあげた。家までの距離など、何でもなかった。仔ジカを抱いて歩けるなら、自分のあとを追ってくる仔ジカを見ながら歩けるなら、一日じゅう、夜まで歩いたって平気だ、と思った。汗をかいたが、六月のさわやかな朝風が吹き抜け、ほてりを冷ましてくれた。空は青い陶器のカップに汲んだ泉の水に負けないくらい澄みわたっている。ジョディは開拓地まで帰ってきた。昨夜の雨に洗われた開拓地は、あざやかな緑色だ。トウモロコシ畑でバック・フォレスターが老馬シーザーに犂《すき》を引かせているのが見えた。馬ののろさに悪態をつくバックの声が聞こえたような気がした。ゲートのかんぬきがなかなかはずれず、とうとうジョディは抱いていた仔ジカをおろして、かんぬきをはずした。そうだ、後ろに仔ジカを従えて家にはいり、とうちゃんの寝室まで歩いていこう、と思いついた。が、仔ジカは家の上がり段のところで止まってしまい、どうしても段をのぼろうとしなかった。ジョディは仔ジカを抱きあげて父親の部屋へ行った。ペニーは目を閉じて寝ていた。

「とうちゃん！　見て！」

ペニーが顔を向けた。ジョディは仔ジカをぎゅっと抱いて父親の枕もとに立っていた。ペニーの目に映った息子は、仔ジカの瞳に負けないくらいきらきら輝く瞳をしていた。仔ジカを抱いたジョディの姿を見て、ペニーの顔が明るくなった。

「よく見つけたな」

「とうちゃん、この仔ジカ、ぼくを怖がらなかったんだよ。母ジカが作ってくれたねぐらでじっとしてたんだ」

「母ジカは、仔ジカが生まれるとすぐにそう教えるんだ。あんまりじっとして動かないから、ときどき仔ジカを踏んじまうことだってあるくらいだ」

「ぼくね、この仔ジカを抱いて運んできたんだ。そんで、下ろしてみたら、すぐにぼくのあとをついてきたんだ。犬みたいについてきたんだよ、とうちゃん」

「そうか、よかったな。もう少しよく見せてくれ」

ジョディは仔ジカを高く持ちあげた。ペニーは手を伸ばして仔ジカの鼻先に触れた。

仔ジカはメェと鳴いて、ペニーの指を舐めようとした。

「やあ、チビくん。おまえを母なし仔にしちまって、悪かったなあ」ペニーが言った。

「この仔ジカ、母親を恋しがると思う?」

「いや、恋しいのは食い物で、そのことは自分でもはっきりわかるだろうが、ほかに何か恋しいような気がしたとしても、それが何なのかはわからんだろうな」

母親が部屋にはいってきた。

「見て、かあちゃん。ぼく、仔ジカを見つけてきたよ」

「そう」

「かわいいだろ、ね、かあちゃん? ほら、斑紋がきれいに並んでる。この大きな目、見てよ。かわいいだろ?」

「ずいぶん小さいんだね。これじゃ、長いこと牛乳がいるよ。こんなに小さいってわかってたら、いいって言うんじゃなかった」

ペニーが口を開いた。「オリー、この際ひとつ言っておく。二度は言わん。いいか。この仔ジカは、きょうからジョディと同《おんな》じようにうちの家族になる。ジョディの仔ジカだ。牛乳にしろ、えさにしろ、文句を言わずこいつを育てる。この件についておまえの口から不平不満を聞くようなことがあれば、おれが相手になる。ジュリアがおれの犬であるように、こいつはジョディの仔ジカだ」

父親が母親にこれほど厳しい口調で話すのを、ジョディは聞いたことがなかった。が、母親には初めてのことではないらしく、ペニーの言葉に口を開け、口を閉め、しきりにまばたきしただけだった。

「わたしは、ただ、ずいぶん小さいって言っただけです」

「そのとおりだ。ずいぶん小さい」

ペニーは目を閉じた。

「さ、もうこれでよければ、休ませてくれ。しゃべると心臓がバクバクする」

「ぼく、この仔の牛乳を用意するよ。かあちゃんに面倒はかけないから」ジョディは母親に言った。

母親は黙っていた。ジョディは台所へ行った。仔ジカはよろよろとあとをついてきた。朝しぼった牛乳が平鍋に入れて戸棚に置いてあった。表面にクリームが浮いている。ジョディは水差しでクリームをすくい取り、こぼれてしまった数滴をシャツの袖でぬぐった。仔ジカのことで母親に面倒をかけなければ、それだけ母親もいやがらないだろう。ジョディは牛乳を小さなひょうたん容器に注ぎ、仔ジカに差し出した。仔ジカは牛乳のにおいを嗅いで、いきなり頭でひょうたん容器を押そうとした。あやうく牛乳を床にこぼすところだった。ジョディは仔ジカを外へ連れていき、もういちど牛乳を飲ませようとした。けれども、仔ジカはひょうたん容器にはいったままの牛乳をどうすることもできない。

ジョディは自分の指を牛乳に浸して、それを仔ジカの柔らかく湿った口に入れてやった。仔ジカはぐいぐいと指を吸った。ジョディが指を引っこめると、仔ジカは狂ったように鳴いてジョディに頭をぐいぐい押しつけた。ジョディはふたたび指を牛乳に浸し、仔ジカが吸いついたところで指をそろそろと牛乳の中へ下ろしていった。仔ジカは息を吐き、指を吸い、鼻を鳴らした。そして、小さなひづめをもどかしそうに踏み鳴らした。ジョディが指先を牛乳の中に沈めているかぎり、仔ジカは満足そうだった。仔ジカは夢見るように目を閉じて牛乳を飲んでいる。仔ジカの舌が自分の手を舐める感触に、ジョディはうっとりしていた。仔ジカは小さなしっぽを前後にピョコピョコ振りながら牛乳を飲んだ。牛乳は泡立ちながら渦を巻き、ごくごくとのどを鳴らす音とともに消えてなくなった。仔ジカはふたたび鳴き声をあげ、頭を押しつけてきたが、大騒ぎで牛乳をねだるほどの空腹はおさまったようだった。ジョディはもう少し牛乳を取りにいこうかと思ったが、父親が味方についてくれているとはいえ、あまり調子に乗らないほうがいいと思いなおした。母ジカの乳房は、一歳過ぎの雌牛の乳房と同じくらい小さかった。仔ジカは母ジカからもらう乳と同じくらいの量を飲んだはずだ……と考えていたら、仔ジカが突然ごろりと横になった。疲れて、腹も満たされたからだろう。

こんどは寝床のことを考えなければならない。仔ジカを家に入れてくれとまでは、とても言えなかった。ジョディは家の裏手にある納屋へ行き、隅の一画を下の砂地が見えるまできれいに掃除した。そして、庭の北側にある常緑カシの木立へ行って、枝から垂れ下がっているスパニッシュ・モスを両手いっぱい引きちぎり、納屋へ運んで、ふかふかの寝床を作ってやった。すぐそばでメンドリが巣にうずくまり、小さな丸い目を光らせてうさんくさそうにジョディを見ていたが、卵を産みおわると騒々しく鳴きながら翼をばたつかせて出ていった。新しい巣には卵が六個あった。ジョディはそっと卵を集めて、台所にいる母親のところへ運んでいった。

「かあちゃん、よかったね、卵が余分に見つかったよ」

「食べ物が余分にあるのは、ありがたいことだよ」

ジョディは聞こえなかったふりをした。

「ニワトリが新しい巣を作ったんだよ、ぼくが仔ジカの寝床を作ったすぐそばに。納屋の中なんだけど。それなら、だれにも邪魔にならないと思って」

母親は返事をしなかった。ジョディは外に出て、クワの木の下に横たわっている仔ジカを連れに行った。そして、仔ジカを抱きあげ、薄暗い納屋の中に作った寝床へ運んだ。

「さあ、これからは、ぼくの言うことを聞くんだよ」ジョディは仔ジカに話しかけた。「おかあさんの言うことを聞くみたいにね。いいかい、ぼくがまた迎えにくるまで、ここに寝てるんだよ」

仔ジカはまばたきしたあと、気持ちよさそうな声をもらして頭を伏せた。ジョディは忍び足で納屋を出た。犬だってこんなに聞き分けのいいのはいないぞ、と思った。ジョディは薪山へ行き、たきつけ用に燃えやすい木を細く削った。積んである薪も、きれいに並べた。それからブラックジャック・オークの薪を両手いっぱい抱え、母親が使う台所の薪箱へ運んだ。

「かあちゃん、ぼく、牛乳のクリームをすくったけど、あれでよかった？」

「ああ、いいよ」

「あのね、フォダーウィングが病気なんだって」

「そう」

「レムが会わせてくれなかった。うちらのこと怒ってるのはレム一人だけなんだよ、かあちゃん。オリヴァーの女のことで」

「なるほど」

「ミルホイールがね、レムがいないときにこっそり知らせてくれるから、そしたらフォダーウィングに会いにくればいい、って」

母親が笑った。

「あんた、きょうは年増女みたいにおしゃべりじゃないか」

母親は炉の前へ行くついでにジョディのそばを通り、頭をポンとたたいた。

「あたしも、きょうはとってもいい気分なんだよ。とうさんがきょうのお天道《てんと》さまを拝めるとは思わなかったからね」

台所には平和な空気が満ちていた。ガチャガチャという馬具の音が聞こえた。昼になったので、バックが畑から戻ってきてゲートを通り、道路を横切って、放牧場にシーザーを戻しにいこうとしているのだ。

「バックを手伝ったほうがいいかな」

そう言って外に飛び出したものの、目的は仔ジカだった。そっと納屋の戸を開けて中にはいる。自分の仔ジカがそこにいるということが、何だか不思議な気分だった。バックと仔ジカの話をしながら放牧場から戻ってきたジョディは、バックを納屋へ誘った。

「びっくりさせないでね。ほら、そこにいるでしょ——」

バックの反応は、ペニーほど好意的ではなかった。バックは多くの動物がフォダーウィングのペットとして連れてこられ、やがて去っていくのを見ているのだ。

「こいつも、そのうち野性に戻ってどっかへ行っちまうよ」バックはそう言って、流し場へ手を洗いに行ってしまった。

ジョディは背中に冷水を浴びせられたような気分になった。うれしい気分をだいなしにするという点にかけては、バックは母親より性質《たち》が悪い。ジョディは少しのあいだ納屋に残って仔ジカをなでてやった。仔ジカは眠そうな顔を上げてジョディの指に鼻をすりつけた。バックはこういう親密さを知らないのだ。それならそれで、秘密のほうが一層いい。ジョディは仔ジカのそばを離れ、流し場へ行って自分も手を洗った。仔ジカをさわったせいで、かすかに青くさいにおいが手に残っていた。ほんとうは手を洗いたくなかったが、母親が仔ジカのにおいをよろこばないかもしれないと思って手を洗った。

母親は昼食の前に髪を濡らしてきちんと櫛目を入れていた。男の目を意識したのではなく、気構えの問題だ。母親は茶色のキャラコのドレスに洗いたてのズック地のエプロンをつけていた。

「うちは働き手がペニーしかいないから、おたくみたいにたくさんの料理は出せないけど、きちんとした食事はしてるからね」母親がバックに言った。

ジョディははっとして顔を上げた。バックが気を悪くしなかっただろうか、と思ったのだ。バックは碾《ひ》き割りトウモロコシのおかゆをスプーンで自分の皿によそい、まんなかに目玉焼きとグレーヴィーを落とす場所をへこませているところだった。

「オリーさん、おれのことは心配してくれんでいいよ。今夜、ジョディとおれとで猟に行って、リスをどっさりしとめてくるから。うまくすりゃ、シチメンチョウも。エンドウ畑のむこう端でシチメンチョウの足跡を見たから」

母親はペニーに食べさせるぶんを皿に盛り、カップ一杯の牛乳を添えた。

「ジョディ、これを持っていっておくれ」

ジョディは父親のところに料理を運んでいった。ペニーは料理を見て、首を横に振った。

「見ただけで胸が悪くなりそうだ。そこに座って、スプーンでおかゆを食わせてくれないか。牛乳も。腕を持ちあげるのがきついんだ」

顔の腫れはひいたものの、ヘビに嚙まれた腕はまだふつうの三倍くらいに腫れあがっており、息づかいも苦しそうだった。ペニーは柔らかく似たトウモロコシのおかゆをスプーンに二、三杯ほど食べ、牛乳を飲んだ。そして、皿を下げてほしいと身振りで示した。

「仔ジカはどうだ？　うまくいってるか？」

ジョディはスパニッシュ・モスで寝床を作ってやったことを報告した。

「いい場所を選んだな。名前はどうするんだ？」

「わかんない。すごく特別な名前をつけたいんだけど」

母親とバックがペニーを見舞いに寝室にはいってきて、椅子に腰を下ろした。昼間は暑いし、太陽も高いので、急いで仕事に戻ることもないのだ。

「ジョディはバクスター家の新入りにどういう名前をつけようか迷ってるんだそうだ」ペニーが言った。

バックが口を開いた。「いいこと教えてやるよ、ジョディ。こんどフォダーウィングに会ったら、名前をつけてもらえよ。あいつはそういうことに才能がある。ヴァイオリンがうまいやつがいるのと同《おんな》じだな。フォダーウィングがいい名前を考えてくれるよ」

「ジョディ、ごはんを食べておいで」母親が言った。「シカにすっかり夢中で、食べることも忘れてるんだから」

願ってもないチャンスだった。ジョディは台所へ行って皿に料理を盛り、それを持って納屋へ行った。仔ジカはまだ眠そうにしていた。ジョディは仔ジカの横に腰を下ろして昼ごはんを食べた。脂の浮いたおかゆに指を突っこんで仔ジカの鼻先に差し出してみたが、仔ジカはちょっとにおいをかいだだけで横を向いてしまった。

「おまえ、牛乳以外の食べ物もおぼえたほうがいいよ」ジョディは仔ジカに言った。

納屋の垂木《たるき》のあたりをジガバチが飛びまわっている。ジョディは料理をきれいに平らげて、皿を脇に置いた。そして、仔ジカと並んで横になり、片腕を仔ジカの首に回した。この仔ジカがいれば、もう二度と淋しい思いをすることはないだろう、と思った。

# 第16章

仔ジカはジョディの日常の大半を占めるようになった。ジョディが行くところ、どこでもついて歩いた。薪山では、斧をふるう邪魔になった。牛の乳搾りはジョディが担当することになったが、乳を搾るあいだ仔ジカが放牧場にはいってこないようゲートを閉めるしかなかった。仔ジカはゲートの前に立ち、横木のあいだから中をのぞいて、ジョディが乳搾りを終えるまでずっとメェメェ鳴きつづけた。ジョディはトリクシーがいやがって足を蹴り上げるまで乳を搾りつくした。カップ一杯でも多くの乳が搾れれば、それだけ仔ジカに飲ませてやれるからだ。ジョディには、仔ジカがぐんぐん育っていくのが見えるような気がした。仔ジカは細い足でしっかり立てるようになり、跳びはねたり、頭をぐいと上げたり、しっぽを振ったりするようになった。ジョディは仔ジカと息が切れるまでじゃれあい、折り重なって倒れ、熱くほてったからだをさますのだった。

蒸し暑い日々が続いた。ペニーはベッドの中で汗をかき、バックは畑仕事から汗をぽたぽた垂らして戻ってきた。バックはシャツを脱ぎ捨て、上半身裸で働いた。バックの胸には黒い胸毛がびっしり生えている。その胸毛に汗がきらきら光って、黒く乾燥したスパニッシュ・モスに雨粒がくっついたみたいに見えた。バックがシャツを着ないとわかっているときを狙って、ジョディの母親はシャツを洗い、煮沸し、カンカン照りの太陽に干した。そして満足そうに、「さ、これで、シャツだけは臭くなくなったよ」と言うのだった。

バックが一人増えただけで、バクスターの丸太小屋は横に膨らむかと思うほど満杯に感じられた。

母親はペニーに、「朝起きていって、いきなりあのひげと胸毛が目にはいると、ぎょっとするよ。クマが家の中にはいってきたのかと思って」と言ったものだ。

バックが一日三回かきこむ食事の量にも、母親は仰天した。が、文句を言うわけにはいかなかった。バックは食べるよりはるかに多くの仕事をこなし、獣や鳥をしとめてきたからだ。バクスターの開拓地で働くようになって一週間のあいだに、バックはトウモロコシとササゲとサツマイモの畑作業を片づけたうえに、開拓地の西側、エンドウ畑と陥落孔《シンク・ホール》のあいだに、新しく二エーカーの土地まで開墾してしまった。オークやマツやモミジバフウを一ダースも切り倒し、若木も数えきれないほど伐採し、切り株を焼き払い、倒した木の枝葉を払って、あとはジョディとペニーが大枝や幹を横《よこ》挽《びき》のこで挽いて薪にするばかりにしておいてくれた。

「春になったら、新しく開いた土地に海島棉《かいとうめん》を植えるといい。けっこうなカネになるよ」と、バックは言った。

ジョディの母親は疑わしそうな顔で、「おたくらは棉花を植えてないけど?」と言った。

「おれらフォレスターの人間は畑が本業じゃないからな。土地を開墾したり畑を耕したりもするけど、おたくらの言う『やっつけ仕事』ってやつで稼ぐほうが性質《たち》に合ってるからね」バックはさらりと答えた。

「やっつけ仕事はトラブルのもとだよ」母親がしかつめらしい顔で言った。

「うちのじいちゃんのこと、知ってるかい?『トラブル・フォレスター』って呼ばれてたんだぜ」

これでは、ジョディの母親もバックを嫌うわけにはいかなかった。バック・フォレスターは犬のように気のいい男だった。夜、ペニーと二人きりのところで、母親は言うのだった。「あの男は雄牛みたいに働くけど、ただ、もう、どうしようもなく真っ黒なのよ、エズラ。ノスリみたいに、真っ黒なの」

「あごひげのせいだな」ペニーが言った。「おれにもあんな黒いひげが生えとったら、ノスリには見えんにしても、カラスぐらいには見えただろうて」

ペニーの体力はなかなか回復しなかった。毒のせいで腫れあがっていたからだは元に戻り、ガラガラヘビに嚙まれたところや毒のはいった血を出すためにペニーが自分で切開したところは、かさぶたがはがれかけていた。けれども、ほんの少し動いただけでも吐き気に襲われ、心臓の鼓動が蒸気船の外輪のように速くなり、息が苦しくなってしまい、横になってからだを休めなければならなかった。神経ばかりが張りつめて、もろい木枠にハープの弦をきつく張ったような状態だった。

ジョディにとってはバックの存在が非常に大きな刺激で、毎日が興奮の連続だった。仔ジカを得ただけでも有頂天なのに、バックと仔ジカのおかげですっかり夢見心地で、ペニーの部屋に顔を出したと思えば、バックが働く先々をついて回り、仔ジカのいる場所に足を運び、うろうろと走りまわっていた。

「バックがやることを、全部よく見とくんだよ。バックが帰ったあと自分でできるように」と、母親は言った。

三人のあいだには、ペニーにはいっさい仕事をさせない、という暗黙の了解があった。開拓地で働きはじめて八日目の朝、バックはジョディをトウモロコシ畑に呼んだ。夜のあいだに畑が荒らされたのだ。一畝の半分で穂が食いちぎられており、畝のなかばあたりにトウモロコシの皮が山になっていた。

「何のしわざか、わかるか?」バックが聞いた。

「アライグマ?」

「ちがう。キツネだ。キツネはおれよりもっとトウモロコシが好きだ。太いしっぽをつけた野郎どもが二、三匹、きのうの夜にやってきて、ここでピクニックとしゃれこみやがったんだ」

ジョディは声をあげて笑った。

「キツネのピクニックだって! 見たかったなあ」

バックは厳しい口調で言った。「夜、おまえが銃を持って外に出て追っ払わなくちゃならんのだぞ。今夜やっつけるからな。おまえ、本気になるときは本気にならなきゃだめだ。それと、きょうは夕方に陥落孔《シンク・ホール》の近くにあるミツバチの巣をいただきに行く。そしたら、おまえもやりかたをおぼえるだろう」

ジョディは一日が過ぎるのが待ち遠しくてたまらなかった。バックと一緒の猟は、父親と行く猟とはまた別だった。フォレスターの男たちがやることには何につけ興奮がつきもので、ジョディはいつも血湧き肉躍る思いを味わう。そこには騒音があり、混乱があった。一方で、ペニーと出かける猟には、単に獲物を追いかける以上の満足があった。毎回のように空を飛ぶ鳥を眺めたり、沼地《スワンプ》にとどろくアリゲーターの大音《だいおん》声《じょう》に身を震わせたりする楽しみがあった。ペニーが動きまわれたらいいのに、一緒にミツバチの巣を取りにいけたらいいのに、一緒にどろぼうギツネを退治できたらいいのに、と、ジョディは思った。午後も半ばを過ぎたころ、バックが新しく開墾した土地から戻ってきた。ペニーは眠っていた。

「ラード用の桶と、斧《おの》と、ミツバチをいぶすのに使うぼろ布をたくさん用意してもらえんかな」バックがジョディの母親に言った。

バクスター家には「ぼろ布」と呼べるものはあまりなかった。衣類はすりきれるまで着て、継ぎを当て、ほころびを繕《つくろ》い、ばらばらにほぐれるまで着た。小麦粉のはいっていた布袋は、冬の夜なべに母親がきれいに刺繡《ししゅう》して、エプロンやふきんや椅子の背に生まれ変わった。あるいは、母親が作るパッチワーク・キルトの裏当て布に使われた。バックはジョディの母親が出してきたほんの一握りのぼろ布をあきれた顔で眺め、「そんなら、スパニッシュ・モスを使おう」と言った。

母親は、「あんたたち、刺されないようにね。あたしのじいちゃんが刺されたときには、二週間もベッドに寝たきりだったんだよ」と言った。

「なるべく刺されんようにするけど」バックが言った。

バックはジョディを連れて出発した。仔ジカもすぐあとからついてきた。

「おまえ、このチビがハチに刺されて死んでもいいのか？　いやなら、閉じこめてこい」

ジョディはしぶしぶ仔ジカを納屋へ連れていき、扉を閉めた。たとえ蜂蜜を取りに行くあいだでも、仔ジカと別れているのはいやだった。ペニーが一緒に行けないのも、口惜しい気がした。春になってからずっと、ペニーはミツバチの木に目をつけていて、ミツバチがカロライナ・ジャスミン、クワ、ヒイラギ、パルメット・ヤシ、センダン、野ブドウ、モモ、サンザシ、スモモなどの花から蜜を集めおわる時期を待っていたのだ。いまもまだ、冬に向けてミツバチは花の蜜を集めて飛びまわっている。レッド・ベイやツバキの花は満開だし、もう少しすればウルシやアキノキリンソウやアスターが花をつけるだろう。

「きょうの蜂蜜取りにいちばん一緒に行きたがるのはだれだと思う？　フォダーウィングさ。あいつはミツバチが群れてるとこへはいってって、騒ぎひとつ起こさずに巣を取ってくるんだ。だから、見てると、ミツバチがフォダーウィングに巣をただでくれてやるつもりなのかと思えてくるぐらいさ」

二人は陥落孔《シンク・ホール》までやってきた。

「おまえん家、よくやってるよな、こんな遠くから水を運んで」バックが言った。「もうすぐ帰るんでなけりゃ、おれが手伝って家のそばに井戸を掘ってやるのにな」

「バック、帰っちゃうの？」

「ああ。フォダーウィングのことが気になる。それに、こんなに長いことウイスキー抜きで暮らしたこともないしな」

ミツバチが巣を作っているのは、立ち枯れたマツの木だった。木の真ん中あたりに深い洞《うろ》があり、野生のミツバチが出たりはいったりしている。場所は陥落孔《シンク・ホール》の北側の縁だ。バックは常緑カシの下で立ち止まり、緑色のスパニッシュ・モスを両腕いっぱい引きちぎった。マツの木の前まで来て、バックが根方を指さした。枯れ草や羽根が山になっている。

「オシドリがここに巣をかけようとしたんだ。オシドリってのは、気に入った洞を見つけたら最後、それが泣く子も黙るキツツキの穴だろうが、象牙色のくちばしをしたでかいキツツキが開けた穴だろうが、うじゃうじゃ飛びまわるミツバチの持ち物《もん》だろうが、おかまいなしに巣をかけようとする。だけど、ここはミツバチに撃退されたらしいな」

バックはマツの枯れ木を根元から斧で切り倒しはじめた。上空では、ガラガラヘビが束になったような遠く不穏な羽音が響いている。斧を打ち下ろす音が陥落孔《シンク・ホール》にこだまする。オークやヤシの枝で鳴りをひそめていたリスたちが驚いて騒ぎだした。カケスの鋭い声が響く。マツの木が揺れ、上空の羽音がますます大きくなる。ミツバチの大群が二人の頭をかすめて細かい散弾のように飛びかう。

「ジョディ、煙をたいてくれ！　早く！」

ジョディはスパニッシュ・モスとぼろ布をゆるくひとまとめにして、バックの火口《ほくち》筒を開けた。火打ち石と火打ち金を擦りあわせるが、うまくいかない。とうちゃんは、いつもすごく上手に火をおこすのに――そこまで考えて、ジョディは自分では一度も火をおこしたことがないのに気づき、あわてた。火花が焦げたぼろ布に飛び移って火口になるところまではうまくいくのだが、そのあとジョディは火口をものすごい勢いで吹くので、火がすぐに消えてしまうのだ。バックが斧を投げ捨てて駆け寄り、ジョディの手から道具をひったくった。バックはジョディと同じように火打ち石と火打ち金を強く擦りあわせたが、火花が燃え移ったぼろ布に息を吹きかけるときは、フォレスターの人間とは思えないほど慎重に強さを加減した。ぼろ布から炎が上がり、バックはそれを緑のスパニッシュ・モスに移した。灰緑色のかたまりが、ぶすぶすと煙りはじめた。

バックはマツの木まで走って戻り、力いっぱい斧をふるった。銀色に光る刃が枯木の腐った芯に食いこむ。木の長い繊維が割れて、裂けて、震える。断末魔の叫びさながらに、マツの木が宙に向かって吼《ほ》えた。木が地面に倒れ、ぽっかり穴のあいた心臓を雲で覆うようにミツバチが群れ集まった。バックは煙を吐いているスパニッシュ・

モスのかたまりをひっつかみ、大柄な体格に似合わぬイタチのような敏捷さでマツの木に突進した。そして、もくもくと煙をあげる灰緑色のかたまりを木の洞《うろ》にぐいと突っこみ、全速で走って逃げた。その姿はドスドス走るクマにそっくりだった。バックは大きな声で吼《ほ》えながら、自分の胸や肩をたたいて走った。ジョディは思わず笑ってしまったが、その瞬間、自分の首にもちくりと火のような痛みが刺した。

「陥落孔《シンク・ホール》におりろ！　水に飛びこめ！」バックの叫ぶ声がした。

二人は転がるように急斜面をおりた。地層から滲み出た水を集めた陥落孔《シンク・ホール》の水たまりは、最近の日照りのせいで浅かった。二人が寝ころがっても、完全に水に沈むことはできなかった。バックは両手で泥をすくってジョディの髪や首すじに塗りつけた。バック自身は髪がふさふさ生えているので、それだけで十分だった。数匹のミツバチがしつこく追いかけてきて、いつまでも二人の周囲を飛びまわっていた。しばらくして、バックはそっとからだを起こした。

「もう、おさまったころだろう。それにしても、おれたち、豚みたいだぞ」

二人とも、ズボンから顔からシャツまで、べっとり泥まみれだった。洗濯の日まで間《ま》があるので、ジョディはバックを伴って陥落孔《シンク・ホール》の斜面にある洗濯用水槽のところまで上がっていった。二人は一方の水槽に衣類を浸して洗い、もう一方から水を汲んでからだを洗った。

「何笑ってんだよ?」バックが言った。

ジョディは黙って首を振った。「フォレスターの連中を清潔にさせるのにミツバチが要るんなら、山ほどミツバチを飼ってやろうかね」という母親の声が聞こえるような気がしたのだ。

バックは六ヵ所ばかり刺されたが、ジョディは二ヵ所だけですんだ。二人は用心しながらミツバチの巣に近づいた。スパニッシュ・モスのかたまりはちょうどいい場所に突っこまれていた。ミツバチは濃い煙でいぶされてフラフラになり、女王バチを探して洞の周囲にぼんやり漂っている。

バックは洞の開口部をさらに大きく割り裂き、鞘つきナイフを使って端の部分をたたき落とした。そして、木の破片やくずをどけたあと、洞の奥にナイフを突っこんだ。ふりむいた顔は、信じられないという表情だった。

「こりゃ大当たりだ!　洗濯桶が満杯になるぐらいの蜂蜜がはいってるぞ。洞の中が蜂蜜でいっぱいだ」

バックが取り出した巣からは金色の蜜がしたたり落ちていた。巣板そのものはごつごつで黒っぽい色だが、蜂蜜は上等のシロップよりも薄い金色をしていた。バックとジョディはラード用の桶いっぱいに蜂蜜をすくい、二人で家まで運んだ。母親は、ラード用の桶と交換にイトスギの木をくりぬいた大きな桶を二人に持たせた。

「あとは、洗濯桶に山盛りの丸パンさえありゃ文句ないな」バックが言った。

二回目の帰り道は、重かった。一本の木からこれだけ大量の蜂蜜がとれたのは子供の時分《じぶん》からおぼえがない、と、バックは言った。

「あした、うちに帰って話してやったら、きっと、みんな信じられねえって言うだろうな」

母親が気のない声で、「あんたもいくらか持って帰るんだろうね？」と言った。

「自分の腹にはいるだけでいいよ」と、バックが答えた。「おれも沼地《スワンプ》で目をつけてる木が二、三本あるから。そいつらがすかだったら、もらいにくるよ」

「あんたには、ほんとによくしてもらったね。いつか、うちも暮らしが楽になったら、お返しさせてもらうよ」

「バック、もっといてほしいな」ジョディが言った。

大男は、おどけたふりでジョディに突きを入れた。

「おれが帰っちまうと、おまえ、仔ジカと遊んでらんなくなるからだろう?」

バックは見るからにそわそわしていた。夕食の席では足を揺すり、夕食後も家の中をうろうろ歩きまわった。そして、空を見上げ、「馬で帰るにゃもってこいの月夜だがなあ」などと言った。

「なんで、急にそんなに帰りたくなったの?」ジョディが聞いた。

バックは足を止めた。

「おれの癖なんだ。行くのも楽しみ、帰るのも楽しみ、ってな。どこへ行っても、しばらくはいいんだが、じきに飽きちまう。レムやミルホイールと一緒にケンタッキーの馬市に行っても、そうなんだ。ああ、もう帰りてえ、うちに帰りたくてどうしようもねえ、って気になっちまうんだよ」バックは言葉を切って夕日を見つめ、低い声で付け加えた。「それに、フォダーウィングのことが冗談抜きで心配なんだ。感じるんだよ、ここで」——そう言って、バックは毛深い胸をドンとたたいた——「どうもうまくないことになってるぞ、ってな」

「だったら、だれか知らせに来るんじゃない?」

「そこだ。おまえの親父《おやじ》さんが伏せってるのを知らなけりゃ、だれか彼か、『よう、元気か?』ってな調子で馬に乗ってくるはずだ。だけど、いまはおまえの親父さんが動けなくて困ってるだろ。だから、良くない話を耳に入れておれを連れて帰っちゃ悪いと考えてるんじゃないか、と思うわけだ」

バックはじりじりしながら暗くなるのを待った。早く仕事をすませて帰りたい、という風情がありありだった。夜の猟なら、ペニーはフォレスターのだれにもひけをとらない。ジョディは父親が害獣をどんなにたくさんやっつけたか自慢したい気持ちにかられたが、そんなことをしたらバックとの夜のキツネ狩りがなしになってしまうかもしれないと思って、口を閉じておいた。ジョディはバックを手伝って投光器に使う細いたきつけを用意した。

バックが話を始めた。「おれのコットンおじさんって人は、赤毛だった。毛がわさわさ生えてて、干し草の山みたいにおっ立ってて、シャモの鶏冠《とさか》みたいに真っ赤だった。ある晩、このコットンおじさんが猟に出かけたんだが、投光器の柄がえらく短くて、火の粉が飛んで頭が火事になった。そんで『助けてくれー!』って叫んだんだけど、うちの親父はぜんぜん知らん顔してた。お月さんがのぼったせいでコットンおじさんの髪の毛が赤く光ってるだけだと思ったんだとさ」

ジョディは口をぽかんと開けたまま聞いていた。

「それ、ほんとうなの、バック?」

バックは、せっせとたきつけを削っている。

「あのなあ、おまえが話を語るほうで、おれが聞くほうだったら、おれはそういう質問はしねえよ」

寝室からペニーの声がした。

「ああ、もう寝ちゃおられん。おれも仲間にまぜてもらいたいもんだ」

バックとジョディはペニーの寝室へ行った。

「パンサー狩りでも一緒に行けそうなくらい元気になった気がするよ」

「そうさなあ、うちの犬たちが使えるんなら、あんたをパンサー狩りに連れてくのもいいけどな」

「なに、うちの二匹だって、おたくの猟犬を束にしたより働くぞ」そう言ったあと、ペニーはさりげない口調で尋ねた。「ところで、おれが譲った役立たずの犬は、その後どうなった?」

バックがもったいぶって答えた。「ああ、あの犬なら、これまでフォレスターの家で飼ったことのあるどの犬より速く走るし、毛並は最高だし、猟に行きゃいちばん働くし、怖いもの知らずだし……。ただ、惜しいことに、そうなるように仕込んでやれる人間がいなくてな」

ペニーはクックックッと笑った。

「あの犬の取り柄を見つけたなんて、あんたらはえらいよ。で、いまどこにいる?」

「あいつがあんまり上出来で、ほかの犬がかすんじまうんで、レムが許せねえって言ってさ。ある晩しょっぴいてって、一発撃ちこんで、バクスターの墓地に埋めたらしい」

ペニーが真顔に戻って言った。「墓がひとつ増えたのは、気づいてた。おたくの墓地が足りなくなったのかと思ってたが。いずれ体力が戻ったら、墓標を彫ってやろう。『フォレスター某、一族に惜しまれつつここに眠る』とでも刻んでな」

ペニーは大きくにやりと笑い、掛け布団をぴしゃりとたたいた。

「笑ってすましてくれよ、バック。笑い話にしといてくれ」

バックはひげをなでて、「わかった」と言った。「冗談ってことにしとくよ。けど、レムだけは別だぜ。あいつは、もろに侮辱されたと思いこむやつだから」

「悪く思わんでくれよ。おれは何の恨みも抱いちゃいない。おたがい、恨みっこなしに願いたいね、レムも含めて」

「レムは別だ。あいつは根に持つよ」

「それは残念だな。おれがレムとオリヴァーのけんかに割ってはいったのは、あんたらのほうが一方的に数が多かったからだ」

「ま、血は水より濃い、って言うからな」バックが言った。「おれたち、しょっちゅう兄弟げんかするくせに、他人が相手となると兄弟全員が結束するんだ。でも、おれとあんたのあいだには、けんかする理由はないしな」

争いを起こすのが言葉ならば、争いをおさめるのも言葉だった。

「けんかになるようなこと言わなくても、けんかになるの?」ジョディが言った。

「残念ながら、そうだろうな」ペニーが答えた。「昔、耳も聞こえず口もきけぬ者どうしがけんかするのを見たことがある。とはいっても、ああいう連中には手話というもんがあるそうだから、一方がもう一方に手話でけんかを売ったんだろうが」

「男ってやつは、けんかするようにできてるのさ」バックが言った。「おまえも、そのうち女に言い寄る年齢《とし》になりゃあ、さんざ張り倒されるような目にあうさ」

「だけど、女に言い寄ってたのはレムとオリヴァーだけでしょ。なのに、バクスターとフォレスター全員のけんかになっちゃって……」

ペニーが言った。「けんかの理由なんぞ、探せばきりがないさ。おれの知ってた牧師なんか、洗礼を受けずに死んだ赤ん坊は地獄に落ちるという説に賛同しない人間に出くわすたびに、上着を脱ぎすてて取っ組みあいを始めたくらいだ。ま、せいぜい自分が正しいと思うことのために戦え、臆病者は悪魔に食われろ、ってことだな」

「聞こえたか？　いま、樹林地帯《ハンモック》でキツネがほえたような気がする」バックが言った。

はじめ、夜は静まりかえっているように思われた。そのうち、雲が流れてくるように、さまざまな音が立ちあがってきた。フクロウのホーホー鳴く声。ヴァイオリンをギーギーこするようなアマガエルの声。あすは雨になりそうだ。

「そら、聞こえるだろう」バックが言った。

遠くで、細く鋭く哀調をおびた声が響いた。

「うちの犬どもには、さぞかしいい音楽に聞こえてんだろうな。あのソプラノに合わせて、いい声を張りあげてんだろうよ」バックが言った。

「今夜、あんたとジョディで退治しきれんかったら、こんどの月夜におたくの犬たちを連れてきてくれ。一緒に狩りをやろう」ペニーが言った。

「さ、行くぞ、ジョディ。おれらがトウモロコシ畑に着くころには、むこうもちょうど来てるだろう」バックはそう言って、寝室の隅にあったペニーの猟銃を手に取った。「借りるよ。どっかで見たような銃だな」

「犬と一緒に埋めんように頼むよ」ペニーが言った。「そいつは、ほんとうにいい銃なんだ」

ジョディは自分の先込め銃を肩にかつぎ、バックと一緒に外に出た。仔ジカが物音を聞きつけて、納屋の中からメェと鳴いた。二人はクワの木の下を通り、木の柵を越えてトウモロコシ畑にはいった。バックはいちばん外側の畝《うね》にそって北へ歩いた。そして畑のむこう端まで行くと、こんどは畝と直角に歩きだした。バックは畝ごとに足を止め、畝にそって投光器の明かりを照らした。半分ほど行ったところで、バックが足を止め、ふりかえってジョディを肘《ひじ》でそっと突いた。光の先を見ると、緑色のガラス玉のような目が二つ、光を反射してぎらぎら光っていた。

バックが小声で指図した。「畝の真ん中ぐらいまで、そうっと近づいていけ。おれがキツネに光を当ててるから。光の中にはいるなよ。キツネの目がシリング・コインぐらいの大きさに見えるところまで行ったら、撃て。目と目のど真ん中だ」

ジョディは左側の畝ぎりぎりのところを忍び足で前進した。緑の光は一瞬消えたが、ふたたび見つめ返してきた。ジョディは銃を構え、赤々と燃える投光器から伸びる光の束に銃身を添わせて、引き金を引いた。例によって反動でからだがぐらついた。ジョディは弾丸《たま》が当たったかどうか確かめるために走り出そうとしたが、バックが「しっ」とそれを制した。

「当たったぞ。放っといて、戻ってこい」

ジョディは畝にそってそろそろと戻った。バックは自分が持っていた猟銃をジョディに渡した。

「近くにもう一匹いそうだ」

二人は畝から畝へ、足音を忍ばせて歩いた。今回は、バックよりもジョディが先に光る目を見つけた。ジョディは前回のように畝にそって前進した。新式の猟銃はすばらしい使いごこちだった。古い先込め銃よりも軽く、銃身が短く、狙いがつけやすかった。こんどは自信を持って撃った。前回同様、バックに呼び戻されて、ジョディは後退した。が、その後は畝から畝へ目をこらし、西側の端にそって戻り、南側からも畝を照らしたものの、緑色の目はそれ以上見つからなかった。

バックはいつもの大きな声に戻って、「今夜の獲物はこれだけだな。さて、どんなやつか、見てみよう」と言った。

二発とも命中していた。一匹は雄ギツネ、もう一匹は雌ギツネで、畑のトウモロコシを食べて丸々と太っていた。

バックが言った。「どっかに巣穴があって、子ギツネどもがいるはずだ。たぶん、自分らで生きていけるくらいの大きさに育ってるだろう。秋になったら、キツネ狩りだな」

キツネは二匹とも灰色で状態が良く、尾もふさふさしてりっぱだった。ジョディは鼻高々で獲物をぶらさげて歩いた。

母屋に近づくと、何やら騒ぎが起きているようだった。母親の金切り声が聞こえてきた。

「おまえん家《ち》のお袋さん、病気の親父さんを伸《の》したりしねえよな?」バックが聞いた。

「そんなことしないよ、口で何か言うだけだよ」

「おれは、女に口でやられるくらいなら、たきつけにするマツの木でぶん殴られたほうがましだな」

小屋の近くまで来ると、ペニーの絶叫が聞こえた。

「おいおい、親父さん、殺されかけてるぞ」

「仔ジカが襲われたんだ！」ジョディが言った。

庭にはたまに小さな害獣がはいりこむ程度で、それ以上の危険が及ぶことはめったになかった。バックが柵をひとまたぎに跳び越し、続いてジョディも柵に手をついて跳び越した。戸口に明かりが見える。ペニーがズボン一枚で立っていた。母親も並んで立ち、エプロンをバタバタやっている。黒い影が夜の闇に逃げていったように見えた。ブドウ棚の方向だ。犬たちが太い声でうなりながら追いかけていく。

「クマだ！」ペニーの声がした。「殺《や》れ！　柵を越す前にやっつけろ！」

バックが走る足の運びに合わせて投光器から火の粉が舞った。光の先に、モモの木立の下を東へ向かってドスドス逃げていく影が見えた。

「バック、ぼくが投光器を持つから、撃って」ジョディは大声で叫んだ。

肝が縮んでしまって、とても自分では撃てそうになかった。二人は走りながら投光器と猟銃を交換した。クマは柵ぎわに追いつめられ、犬たちのほうへ向きなおって前足を振りまわした。揺れる光の中で、クマの目と牙が光る。クマはふたたび背中を向け、柵をよじのぼろうとした。バックが銃を撃った。クマがころげ落ちた。犬たちがけたたましくほえかかる。ペニーが走ってきた。光の中に撃ち殺されたクマが転がっていた。犬たちは、いかにも自分らの手柄だといわんばかりに調子に乗ってうなり声をあげ、死骸にとびかかっていく。

「フォレスターの人間がいると知ってりゃ、こいつも近寄らんかっただろうにな」バックが涼しい顔で言った。

「いいや、うまそうなにおいにすっかり夢中で、おたくらが雁首《がんくび》そろえてたって気がつかんかっただろうよ」ペニーが言った。

「何のにおいだ?」

「ジョディの仔ジカと、とれたての蜂蜜さ」

「クマが仔ジカを襲ったの? ねえ、とうちゃん、仔ジカがやられたの?」

「いや、そっちには手を出さんかった。運良く納屋の戸が閉まってたからな。それで、こんどは蜂蜜のにおいを嗅ぎつけて、表からはいってきたんだ。おれは、おまえたちが帰ってきたもんだとばかり思って気にせずにおったら、蜂蜜の蓋が落ちる音がした。戸口で撃ち殺すこともできたが、このとおり、銃がない。こっちは大声をはりあげるぐらいしかできんかったが、クマのほうもこんなすごい叫び声は聞いたことがなかったんだろうよ、あわてて逃げてった」

仔ジカにもしものことがあったかもしれないと思うと、ジョディはへなへなと力が抜けた。仔ジカを安心させてやろうと思って納屋へ走っていってみると、仔ジカは眠そうにしていて、いっこうに怯《おび》えた様子もない。ジョディは感謝の気持ちで仔ジカをなでてから、父親とバックのところへ戻った。クマは二歳のオスで、良い状態だった。ペニーは解体を手伝うと言ってきかなかった。三人は死骸を裏庭へ引きずっていき、投光器の明かりで皮をはぎ、肉を四つに切り分けて薫製小屋に吊るした。

「うちのおっかあに、脂身を桶一杯もらっていこうかな。グリースを取って、カリカリ揚げを作るんだ。うちのおっかあは、揚げ油にどうしてもクマの脂を使わなきゃならねえって料理があるんだ。それに、カリカリ揚げとサツマイモを一緒に食うと、歯がなくても食いやすいんだとさ。四本しかない歯で一日じゅうクチャクチャやってるよ」

食べ物が大量に手にはいったので、ジョディの母親も気前よく応じた。

「レバーも、たっぷり持っていくといいよ。フォダーウィングに。精がつくっていうから」

「こいつがスルーフットでないのが、かえすがえすも残念だ」ペニーが言った。「あの盗っ人グマめ、ナイフで背開きにしてやりたいもんだ」

キツネの皮はぎは翌朝に回すことになった。どのみち、キツネの肉はこしょうを加えて火を通し、栄養剤がわりにニワトリに食わせるしか使い道がない。

「よぼよぼのイージー・オウゼルからキツネのピラフを食いにこないかって誘われたことはあるかい？」バックが言った。

「ある、ある」ペニーが答えた。「おれは、『いや、イージー、遠慮しとくよ。そのうちあんたの犬を料理したら誘ってくれ』って言っといた」

ペニーはこの騒ぎで元気が出たようだった。ペニーとバックは並んでしゃがみ、キツネや犬の話をし、変わった食べ物の話をし、そういう変わったものを食するもっと変わった連中の話に興じた。が、ジョディは今回だけは大人のほら話に興味がわかず、みんな早く寝てくれればいいのにと思った。そのうち、にわか元気の尽きたペニーが手を洗い、皮はぎナイフを片づけ、妻の寝ている部屋へ引きあげた。バックは興奮して夜中までしゃべりつづけそうな勢いだったが、ジョディはそれを見越して、自分の小さな部屋の床に敷いたわらぶとんの上で眠ったふりをした。いつもジョディが寝るベッドは、バックが使っていた。バックの毛むくじゃらの長い足はベッドにおさまりきらず、四分の一ほどが外にぶらんとはみ出したままだった。バックはベッドの端に座りこんでしゃべっていたが、聞き手が眠ってしまったので、やむなく口を閉じた。やがて、バックがあくびをし、ズボンを脱いで、トウモロコシの皮を詰めたマットレスをきしませながら横になる音が聞こえた。

盛大ないびきが始まるまで待ってから、ジョディはそっと家を抜け出し、手探りで納屋へ行った。仔ジカは物音を聞きつけて立ちあがった。ジョディは手探りで仔ジカのところまで行き、仔ジカの首に両腕を回して抱きついた。仔ジカはジョディの頬に鼻をすりつけた。ジョディは仔ジカを抱きあげて戸口まで運んだ。この家に来てから短いあいだに仔ジカはみるみる成長し、いまでは抱きかかえて運ぶのもやっとだった。ジョディは忍び足で庭に出て、仔ジカを下ろした。仔ジカは自分からジョディについてきた。ジョディは仔ジカのすべすべした硬い頭に手を添えて導きながら、そっと家にはいった。とがったひづめが床板に音をたてた。ジョディはふたたび仔ジカを抱きあげ、用心しながら母親の寝ている部屋の前を通り過ぎ、自分の部屋に戻った。

ジョディはわらぶとんに横になり、仔ジカをそばに引き寄せた。昼間、納屋の中で、あるいは熱い日盛りに常緑カシの木陰で、ジョディはよくこんなふうに仔ジカを抱いて寝そべっていた。仔ジカの脇腹に頭をくっつけて横になると、呼吸につれて仔ジカのあばら骨が上下した。仔ジカはジョディの手にあごをのせた。あごには短い毛が二、三本生えていて、少しちくちくした。ジョディは夜のあいだ仔ジカを自分の部屋に入れて一緒に眠る言い訳を探してずっと知恵を絞っていたが、ようやく、胸を張って主張できる理由が見つかった。これからは、できるだけ長いあいだ、仔ジカをそっと家に入れてそっと家から出すことにしよう――波風を立てないように。そして、いつかこのことがばれたら、そのときは堂々と、クマの脅威から仔ジカを守るため、という理由をあげればいい。それ以上にもっともな理由があろうか？

# 第17章

サツマイモの畑というより、はてしなく続く海のようだ――ジョディは草かきのすんだ畝《うね》をふりかえって眺めた。かなりはかどったが、それでも、まだ終わってない畝が地平まで続いているように見える。七月の暑さで地面がぐらぐら煮えているようだ。砂地は足の裏をやけどしそうな熱さだ。サツマイモの葉は、太陽よりも乾いた畑土のほうが熱いといわんばかりに上向きに丸まっている。ジョディはパルメット・ヤシで編んだ帽子を押し上げて、袖で顔をぬぐった。太陽の高さからすると、一〇時に近いはずだ。午前中にサツマイモの草かきをすませてしまえば昼からフォダーウィングに会いにいってもいい、と、父親は言った。仔ジカに名前をつけてもらうのだ。

仔ジカは生垣のそばへ行き、ニワトコの木陰で横になっている。けさ畑仕事を始めたときは、邪魔ばかりして困った。サツマイモ畑を走りまわり、つるを踏みつけ、植え床の端を踏み崩す。鍬《くわ》をふるうジョディの真ん前に立ちはだかって動かず、遊ぼうとせがむ。連れてきたばかりのころの大きな目を不思議そうに見開いた表情はいつの間にか消え、敏捷で抜け目のない表情になった。老犬ジュリアにも負けないほど賢そうな顔をしている。この調子では家に連れ帰って納屋に閉じこめるしかないかと思いはじめたところで、仔ジカは自分から日陰へ行き、ごろりと横になった。

仔ジカは首を後ろへひねって自分の肩にのせるお気に入りの姿勢で寝そべり、大きな目の端でジョディを眺めている。ときどき白い小さなしっぽをピョコピョコ動かし、斑紋の並んだ背中をさざ波のように震わせてハエを追い払う。仔ジカがおとなしくしていてくれれば、農作業もはかどる。ジョディは働いているとき仔ジカがそばにいてくれるのがうれしかった。これまで、こんなに穏やかな気分で鍬をふるったことはなかった。ジョディはふたたび草かきに精を出し、作業の進み具合に満足した。畝がどんどん後ろに長くなっていく。ジョディは調子はずれの口笛を吹きながら仕事にはげんだ。

仔ジカの名前はあれこれ考えた。新しい名前を考えつくたびに、その名前で呼んでみた。しかし、どれも気に入らなかった。ジョー、グラブ、ローヴァー、ロブなどなど、自分が知っている犬たちの名前も考えてみたが、仔ジカには似合わない。とても軽やかな歩きかた——ペニーは「爪立ち歩き《ティッピー・トゥ》」と表現した——をするところから「トウィンクル・トゥズ」（きらめくつま先）、略して「トウィンク」と呼ぼうとも考えたが、トウィンク・ウェザビーを思い出してしまうので、ボツになった。「爪立ち」から連想した「ティップ」という名前も、やはり見送られた。ペニーが前に飼っていた醜くて狂暴なブルドッグの名前がティップだったからだ。フォダーウィングなら、きっといい名前をつけてくれるだろう。フォダーウィングにはうまい名前を思いつく才能があって、自分で飼っているペットたちにもそれぞれ絶妙な名前をつけていた。アライグマ（ラクーン）のラケット。オポッサム（ポッサム）のプッシュ。リス（スクィラル）のスクィーク。「プリーチャー」（牧師）という名前をもらったのは、足が一本しかない真っ赤なカーディナルだ。プリーチャーは、とまり木にとまって「プリーチャー、プリーチャー、プリーチャー！」と鳴くので、この名前がついた。ほかのカーディナルたちが「プリーチャー」（牧師）に結婚式をとりおこなってもらうためにわざわざ森の奥から飛んでくるのだとフォダーウィングは言うけれど、ジョディの耳には、どのカーディナルの声もみんな同じように「プリーチャー、プリーチャー！」と聞こえた。いずれにしても、これもぴったりの名前にはちがいない。

バックが帰っていってから二週間のあいだ、ジョディはずいぶんよく働いた。ペニーの体力は回復しつつあったが、まだときどきめまいがしたり心臓の動悸がひどくなることがあった。ペニーはガラガラヘビの毒にやられた後遺症だろうと考えていたが、妻は熱のせいだと言って夫にレモン・リーフを煎じて飲ませた。ペニーがまた元気に動きまわれるようになり、死の恐怖から解放されたのは、うれしいことだった。ジョディは、父親に無理をさせないようにしよう、と、心に誓った。仔ジカがそばにいるようになって、言いようのない淋しさに心が痛むことがなくなったのも、ほんとうにうれしいことだった。ジョディは母親が仔ジカの存在を許容してくれていることに対しても、感謝の気持ちでいっぱいだった。仔ジカを育てるのに大量の牛乳が使われていることは、よくわかっていた。仔ジカが母親に迷惑をかけていることも、重々承知していた。ある日、仔ジカは家の中にはいってきて、鍋に流しこんで焼くばかりになっていたコーンブレッドの生地を見つけ、きれいに食べてしまった。以来、仔ジカは緑の葉物野菜、水で溶いたとうもろこし粉、丸パンなどなど、ありとあらゆるものを食べるようになった。そして、とうとう、バクスター家の食事時には納屋に閉じこめておかれることになった。でないと、メェメェ鳴きながら頭突きをくりかえして、人が手にしている料理をひっくり返してしまうからだ。仔ジカのいたずらをジョディとペニーが笑うと、仔ジカは「わかってるよ」とでもいうように頭を上にそらせた。猟犬たちは、初めのうち仔ジカにほえかかったが、いまではその存在を許容しているようだった。母親も仔ジカの存在を辛抱してはいたが、けっして喜んでいるわけではなかった。ジョディは仔ジカの魅力をなんとかわかってもらおうとした。

「ねえ、かあちゃん、この目、かわいいと思わない？」

「コーンブレッドの鍋は遠くからでもよく見えるらしいね」

「ほら、このしっぽ、かわいいだろ？　馬鹿っぽくって。ね、かあちゃん？」

「シカのしっぽなんて、みんな同じだよ」

「だけどさ、かあちゃん、こいつ、かわいくない？　馬鹿っぽくって」

「馬鹿なのは、たしかだね」

太陽が中天にさしかかろうとしている。仔ジカはサツマイモ畑にはいってきて柔らかいつるを少しかじり、また生垣のところへ戻って、こんどはヤマザクラの木陰に新しく居場所を見つけた。ジョディは仕事の進み具合を確かめた。あと畝《うね》が一列と半分残っている。家に帰って水を一杯飲みたいと思ったが、そうすると残り時間をずいぶん使ってしまうことになる。昼ごはんが少し遅くなるといいんだけど……。ジョディは、サツマイモのつるを切らないよう気をつけながら、鍬《くわ》を使う手を最大限に速めた。太陽が真上に来たとき、半分残っていた畝が終わった。が、あと一列残った畝が、少年をあざけるように長く伸びている。いまにも、母親が台所のドアの脇についている鉄の輪をたたいて昼ごはんの合図を鳴らすだろう。そうしたら、畑仕事を中断しなければならない。時間の約束については容赦しない、と、ペニーからはっきり言われている。草かきが昼までに終わらなかったら、フォダーウィングに会いにいく話は白紙になる。柵の反対側に足音が聞こえた。ペニーが立って、こちらを見ていた。

「サツマイモがたくさんできそうだな」

「ものすごい量だよ」

「これだけのサツマイモが来年のいまごろには一つも残らんのだから、嘘みたいな話だな。あそこのサクラの木の下にいるチビくんに食わせるぶんも要るし。そういえば、二年前、シカが畑にはいって来ないようにするのに苦労したな」

「とうちゃん、ぼく、間にあいそうにないよ。午前中ほとんど休まずにやったのに、まだ一列残ってるんだもん」

「そうだなあ、じゃ、こうしよう。おまえの仕事をまけてやるつもりはない。約束は約束だからな。だが、ひとつ取引をしよう。おまえが陥落孔《シンク・ホール》へ水汲みに行ってくれたら、おれが夕方にサツマイモ畑の残りをやっておこう。あの陥落孔《シンク・ホール》の坂をのぼるのは、おれにはほんとうにきつい。だから、これなら五分と五分の取引だ」

ジョディは鍬を放り出し、水汲み桶を取りに家へ走った。

背中にペニーの声がした。「水を満杯に入れて運ぼうとするなよ。仔ジカには雄ジカの力はないんだからな」

水汲み桶だけでも、かなりの重さだった。桶はイトスギを手斧《ちょうな》でくりぬいたもので、それを吊るす牛用の軛《くびき》はホワイト・オーク材だ。ジョディは軛を肩にかついで小走りで水汲みに向かった。仔ジカもあとから駆けてきた。陥落孔《シンク・ホール》は暗くひっそりとしていた。ここは昼間よりも早朝や夕方のほうが明るい。木々の厚い葉が真上から照らす太陽をさえぎるからだ。鳥たちの動きも、いまはない。陥落孔《シンク・ホール》の周囲の砂地で休んだり砂浴びしたりしているのだ。夕方近くなると、鳥たちは水を飲みに下りてくる。ハト、トウヒチョウ、カーディナル、タイランチョウ、マネシツグミ、ウズラ。

ジョディはすごい速さで急斜面を駆けおりた。陥落孔《シンク・ホール》の底は、大きな緑色の水鉢だ。仔ジカもあとをついてきて、ジョディと一緒に水しぶきをあげながら水たまりを渡った。仔ジカが頭を下げて水を飲む。ジョディが夢にまで見た光景だ。

ジョディは仔ジカに話しかけた。「いつか、ぼくはここに家を建てる。おまえに雌ジカを見つけてやるよ。みんなで一緒に、この水たまりのそばで暮らそうな」

カエルが跳びはね、仔ジカがあとずさりした。ジョディはそれを見て笑い、飲み水用の水槽があるところまで坂を駆けあがった。そして、上体をかがめて水を飲んだ。あとからついてきた仔ジカも、ジョディと並んで、水槽の端から端へ口を動かしながら水をすすった。仔ジカの頭がジョディの頰にくっついたときには、相棒のよしみでジョディも仔ジカと同じように音をたてて水をすすった。そして水から顔を上げ、ブルブルふるって、口をぬぐった。仔ジカも水から顔を上げた。鼻づらから水がぽたぽた垂れた。

ジョディは水槽の縁にぶらさげてあるひしゃく代わりのひょうたんを使って桶に水を汲んだ。父親から注意されていたにもかかわらず、ジョディは桶の縁近くまでいっぱいに水を汲み入れた。なみなみと水を入れた桶をかついで家に戻ってくる姿を見せたかったのだ。ジョディは腰をかがめ、軛《くびき》の下に肩を入れた。が、腰をまっすぐ伸ばそうとしても、重すぎて持ちあがらない。水を少し汲み出したら、なんとかまっすぐ立って斜面の上までのぼることができた。ホワイト・オークの軛が肉づきの薄い肩に食いこむ。背中も痛い。家まで半分来たところで、ジョディはとうとう立ち止まり、桶を地面に下ろして、さらに水を捨てなければならなかった。仔ジカは「何してるの?」というように一方の桶に鼻先を突っこんだ。母親に知られずにすんだのは幸いだった。母親には、仔ジカがどんなに清潔な生き物か、どんなにいいにおいがするものか、理解できないだろう。

家に着いてみると、もう昼食が始まっていた。ジョディは水桶を流し場に上げ、仔ジカを納屋に閉じこめた。そして、汲みたての水を水差しに入れてテーブルへ運んだ。朝から働きづめだったせいで、暑さと疲れにやられて、あまり食欲がなかった。自分の食事からかなりの量を仔ジカに分けてやることができて、ジョディとしてはむしろ好都合なくらいだ。肉料理は、塩水に漬けて保存してあったクマの腰肉のポット・ローストだった。筋っぽくて少しぼそぼそしているが、風味は牛肉以上、鹿肉に負けないほどおいしい、と、ジョディは思った。ジョディはおもに肉とコラードの葉で腹をふくらませ、コーンブレッドと牛乳は全部仔ジカのために残した。

「こないだ家の中まではいってきたクマが若いやつで、ほんとうに運がよかった。年とった大きな雄グマなら、この季節には食えたもんじゃない。おぼえとけよ、ジョディ。クマは七月に交尾する。この時期のさかりのついた雄グマは食えん。だから、悪さをせんかぎり、この季節には雄グマは撃たんことだ」

「どうして食えないの？」

「さあ、それはわからん。だが、求愛中の雄グマは気が荒くて険悪だ――」

「レムとオリヴァーみたいに？」

「――そうだ、レムとオリヴァーみたいなもんだ。いらいらと怒りっぽくて、不機嫌に毛皮を着せたようなもんだ」

母親も口をはさんだ。「雄豚だって似たようなもんだよ。ただ、雄豚は一年じゅうずっとそうだけどね」

「とうちゃん、オスのクマどうしって、けんかする？」

「ものすごいけんかをする。メスは離れたとこで見てる――」

「トウィンク・ウェザビーみたいに？」

「──そうだ、トウィンク・ウェザビーみたいに。そうして、勝ったほうのオスについていく。七月いっぱいから、場合によっては八月にかけて、クマはつがいで暮らす。そのあとオスは離れていって、二月に仔グマが生まれる。ところが、スルーフットのようなオスは、出くわせば、こういう仔グマだって食っちまうんだ。そういうとこも、おれがクマを嫌う理由だ。あいつらには、そもそも情愛というものがない」

母親が口を開いた。「いいかい、ジョディ、フォレスターん家《ち》まで歩いていく途中は気をつけるんだよ。さかりのついたクマは、なにしろ避けて通ったほうがいいんだから」

ペニーが言った。「とにかく、よく見て歩くことだ。こっちが先に気づいて相手を驚かさんようにすりゃ、問題はない。おれを嚙んだガラガラヘビだって、おれが相手を驚かしたせいで、とにかく自分の身を守るために嚙みついたんだからな」

「あんたは相手が悪魔みたいな獣でも弁護してやるんだね」母親が言った。

「そういうことになるな。悪魔はとかく悪く言われるが、人間のほうが勝手に招いた災いも山ほどある」

「ジョディは約束したとおりに草かきを終わったの?」母親は疑わしそうな眼つきで

尋ねた。

ペニーは何気ない口調で、「ああ、約束した仕事は終わった」と言った。

ペニーがジョディにウインクし、ジョディもウインクを返した。母親にちがいを説明したところで、意味がない。男どうしの了解というものは、女には通じないのだ。

「かあちゃん、ぼく、行ってもいい?」ジョディが聞いた。

「そうだねえ。薪をもうちょっと運んでおいてもらおうかね」

「かあちゃん、頼むから、時間のかかる仕事を思いつかないでよ。今夜帰りが遅くなってクマにつかまったら困るだろ?」

「暗くなるまでに帰ってこなかったら、クマにつかまったほうがましだった、ってことになるだけだよ」

ジョディは薪箱をいっぱいにして、さあ出かけようとしたが、母親はシャツを着がえて髪をとかすよう言いつけた。ジョディは、出かけるのが遅くなると文句を言った。

母親は、「フォレスターの不潔な連中に、きちんと暮らしてる人間もいることを教えてやりたいだけさ」と言った。

「フォレスターの人たちは、不潔じゃないよ。ちゃんと普通に暮らして、楽しくやってるだけだよ」ジョディが言った。

母親は、ふん、と鼻を鳴らした。ジョディは仔ジカを納屋から出して自分の手からえさを食べさせ、水で薄めた牛乳の皿を支えて飲ませてやり、一緒に家を出た。仔ジカはときにジョディの後ろを走り、ときに前を走り、しばらくやぶの中に姿を消しては、急に心配になったように――ジョディには演技にちがいないとわかっていた――ジョディのところへ跳んで戻ってきたりした。ジョディと並んで歩くこともあった。こういうときが、いちばん楽しかった。ジョディは仔ジカの首に軽く手を添え、二本しかない足の運びを仔ジカの四本足のリズムに合わせて歩いた。すると、自分も仔ジカになったような気がした。膝のところで足を曲げて、仔ジカの歩きかたをまねてみた。何かを警戒するようなそぶりで頭をさっと上げてみたりもした。道端に生えているクサフジのつるに花が咲いていた。ジョディはつるをちぎって、仔ジカの首に端綱《はづな》のように回した。バラ色の花を装った仔ジカはとてもきれいで、これならかあちゃんだって褒めてくれるだろう、と思った。帰るまでに花の色が褪《あ》せてしまったら、また帰り道に新しい端綱を作ってやろう……。

古い開拓地に近い四つ辻まできたとき、仔ジカが立ち止まり、風に向かって鼻先を上げた。耳をピンと立て、首をあちこちに向けて空気を嗅いでいる。ジョディも仔ジカの鼻がにおいを嗅ぎつけた方向へ鼻を向けてみた。強いにおいが漂ってきた。つんと鼻をつく不快なにおいだ。ジョディは、うなじの毛が逆立つのを感じた。威嚇するような低いうなり声を聞いたような気がしたと思ったら、続いてカチカチと牙が当たるような音が聞こえた。ここで回れ右して家へ逃げ帰ろうかという思いもかすめたが、それでは後々まであの音が何だったか気になるだろうとも思った。ジョディは一歩ずつ、一歩ずつ、四つ辻の曲がり角に近づいていった。仔ジカは背後で立ち止まったまま一歩も動かない。ジョディは、はっとして足を止めた。

二頭の雄グマがのろのろと前方を歩いている。距離は一〇〇ヤードほどあるだろうか。二頭とも後ろ足で立ち、人間みたいに肩を並べて歩いている。その踊るような歩きかたは、スクエア・ダンスで二人が並んでステップを踏む姿に似ていた。突然、二頭はレスリングのように突きあい、前足を振りあげ、ぐるぐる向きを変え、牙をむき、たがいののどぶえを狙って攻撃しはじめた。一頭が鋭いかぎ爪で相手の頭をひっかくと、うなり声がほえ声に変わった。激しい戦いは、しかし、ほんの短時間しか続かず、そのあと二頭は殴りあい、突きあい、身をかわしあいながら、ふたたび並んで歩きはじめた。ジョディは風下にいたので、クマたちに気づかれることはなかった。ジョディは距離を保ちながら、小競《こぜ》りあいを続ける二頭をじりじりとつけていった。どうしても先を見届けずにはいられなかった。二頭が決着のつくまで戦えばいいと思いつつ、どちらかが戦いを放棄して道を戻ってきたらどうなるかと考えると恐ろしかった。眺めているうちに、どうやら二頭はずいぶん長いこと戦いつづけて疲れはてているらしい、とわかってきた。砂地には点々と血の跡があった。戦いは回を重ねるごとに淡白になり、二頭が肩を並べて歩く速度も遅くなってきた。すると、そのとき、ずっと先のほうでメスのクマがやぶの中から姿を現し、続いて三頭のオスが出てきた。クマたちは音もなく一列に連なって道を歩いていく。さきほどから小競りあいをくりかえしていた二頭も、小さく首を振ったあと、行列の最後尾についた。ジョディはクマの行列が見えなくなるまでその場に立ちつくしていた。厳粛で、滑稽で、心が震える光景だった。

ジョディはふりかえって、四つ辻まで走って戻った。仔ジカの姿はどこにもない。ジョディが呼ぶと、仔ジカは道の脇のやぶから出てきた。ジョディはフォレスター島へ行く道にはいり、どんどん走った。あとになってみると、自分の大胆さに足が震えた。でも、すんでしまったことだし、また同じ場面に出くわしたとしたら、やはりクマのあとをつけてみるだろう。獣たちのあるがままの姿を垣間見る幸運は、だれにでも訪れるものではないのだから。

「すごいものを見たぞ」と、ジョディは思った。

バックやペニーのように、年齢《とし》を重ね他人《ひと》から話に聞いていたものを実際に自分の目で見たり耳で聞いたりする経験が増えていくのはうらやましい。だから、ジョディは床に腹ばいになり、あるいは野宿のたき火のそばで地面に寝ころがって、男たちの話に耳を傾けるのが好きなのだ。大人は、いろいろ驚くようなものを見ている。年齢《とし》をとればとるほど、さらに驚くようなものを見ている。ジョディは、動物の秘密を知る大人たちの世界に自分も一歩近づいたような気がした。これからは、自分にも、冬の夜に語って聞かせられる物語ができた。

父親が、こんなふうに言うだろう。「ジョディよ、二頭の雄グマが格闘しながら道を歩いていったときの話をやってくれ」

何より、フォダーウィングにこの話を聞かせてやれるのがうれしかった。友だちに早く話を聞かせたくて、ジョディはまた走りはじめた。フォダーウィングを驚かせてやろう。森の中で後ろから近づいていって驚かしてやろうか、家の裏手でペットたちと遊んでいるところへ回って驚かしてやろうか、それとも、まだ病気なら、いきなり枕もとに現れてびっくりさせてやろうか。仔ジカを連れて。仔ジカを見たら、フォダーウィングは顔にあの不思議な輝きをうかべるにちがいない。ゆがんだ背中を丸くして仔ジカに近づき、あのねじれた手で優しく仔ジカに触れるだろう。フォダーウィングはにっこり笑い、ジョディの満ち足りた気持ちを察してくれるはずだ。長い沈黙のあとで、フォダーウィングは口を開く——その口から出てくるのは奇妙な話かもしれないが、美しい物語にちがいない。

フォレスターの開拓地に着いた。ジョディは常緑カシの並木を駆け抜け、広く開けた庭にはいっていった。フォレスターの家は眠っているように見えた。煙突から煙が上がっていないし、犬たちの姿も見えない。でも、裏手の犬舎から猟犬の遠ぼえが聞こえた。昼下がりの暑い時間、フォレスターの人々はみんな昼寝をしているのだろう。でも、フォレスターの男たちが昼寝するときは、いつも家の外まではみだして寝ているはずだ。ベランダとか、木の下とか。ジョディは立ち止まり、大きな声で呼んだ。

「フォダーウィング！　ジョディだよ！」

さっきの犬がクゥンと鳴いた。家の中で、椅子が床をこする音がした。バックが戸口に現れた。ジョディの顔を見て、手で口もとをぬぐった。目の焦点が合っていない。酔っぱらっているにちがいない。

ジョディは口ごもりながら言った。「フォダーウィングに会いにきたんだけど。仔ジカを見せてあげようと思って」

バックは首を左右に振った。うるさいハチを追い払うように。あるいは、何か考えごとを振り払うように。そして、もういちど口もとを手でぬぐった。

「きょうは特別に来たんだよ」ジョディは言った。

バックが口を開いた。「あいつは、死んだよ」

言葉が意味をなさない。風に吹かれて目の前を通り過ぎた二枚の枯葉みたいだ。言葉が通り過ぎたあと急に寒くなって、しびれたような感覚が襲ってきた。ジョディは混乱した。

「フォダーウィングに会いにきたんだけど」ジョディはくりかえした。

「遅かったよ。間にあうもんなら、おまえを呼びにやっただろうけど、ウィルソン先生を呼びにいく暇もなかった。さっき息してたのに、つぎに見たらもう息をしてなかった。まるでろうそくの火を吹き消したみたいによ」

ジョディは、ただバックを見つめた。バックもジョディを見つめた。しびれたような感覚が圧倒的になって、反応すらできない。悲しみは感じなかった。ただただ寒くて、気を失いそうだった。フォダーウィングは死んでもいない、生きてもいない。ただ、どこにもいなくなってしまったのだ。

「見にきていいよ」バックがかすれた声で言った。

たったいま、バックはフォダーウィングがいなくなってしまったと言った。ろうそくの火を吹き消したみたいに、と。そのくせ、こんどは、家の中にいるという。話がめちゃくちゃだ。バックは背中を向けて家にはいっていった。そしてジョディをふりかえり、生気のない目でついてこいと促した。ジョディは足を一本ずつ持ちあげるようにして玄関の段を上がり、バックのあとから家にはいっていった。フォレスター家の男たちが全員顔をそろえて座っていた。身動きもせず打ちひしがれたように座っている姿には、悲しい一体感があった。全体が大きな黒い岩のかたまりで、それが分かれて一人一人の男ができているように見えた。フォレスターの父親が顔をこちらに向けて、見知らぬ人間でも見るような目でジョディを見た。そして、ふたたび顔をそむけた。レムとミルホイールもジョディを見た。ほかの男たちは身じろぎもしなかった。ジョディには、フォレスターの男たちが高い壁を築いて、そのむこうから自分を見ているように感じられた。みんな、ジョディの姿を見たくないと思っているようだった。バックが手を伸ばしてジョディの手をつかみ、大きな寝室のほうへ案内した。バックは何か言おうとしたが、声にならず、立ち止まってジョディの肩をぎゅっとつかんだ。

「しっかりしろよ」バックの声がした。

フォダーウィングは大きなベッドの真ん中に、小さくはかなく目を閉じて寝かされていた。自分のベッドで眠っていたときより小さく見えた。フォダーウィングのからだは、あごのすぐ下までシーツに覆われていた。両腕はシーツから出ている。胸の上に組んだ両手は不自然にねじれ、てのひらが外を向いている。生きていたときのように。ジョディは恐ろしかった。フォレスターの母親がベッドの脇に座っていた。エプロンを頭からかぶって、からだを前後に揺らしている。いきなり、フォレスターの母親がエプロンを引きおろした。

「あの子が死んじまったんだよ。かわいそうに、あの子が死んじまったんだよ」

フォレスターの母親はふたたび頭からエプロンをかぶって、からだを横に揺らしながら、うめくような声を絞り出した。

「神様はむごいことをなさる。ああ、神様はむごいことをなさる」

ジョディは逃げ出したかった。枕にのっている痩せこけた顔を見たら、気が動転した。これはフォダーウィングだ。でも、フォダーウィングじゃない。バックがベッドのすぐそばまでジョディを連れていった。

「聞こえんだろうが、何か言ってやってくれ」

のどがひきつって、言葉が出てこない。フォダーウィングは蠟《ろう》でできているみたいに見えた。ふいに、見慣れた面影が重なった。

「よう」ジョディは小さな声でささやいた。

声を出したら、麻痺していた感覚が解けた。のどがロープで絞められたように苦しくなった。フォダーウィングの沈黙は耐えがたい。ジョディは初めて悟った。これが死というものなのだ。死とは、答えの返ってこない沈黙だ。フォダーウィングが話しかけてくることは、もう二度とないのだ。ジョディはふりむいてバックの胸に顔をうずめた。大きな腕がしっかりと抱きとめてくれた。ジョディはそうして長いこと立っていた。

「許せねえよな、こんなの」バックが言った。

二人は部屋を出た。フォレスターの父親が手招きした。ジョディがそばへ行くと、老いた父親はジョディの腕をさすり、悲しみに沈んでいる息子たちを手で示して言った。「おかしな話じゃないか、え？　こいつらのだれだってよかろうもんを、よりによって、いちばん手放したくないのを召し上げられちまってさ」フォレスターの父親は、ことさらに明るい声で続けた。「なんでまた、あのねじくれたからだで、何の役にも立ちゃせんものをなあ……」

フォレスターの父親はふたたびロッキングチェアに沈みこみ、この世の不条理について考察を続けた。

ジョディの姿を見ると、みんながつらくなるようだった。ジョディはぼんやりと外に出て、家の裏手へ歩いていった。フォダーウィングのペットたちがおりの中で忘れられていた。生まれて五ヵ月ほどの仔グマが鎖で杭につながれている。病気のフォダーウィングを喜ばせようと連れてこられたにちがいない。仔グマは砂にまみれて同じ場所をぐるぐる回りつづけたらしく、鎖が巻きあがって杭にぴったりくっついたまま動けなくなっていた。水をもらっていた皿はひっくり返って、空になっている。

ジョディの姿を見つけた仔グマは仰向けに寝転がり、人間の赤ん坊そっくりの声で鳴いた。リスのスクィークは延々と踏み車を回している。リスのおりには、水もえさもなかった。オポッサムは箱の中で眠っていた。カーディナルのプリーチャーは一本足でカゴの中を跳びまわり、何も落ちていない床をついばんでいる。アライグマはどこへ行ったのか、姿が見えなかった。

ジョディは、フォダーウィングがペットにやるピーナッツやトウモロコシをしまってある場所を知っていた。兄たちがフォダーウィングのために小さな飼料箱を作り、そこにいつもえさを入れてやっていたのだ。ジョディは、まず小さな動物たちにえさと水をやった。それから、慎重に仔グマに近づいた。まだ小さくてころころしているが、鋭いかぎ爪で何をするかわかったものではない。仔グマが哀れっぽい声をあげるので、ジョディは片方の腕を近づけた。仔グマは四本の足でジョディの腕にぎゅっとしがみつき、黒い鼻先をジョディの肩にすりつけた。ジョディはしがみつく仔グマを引きはがし、巻きついた鎖を元どおりに直して、皿に水を入れてきてやった。仔グマは何度も何度も水を飲み、赤ちゃんの手みたいな前足でジョディの手から皿を取ると、最後に残った冷たい数滴を自分の腹に垂らした。こんなに悲しみで胸がふさがっていなければ、声を出して笑うところだ。それでも、動物たちの世話をしてやり、ほんのつかの間であれ、彼らの飼い主が永遠に与えてやれなくなった慰めを与えてやれたと思うと、少しは心が楽になった。この動物たちはどうなるのだろう、と、ジョディは悲しい思いで先を案じた。

ジョディはぼんやりと動物たちの相手をして遊んだ。フォダーウィングと一緒に遊んだときの心が震えるような楽しさは、すっかり色褪せてしまった。アライグマのラケットがいつもの珍妙な足取りで森の中から現れてジョディに気づき、足から肩へよじのぼってきて哀れを誘う声でチィチィ鳴き、細い指でせっせとジョディの髪の毛を分けたときには、フォダーウィングがこの世にもういないことがあまりにつらくて、ジョディは地面につっぷして足で砂地を打ちつづけた。

心の痛みは、仔ジカに対する恋しさをつのらせた。ジョディは立ちあがり、ピーナッツをひとつかみ持ってきてアライグマの気をそらし、仔ジカを探しにいった。仔ジカはギンバイカのしげみの奥にいた。自分の姿を見られずにジョディの様子を見ることのできる場所だ。こいつも口が渇《かわ》いているかもしれない、と思って、ジョディは仔グマの水飲み皿に水を汲んで差し出した。仔ジカはにおいを嗅いで、飲もうとしなかった。フォレスター家にたっぷり蓄えられているトウモロコシをひとつかみ食べさせてやろうかとも考えたが、それは正直でないような気がして、やめた。どっちにしても、おそらく仔ジカの歯はまだ弱くて、トウモロコシの硬い粒を噛むのは無理だろう。ジョディは常緑カシの根方に腰を下ろし、仔ジカを抱き寄せた。そこには、バック・フォレスターの毛深い腕からは得られない慰めがあった。フォダーウィングのペットたちと遊ぶ楽しみが色褪せてしまったのは、フォダーウィングがいなくなったせいだろうか、それとも自分が求めていた歓びをすべて与えてくれる仔ジカという存在ができたからなのだろうか、と、ジョディは考えた。

「フォダーウィングのペット全部に仔グマを付けてくれるって言ったって、おまえとは取りかえっこしないからね」ジョディは仔ジカに話しかけた。

愛情を捧げる確かな対象ができたという満足感が湧きあがってきた。あれほど長いあいだうらやましくてしかたなかったフォダーウィングのペットたちを前にしても、もはや仔ジカに対する自分の愛情は揺らがないのだ、と。

午後の時間は遅々として進まなかった。ジョディの頭には、まだ何かやり残していることがある、という思いがあった。フォレスター家の人々は自分をかまってくれないけれど、それでも、なぜか、ここにいてほしいと思われていることははっきりわかった。もし帰ってほしいなら、バックがさよならと言うはずだ。太陽が常緑カシの木立に沈んでいった。家《うち》でかあちゃんが怒っているだろう。でも、ジョディは何かを待っていた。たとえそれが、帰れという合図でも。自分の心はフォダーウィングに縛りつけられている。ベッドに蠟人形のように横たわるフォダーウィングに縛りつけられている。そこから自分を解き放ってくれる何かが、この先にあるはずだった。夕方になると、フォレスターの男たちは一人また一人と外へ出ていって、おし黙ったまま日課の仕事を片づけた。煙突からも煙が上がりはじめた。松脂《まつやに》の多い薪が燃えるにおいと肉の焼けるにおいがまじって漂ってきた。ジョディは牛たちを水場《みずば》に連れていこうとするバックのあとを追った。

「仔グマとかリスとかに、えさと水やっといたよ」ジョディが話しかけた。

　バックは若い雌牛に軽くむちを入れた。

「ああ、さっき、いちど思い出したんだが、すぐまた頭が真っ暗になっちまってな」

「何か手伝うことある？」ジョディが聞いた。

「こっちは人手が足りてるから、おっかあのそばにいて手伝ってやってくれ。フォダーウィングがしてたみたいに。火の世話とか、いろいろ」

ジョディは気が重かったが、家の中へはいっていった。寝室のドアのほうへは目をやらないようにした。ドアはほとんど閉まっていた。フォレスターの母親は炉の前で料理をしていた。目を赤く泣きはらして、しょっちゅう料理の手を止めてはエプロンの端で目頭を押さえている。いつもばさばさに広がっている髪は、客を迎える日のように水でぬらし、後ろへきちんととかしつけてある。

「手伝いにきました」ジョディは言った。

フォレスターの母親は手に料理用スプーンを持ったまま、ふりむいた。

「あんたのかあさんのこと、考えてたんだよ」フォレスターの母親が言った。「あんたのかあさんは、あたしが産んだのと同《おん》じ数だけ子供の葬式を出したんだねえ」

ジョディは暗い気持ちで炉に薪をくべた。ますます居づらくなってきた。でも、帰るわけにはいかない。食事はバクスター家と同じくらい粗末なものだった。フォレスターの母親は無造作に料理を並べた。

「あ、コーヒー作るの忘れた。うちは、食べなくてもコーヒーだけは飲む、ってのに」

フォレスターの母親はコーヒーと水を入れたポットを熾《おき》にかけた。フォレスターの男たちが順に戻ってきて、裏のポーチへ回って手と顔を洗い、髪とひげを整えた。だれひとり話す者もなく、冗談もなく、争う声も騒々しい足音もない。みんな夢うつつのようにのろのろとテーブルに集まってきた。フォレスターの父親が寝室から出てきて食卓に加わり、不思議そうな面持ちであたりを見まわした。

「なんとも妙じゃないか――」

ジョディはフォレスターの母親のとなりに座った。母親は肉料理の皿を配ったところで泣きだした。

「あの子のぶんも勘定に入れちまったよ、いつもみたいに。ああ、なんてこった、あの子のぶんも勘定しちまったよ」

「いいんだよ、おっかあ。ジョディが食べるさ。そんでもって、おれみたいにでかくなるんだよ、な、ジョディ?」バックが言った。

家族がテーブルにそろった。しばらくのあいだ、みんながつがつと料理を口へ運んだ。やがて、吐き気を催すような満腹感に襲われて、男たちは皿を押しやった。

フォレスターの母親が口を開いた。「あたしゃ、今夜はとても洗い物をする気にはなれないよ。あんたたちも、そうだろ? あしたの朝がすむまで、お皿はここに重ねたままにしておこう」

ということは、解き放たれる瞬間はあすの朝に来るのだろうか。フォレスターの母親がジョディの皿を見た。

「丸パンも牛乳も残ってるよ、ジョディ。どうかしたのかい?」

「これは仔ジカにやるんです。いつも、自分のごはんを残しといて仔ジカにやるんです」

「あんたも、かわいそうになあ」フォレスターの母親は、また泣きだした。「あの子、あんたの仔ジカを見たかっただろうねえ。毎日毎日、その話ばっかしてたからね。『ジョディに弟ができたんだ』って」

のどに熱いものがこみあげてきた――腹立たしいほどに。ジョディはぐっとつばを飲みこんだ。

「それで、きょう、来たんです。フォダーウィングに仔ジカの名前をつけてもらおうと思って」

「名前なら、もうつけてたよ。この前、仔ジカの話をしたときに、名前のことを言ってたっけ。『仔ジカのしっぽは、そりゃ楽しげにピンと立ってるんだ。白い旗みたいにパタパタ揺れて楽しそうなんだよ。ぼく、自分に仔ジカがいたら、フラッグ（旗）って名前つけるだろうな。仔ジカ（フォーン）のフラッグ――うん、いい名前だ』って」

ジョディは、その言葉をくりかえした。「フラッグ……」

　胸がはりさけそうだった。フォダーウィングは自分のことを話していたのだ。仔ジカに名前をつけてくれていたのだ。うれしいのと悲しいのがごっちゃになって、心が慰められるようでもあり、えぐられるようでもあった。

「えさをやってこようかな。フラッグにえさをやってこよう、っと……」

　ジョディはそう言って椅子からそっとおり、牛乳のカップと丸パンを持って外に出た。フォダーウィングがすぐ近くで息をしているような気がした。

「おいで、フラッグ！」ジョディは声をかけた。

　仔ジカがやってきた。まるで、自分の名前をわかっているみたいだ。というより、もうずっと前からわかっていたのかもしれない。ジョディは丸パンを牛乳に浸して仔ジカに食べさせた。てのひらに押しつけられる鼻先は柔らかく湿っていた。ジョディが家に戻ると、仔ジカもついてきた。

「フラッグを家に入れてもいいですか？」ジョディは聞いた。

「ああ、いいとも。連れておいで」

ジョディは部屋の隅に置かれた三本足のスツールに硬い表情で腰を下ろした。フォダーウィングが使っていたスツールだ。

フォレスターの父親が口を開いた。「あんたが夜伽《よとぎ》に来てくれて、あの子も喜んどるだろうよ」

とすると、これが自分に求められていることだったのか。

「あんたに会えんまま、あすの朝に埋めたんじゃ、あの子が浮かばれんわな。あんたがたった一人の友だちだったんだから」

家で待つ父と母のことを案ずる気持ちは、これで吹っ切れた。ジョディは着古したシャツのように心配を投げ捨てた。目の前の重大事に比べたら、そんなのはどうでもいいことだった。フォレスターの母親が通夜のために、まず先に寝室へはいっていった。仔ジカは部屋じゅうのにおいを嗅いでまわり、フォレスターの男たちのにおいを一人一人確かめたあと、ジョディのそばへ来て横になった。部屋に忍びこんできた夜の気配《けはい》が手でつかめそうなほど濃くなり、人々の心を一段と重くした。フォレスター家の人々は、時間という名の風でしか吹き払うことのできない深い悲しみの霧に包まれ、打ちひしがれて座っていた。

九時になり、バックが立ちあがってろうそくに火をともした。一〇時になって、馬に乗っただれかが庭にはいってくる音がした。老馬シーザーにまたがったペニーだった。ペニーは手綱をそのままにして馬を降り、家にはいってきた。フォレスターの父親が家長として立ちあがり、挨拶した。ペニーは暗い表情の男たちを見まわした。フォレスターの父親が半開きになっている寝室のドアを指さした。

「あの子が……?」ペニーが聞いた。

フォレスターの父親がうなずいた。

「だめだったのか?　あぶないのか?」

「だめだった」

「そういうことかと心配してたが……。ジョディが戻ってこんのは、そういうことじゃないかと思ったんでね」

ペニーはフォレスターの父親の肩に手を置いた。

「心中、お察しします」

ペニーは一人一人に声をかけた。レムにも、正面から目をみて声をかけた。

「どうも、レム」

レムはためらったが、「どうも、ペニー」と返した。

ミルホイールが席を立ってペニーに譲った。

「いつだったんだね？」ペニーが尋ねた。

「けさ、夜が明けてすぐだった」

「朝めしを食うか、って、おっかあが見にいったら……」

「一日二日ばかりひどく具合が悪くて、先生に来てもらったりしてたんだが、良くなりかけたと思ったら……」

ペニーに向かって皆がいっせいに口を開いた。言葉に出すことによって、心の内側に食いこんでいく痛みがいくらか洗い清められるようだった。ペニーは、ときどきうなずきながら厳しい表情で耳を傾けた。小さく頑丈な岩に向かってフォレスター家の人々が痛恨の嘆きをたたきつけているような光景だった。皆が言うことを言いおわって口をつぐんだところで、こんどはペニーが自分の失った子供たちのことを語った。それは、どんな人間も免れることのできぬ運命をあらためて思い出させるものだった。だれもが耐えてきたことならば自分も耐えられるかもしれない、と思わせるものだった。ペニーはフォレスター家の人々の悲しみを受けとめ、自らの悲しみの一部とした。そうすることで悲しみが薄まり、一人一人の悲しみがいくらかでも小さくなるのだった。

「ジョディも、フォダーウィングと二人きりになる時間が欲しいだろう」バックが言った。

寝室に案内され、皆が背を向けてドアを閉めようとしたとき、ジョディはあわてた。何かが部屋の隅の暗闇にうずくまっている。父親がヘビに噛まれた夜に矮樹林《スクラブ》をうろついていたのと同じ何かが。

「フラッグも一緒にいていいですか?」ジョディは聞いた。

かまわないだろうということになって、仔ジカが連れてこられた。ジョディは椅子の端に浅く腰をかけた。フォレスターの母親の体温が残っていた。ジョディは両手を膝の上で組み、枕にのせられた顔をそっと見た。枕もとのテーブルにろうそくが灯っている。ろうそくの炎が揺れると、フォダーウィングの目もとがまばたきしたように見えた。かすかな風が部屋を吹き抜け、シーツがふくらんだように見えた。まるで、フォダーウィングが息をしているみたいに。しばらくすると恐怖は消えて、ジョディは椅子にゆったりと座っていられるようになった。椅子の背にもたれて少し遠くから見ると、ベッドの上の顔がいくらかいつものフォダーウィングらしく見えてきた。でも、やっぱり、ろうそくの光に照らされて横たわっている頰のこけた顔は、フォダーウィングではない。フォダーウィングは外にいるはずなのだ。アライグマを連れて、木々のあいだを危なっかしい足どりで歩きまわっているはずなのだ。いまにも、からだを大きく揺らしながら家にはいってくるはずなのだ、声が聞こえるはずなのだ……。ジョディは、ねじ曲がったまま胸の上で組まれた手をそっと盗み見た。ぴくりとも動かない。そのことがあまりにつらくて、ジョディは声を殺して泣いた。

揺れるろうそくの炎が眠気を誘う。目の焦点が合わなくなってきた。ジョディはなんとか起きていようとがんばったが、とうとう目を開けていられなくなった。死と沈黙と眠りがひとつになった。

夜が明けて、重く沈んだ気分のまま目がさめた。どこかで釘を打つ音がする。だれかが寝かせてくれたのだろうか、自分はベッドのすそに横たわっている……。とたんに、意識がはっきりした。フォダーウィングの姿はなくなっていた。ジョディはベッドからすべりおりて、表の大きな部屋へ行った。だれもいない。外に出た。新しく削ったマツ材で作った箱にペニーが蓋を打ちつけている。フォレスター家の人々がまわりに立っている。フォレスターの母親は泣いている。だれもジョディに話しかける者はいない。ペニーが最後の釘を打ちおえた。

「いいかな？」

みんながうなずいた。バックとミルホイールとレムが前に出た。

「おれ一人でいいよ」バックが言った。

バックが箱を肩にかついだ。フォレスターの父親とギャビーの姿が見えない。バックが南側の樹林地帯《ハンモック》のほうへ歩きだした。後ろにフォレスターの母親が続く。ミルホイールが母親の腕を支え、ほかの兄弟たちがあとに続いた。行列は樹林地帯《ハンモック》に向かってのろのろと進んだ。歩きながら、ジョディは思い出した――そういえば、あそこの常緑カシの下に、フォダーウィングのためにブドウのつるで作ったぶらんこがあったっけ……。ぶらんこの横にフォレスターの父親が立っているのが見えた。ギャビーと二人、手にショベルを持っている。地面に掘ったばかりの穴が口を開けていた。穴の横に積みあがった土は、腐葉土のまじった黒い色をしている。樹林地帯《ハンモック》は朝焼けの光に包まれていた。昇りはじめた太陽が光の束を地面と平行にさしかけて、樹林地帯《ハンモック》を明るい輝きで満たしている。バックが棺を下ろし、穴の中にそっと置いたあと、後ろに下がった。フォレスター家の人々は、その先をためらった。

「まず、父親から」ペニーが言った。

フォレスターの父親がショベルを取り、棺に土をかけた。ショベルがバックの手に渡り、バックが何杯か土をかけた。ショベルは兄弟のあいだを順に渡り、最後にカップ一杯ほどの土が残った。気がつくと、ジョディは手にショベルを握らされていた。心がしびれたまま、ジョディは土をすくい、盛り土にかけた。フォレスター家の人々が顔を見合わせた。

フォレスターの父親が口を開き、「ペニー、あんたはクリスチャンの育ちだ。こういう場で何かひとこと言ってもらえると、ありがたいんだが」と言った。

ペニーは墓の前に進み出て、目を閉じ、太陽の光を仰いだ。フォレスター家の人々が頭《こうべ》を垂れた。

「主よ、全能なる神よ。何が正しいか、何が正しくないか、そんなことはわたしら無知な人間が云々することではありません。ただ、もしわたしらに何とかできるもんだったら、この子を身も心もこんな哀れな形でこの世に出しはしなかったです。兄貴たちのようにまっすぐで、背が高くて、まともに働いて生きていける形で生まれさしてやりたかったです。けれども、ある意味で、主よ、あなたはその埋めあわせをされました。あの子に野生の生き物を手なずける力を与えられたのです。あなたはあの子に、ある種の知恵を授けてくれました。あの子を物知りで優しい子にしてくれました。鳥たちがあの子のそばに集まり、小動物があの子のまわりを自由に動きまわり、その気になれば、メスのヤマネコさえも、あの哀れなねじれた手に喜んで抱かれたにちがいありません。

主よ、いま、あなたは、頭や手足の不自由なんぞ関係ないところへ、あの子を召されました。いまごろあの子が御許《みもと》にあって、ねじれておった足や背中や手をまっすぐ伸ばしてもらえたと思えば、わたしらもうれしいです。あの子がみんなと同《おんな》じように自由に動きまわっておると思えば、わたしらもうれしいです。そして、主よ、あの子の遊び相手に、どうかカーディナルを二、三羽ほど与えてやってください。それから、できますれば、リスと、アライグマと、オポッサムも。あの子がここにおったときのように。わたしら人間は、みんな何かしら淋しいものですが、小さな動物たちが一緒なら、あの子は淋しがらずにすむと思います——天国に何匹か小動物を置いていただくお願いが厚かましすぎなければ、でございます。御心《みこころ》がおこなわれますように。アーメン」

フォレスター家の人々も、「アーメン」とつぶやいた。どの顔にも汗が浮いていた。フォレスターの男たちは一人ずつペニーの前へやってきて手を固く握り、強く振った。アライグマが走ってきて、新しくできた盛り土を踏んでいった。アライグマがチィチィ鳴くので、バックが自分の肩に乗せてやった。フォレスター家の人々は踵《きびす》を返し、家へ戻っていった。男たちがシーザーに鞍をつけた。ペニーが馬にまたがり、ジョディをうしろに引きあげた。ジョディが呼ぶと、仔ジカがしげみから姿を現した。バックが家の裏手から出てきた。針金で作った小さなかごを持っている。バックはそのかごを差し上げて、馬の尻に乗っているジョディに持たせた。かごの中には一本足の赤い鳥がはいっていた。プリーチャーだ。

「おまえん家《ち》のかあちゃんが動物を飼わせてくれんのはわかってるが、こいつなら、ほんとにパンくずだけでやってけるから。フォダーウィングの形見だと思ってくれ」

「ありがとう。さよなら」

「さよなら」

シーザーは家をめざして速足で進みはじめた。ペニーもジョディも黙ったまま馬に揺られていった。シーザーはそのうち並足に落ちたが、ペニーはそのまま歩かせた。太陽が高くなった。ジョディは小さな鳥かごをぶら下げている腕が痛くなった。バクスターの開拓地が見えてきた。母親がひづめの音を聞きつけてゲートまで出てきていた。

「一人帰ってこないだけでも心配したのに、あんたたち二人とも行ったきりで帰ってこないんだから」

ペニーが馬から降り、ジョディもすべりおりた。

「かあさん、まあ落ち着いて。帰れん用事があったんだよ。かわいそうに、フォダーウィングが死んで、埋葬を手伝ってきたんだ」

「そうかい――死んだのがあのけんかっ早いレムでなくて残念だったね」

ペニーはシーザーを草地に放してやってから、家に戻ってきた。朝食はできていたが、もうすっかり冷めていた。

「かまわんよ。コーヒーだけ温めてくれ」

ペニーは物思いに沈んだまま料理を口に運んだ。

「あんな悲しみようは見たことがない」ペニーが口を開いた。

「あの悪たれどもが悲しんでた？　冗談でしょ」女房が言い捨てた。

「オリー、いつかおまえにもわかるかもしれんが、人の心はみんな同《おんな》じだ。悲しいことは、だれの身に起こっても悲しい。表れかたがちがうだけだ。ときどき思うんだが、悲しい思いをして、おまえは口がきつくなっただけだったのかね」

ペニーの女房は、椅子にどすんと腰を落とした。

「きつくならなけりゃ、耐えられなかっただけさ」

ペニーは朝食の席を立ち、妻に歩み寄って髪をなでた。

「ああ、わかってる。ただ、ほんの少しだけ、他人《ひと》に優しくなろうじゃないか」

# 第18章

八月は容赦ない暑さをもたらしたが、ありがたいことに、忙しくはなかった。仕事はわずかしかなく、そのわずかな仕事も急いで片づけるほどのものではなかった。雨も降り、トウモロコシは収穫の時期が近づいていた。穂が充実してかさかさに乾きはじめているから、もう少ししたらもぎ取って、保存処理にとりかかることになるだろう。ペニーはかなり良い収穫を期待し、おそらく一エーカーあたり一〇ブッシェルくらいいくだろう、と言っていた。サツマイモのつるも青々としげっていた。ニワトリの飼料にするカヒアモロコシも、サトウモロコシによく似た長い穂が充実しはじめている。柵ぞいに植わっているヒマワリも、皿のように大きな花をつけている。ヒマワリの種も、ニワトリの飼料にするのだ。ササゲも豊作だ。豆のほうはジョディたち人間の主食で、いろいろな鳥獣の肉といっしょに料理されて毎日のように食卓にのぼる。

豆を収穫したあとのササゲも、干し草にして冬用にたっぷり蓄えることができそうだ。落花生はあまり出来がよくないが、ことしは繁殖用に飼っていた母豚のベッツィをスルーフットに殺されたせいで、肥育しなければならない仔豚の数はそれほど多くない。バクスター家の豚たちは、不思議なことに、ある日突然帰ってきた。一緒に若い繁殖用の母豚までついてきた。母豚は、フォレスターの目印が消され、バクスターの目印に変更されていた。ペニーはフォレスター側の意を酌《く》み、これを和解のしるしとして受け取った。

サトウキビも、まずまずの作柄だった。バクスター一家は、秋が深まり霜が降りる季節を心待ちにした。そのころになったらサツマイモを掘りあげ、豚を解体し、トウモロコシを粉に碾《ひ》き、サトウキビの絞り汁を煮詰めてシロップを作るのだ。殺風景な食卓が豊かに変わるだろう。蓄えが一年のうちで最も底をつくいまの季節でも、食べ物は足りている。ただ、変化がないのだ。豊かさもない。食糧の蓄えがたっぷりあるという安心感がない。いわばその日暮らしで、とうもろこし粉も小麦粉も豚の脂身もけちけち使いながら、ペニーが運良くシカやシチメンチョウやリスをしとめてくるのを期待するしかない。ある晩、庭にしかけたわなに丸々と肥えたオポッサムがかかったので、ペニーが初物のサツマイモをたくさん掘りあげて、オポッサムとサツマイモのローストができた。これは大ごちそうだった。まだ収穫まで間のある小さなサツマイモを掘りあげるというのは、たいへんなぜいたくなのだ。

八月の太陽は矮樹林《スクラブ》や開拓地に猛烈な暑さをもたらした。太っている母親はこの暑さにすっかり参っていたが、細身で均整のとれた体格のペニーとジョディは、あまり活発に動きたくなくなる程度だった。二人は朝のうちに牛の乳を搾り、馬にえさをやり、料理用の薪を割り、陥落孔《シンク・ホール》から水を運び、日課の仕事を片づけてしまう。そうすれば、あとは夕方まで、とくにすることもなかった。母親は昼に火を使う料理を作り、そのあとは炉の火を埋《い》けて、夕食は昼の残りの冷めた料理ですませた。

フォダーウィングがいなくなったことを、ジョディはつねに意識せずにはいられなかった。生きているときは、フォダーウィングはいつもジョディの心のどこかにいた。現実にそばにいなくても、いつも心の中で呼びかけることのできる友だちだった。そのかわり、最近ではフラッグが日ごとに驚くような成長をみせ、それが慰めになった。ジョディの目にはフラッグの背中の白斑が薄くなりはじめた——つまり、おとなになりかけている——ように見えたが、ペニーはほとんど変わっていないように思うと言った。知能のほうは、まちがいなく成長していた。ペニーによれば、矮樹林《スクラブ》に棲む動物の中でいちばん大きな脳を持っているのはクマで、そのつぎがシカである、ということだった。

母親は、「いまいましいシカだよ、油断も隙もありゃしない」とこぼした。ペニーは、「おや、ずいぶんな褒め言葉だね」と言って、ジョディにウインクした。

フラッグはドアのかけがねに結びつけた靴ひもの先端を引っぱってかけがねをはずすことをおぼえ、納屋に閉じこめておかないかぎり、昼間でも夜でも自由に家の中にはいってくるようになった。ある日、フラッグはジョディのベッドにあった羽根枕を頭で突いて家じゅう転がし、あげくに枕を破裂させてしまった。おかげで、そのあと何日も、家じゅうの隅という隅まで羽毛が散らばって大騒動だった。どこからどうやって紛れこんだものか、パン・プディングの中からも羽毛が出てきたりした。フラッグはバクスター家の犬たちとじゃれあって遊ぶこともおぼえた。老犬ジュリアは体面があるのか、フラッグに前足でちょっかいを出されても、尾をのたりのたりと振る程度しか相手にしなかったが、リップはうなり声をあげ、フラッグの周囲を走りまわって、わざと挑みかかるようなふりをしてみせるので、フラッグは喜んで後ろ足を蹴り上げ、しっぽをピョコピョコ動かし、頭を振って、しまいには生意気にも柵を飛び越して道に出て、犬を置き去りにしたまま走っていってしまうのだった。が、なんといっても、フラッグはジョディと遊ぶのがいちばん好きだった。ジョディとフラッグは取っ組みあい、激しく頭突きしあい、駆けっこをして遊んだ。とうとう、これではジョディがどんどん痩せてクロヘビみたいに細くなってしまう、と、母親が文句を言うほどだった。

八月末のある日、ジョディは夕方近くにフラッグを連れて陥落孔《シンク・ホール》へ夕食用の水を汲みにいった。道端にはいろいろな花が咲き競っている。ウルシが満開の花をつけ、ソクシンランは長い茎の先にランに似た白や黄色の花を揺らしている。ムラサキシキブの細い花柄《かへい》の先についた実も色づきはじめている。すみれ色の小さな実が房になってついているさまは、ユリの茎に産みつけられたカタツムリの卵みたいだ。香りのよいディアタングのつぼみにチョウがとまり、蜜を抱いた紫色のつぼみがほころぶのを待ちかねるように、ゆっくりと翅を開いたり閉じたりしている。マメ畑のほうからは、ウズラの群れが澄んだ優しい声で鳴きかわす声がふたたび聞こえてくるようになった。最近は日の沈む時刻がだんだん早くなってきた。生垣の曲がり角、昔のスペイン人が切り開いた街道《トレイル》が北へ折れて陥落孔《シンク・ホール》へ向かうあたりに、常緑カシの木立がある。低く張り出した枝の下にサフラン色の光がさしこみ、枝から垂れ下がる灰色のスパニッシュ・モスが光り輝くカーテンのように見えた。

ジョディは仔ジカの頭に片手を添えたまま、はっとして足を止めた。兜《かぶと》をつけた人影が馬に乗ってスパニッシュ・モスのあいだを進んでいく。ジョディが一歩前に出ると、馬に乗った人影は消えた。まるで木の枝から垂れ下がるスパニッシュ・モスのように、透けてはかない。一歩下がると、また馬に乗った人影が現れた。ジョディはひとつ深呼吸をした。これはフォダーウィングが言っていたスペイン人にちがいない——怖いのかどうか、自分でもよくわからなかった。とうとう本物の幽霊が出たと思ったら、走って家に帰りたくなった。が、ジョディは父親の気質を受け継ぐ少年でもあった。ジョディは自分を叱咤激励しながら、幽霊がいたと思われる場所までそろそろと近寄っていった。たちまち真実が明らかになった。スパニッシュ・モスと常緑カシの枝が一緒になって幻影を作り出していたのだ。馬に見えていたもの、人影に見えていたもの、兜に見えていたものの正体が全部わかってしまった。安堵したとたんに、心臓がどきどきした。一方で、落胆もした。知らないほうがよかったかもしれない、スペイン人を見たと信じたままこの場を去ったほうがよかったかもしれない、という気もした。

ジョディはふたたび歩きだした。ヒメタイサンボクの木にはまだ花が残っていて、陥落孔《シンク・ホール》を芳香で満たしている。フォダーウィングが生きていればよかったのに、と思った。いまとなっては、夕日に照らされたスパニッシュ・モスのむこうに見えた馬上の人影が例のスペイン人だったのか、それともフォダーウィングが見たのはもっと別の、もっと神秘的でもっと本物らしい人影だったのか、永遠に知ることができなくなってしまった。ジョディは水桶を地面に下ろし、自分が生まれるずっと前にペニーが斜面につけた細い踏み分け道をたどって陥落孔《シンク・ホール》の底までおりていった。

ジョディは水汲みに来たことを忘れて、斜面の底に生えているハナミズキの繊細な葉陰に寝ころがった。仔ジカはあたりを嗅ぎまわったあと、ジョディと並んでごろりと横になった。底に寝ころぶと、深く落ちくぼんだ緑のすり鉢全体を見わたすことができた。陥落孔《シンク・ホール》の縁《へり》に夕日が反射して赤く輝いている。目に見えない炎が輪になって燃えあがったみたいだ。ジョディが現れたのに気づいて鳴りをひそめていたリスたちが、ふたたび鋭い声で鳴き、ペチャクチャおしゃべりし、梢から梢へ飛び移りはじめた。一日の終わりに、リスたちはいつもこうして大騒ぎする。一日の初めにも、やはり大騒ぎする。リスが通ったあとは、ヤシの葉が揺れて大きな音がする。常緑カシは、リスが通ってもほとんど揺れないし音もしない。葉が密にしげったモミジバフウやヒッコリーの木に飛び移ってしまうと、リスの気配はほとんど聞き取れなくなる。木の幹を上へ下へと追いかけっこしたり、枝を先端まで伝っていって別の枝に飛び移ったりしないかぎり、姿も見えない。鳥たちは木の枝にとまり、高く美しい声でさえずっている。遠くでカーディナルが朗々と声を響かせていたが、そのうちに声が近づいてきて、やがてバクスター家の飲用水槽に姿を見せた。キジバトの群れも翼で風を切って飛来し、さっと水を飲んで、すぐ近くのマツ林にあるねぐらへ戻っていった。ハトたちが翼をはばたかせると、先のとがった灰色とピンクの羽が薄刃のように空気を切り裂いて、風が笛のように鳴った。

ジョディの目が斜面の端に動きをとらえた。アライグマの母親が石灰岩の水槽へおりてこようとしている。うしろに二匹の仔を連れている。母親はいちばん上の飲用水槽を手始めに、獲物を求めて三段の水槽をたんねんに探りながら下りてきた。これで、しばらく寝ころがって待つ恰好の理由ができた。アライグマにかきまわされた水がきれいに澄むまで、待つしかないのだから。水槽の中には何もいいものがなかったらしい。仔の一匹が家畜用水槽の縁によじのぼり、興味津々で中をのぞいた。母親は、危ないじゃないの、と言わんばかりに前足で仔を払いのけた。母親が斜面をおりはじめると、背の高いシダ類にさえぎられて、しばらく姿が見えなくなった。が、少しすると、チェロキー・ビーンの茎のあいだから、目のまわりに黒い仮面をつけたような顔がのぞいた。二匹の仔も母親の背後から顔を出した。母親とそっくり同じ小さな顔で、ふさふさしたしっぽにはすでに輪がはっきりと見えはじめている。

アライグマの母親は陥落孔《シンク・ホール》の底まで下りて、水たまりで熱心にえさを探しはじめた。黒く長い指を突っこんで、水中に沈んだ枝の下を探っている。そのうち、からだを横にして寝そべり、深い裂け目に前足を突っこんだ。ザリガニをつかまえようとしている。跳び出したのは、カエルだった。アライグマはさっと身をひるがえしてカエルをつかまえ、水ぎわへ戻った。そして、人がしゃがむような形で地面に腰を落とし、バタバタ暴れるカエルをいったん自分の胸に押しつけたあと、カエルに嚙みついて、犬がネズミをくわえて振りまわすように首を左右に振った。母親は二匹の仔のあいだにカエルをぽとんと落とした。アライグマの仔たちはカエルにとびかかり、歯をむきだし、うなり声をあげ、骨を嚙み砕いて、獲物を分けあった。母親は何の感情も表さずに見ていたが、やがてまた水たまりにはいっていった。ふさふさのしっぽが水面すれすれに見えている。二匹の仔があとを追って水にはいった。とがった鼻先を水の上にのぞかせている。母親はふりかえって二匹の姿を認めると、ただちに土の上へひきずり戻した。そして一匹ずつ抱きあげ、柔らかな毛皮に覆われた小さなおしりをたたいた。そのしぐさがあまりに人間そっくりだったので、ジョディは思わず声をもらしそうになって、手で口を押さえた。そのあと、アライグマの母親が獲物をつかまえては仔に食べさせる様子を、ジョディは長いこと眺めていた。やがて、アライグマの母親はのんびりと陥落孔《シンク・ホール》の底を横切って反対側の斜面をのぼり、縁《へり》を越えて姿を消した。二匹の仔たちも母親のあとについて、チィチィ鳴いたり低くうなったりしながら仲良く帰っていった。

陥落孔《シンク・ホール》はすっかり夕闇に包まれた。そのとき突然、ジョディの胸にある思いがうかんだ——フォダーウィングは、たったいま、アライグマたちと一緒に去っていったのではないか、と。フォダーウィングの一部は、いつも、野生の動物が食べ物を漁《あさ》り遊びに興じる場所にあった。フォダーウィングの一部は、これからもずっと、動物たちのそばにあるにちがいない。フォダーウィングは、木のような存在だった。木のように土から精を受ける存在だった。木が土の中へ根を伸ばしていくように、フォダーウィングもねじれた弱々しい根を砂の中に深く伸ばして生きようとしていた。フォダーウィングは刻々と形を変えていく雲のような、沈みゆく夕日のような、昇りくる月のような、そんな存在だった。フォダーウィングの一部は、いつもあのねじ曲がった肉体を離れたところにあった。それは風のように来て、風のように流れていくものだった。そうか、もうフォダーウィングのことを淋しがらなくてもいいんだ、と、ジョディは思った。フォダーウィングが逝ってしまったことを、ぼくはもうがまんできそうだ、と。

ジョディは飲み水用の水槽から運べるだけの水を桶に汲み入れ、家に戻った。夕食のテーブルで、ジョディはアライグマの親子の話をした。ジョディの母親でさえ、アライグマの親が仔のおしりをたたいた話をおもしろそうに聞いていた。父親も母親もジョディの帰りが遅くなった理由をたださなかった。夕食後、ジョディは父親のそばに座り、フクロウやカエルの声に耳を傾けた。遠くでヤマネコの声がした。もっと遠くでキツネの鳴く声がした。北の方角からは、オオカミの遠ぼえと、それに応える声が聞こえた。陥落孔《シンク・ホール》で感じたことを、ジョディは父親に伝えようとした。ペニーはまじめな表情で耳を傾け、うなずいてくれたが、ジョディは自分の心情をぴったり表す言葉が見つけられず、父親に思いを伝えきれないもどかしさが残った。

（下巻へ）

本作は光文社古典新訳文庫『鹿と少年』
（二〇〇八年四月刊）を改題・改訂して
刊行したものです。

kobunsha classics
光文社古典新訳文庫

仔鹿物語《こじかものがたり》（上）

著者　ローリングズ
訳者　土屋《つちや》 京子《きょうこ》

2012年11月20日　初版第1刷発行
2016年3月20日　第2刷発行

発行者　駒井 稔
印刷　萩原印刷
製本　ナショナル製本

発行所　株式会社光文社
〒112-8011東京都文京区音羽1-16-6
電話　03（5395）8162（編集部）
03（5395）8116（書籍販売部）
03（5395）8125（業務部）
www.kobunsha.com


ISBN978-4-334-75260-6 Printed in Japan

## いま、息をしている言葉で、もういちど古典を

長い年月をかけて世界中で読み継がれてきたのが古典です。奥の深い味わいある作品ばかりがそろっており、この「古典の森」に分け入ることは人生のもっとも大きな喜びであることに異論のある人はいないはずです。しかしながら、こんなに豊饒で魅力に満ちた古典を、なぜわたしたちはこれほどまで疎んじてきたのでしょうか。

ひとつには古臭い教養主義からの逃走だったのかもしれません。真面目に文学や思想を論じることは、ある種の権威化であるという思いから、その呪縛から逃れるために、教養そのものを否定しすぎてしまったのではないでしょうか。

いま、時代は大きな転換期を迎えています。まれに見るスピードで歴史が動いていくのを多くの人々が実感していると思います。

こんな時わたしたちを支え、導いてくれるものが古典なのです。「いま、息をしている言葉で」——光文社の古典新訳文庫は、さまよえる現代人の心の奥底まで届くような言葉で、古典を現代に蘇らせることを意図して創刊されました。気取らず、自由に、心の赴くままに、気軽に手に取って楽しめる古典作品を、新訳という光のもとに読者に届けていくこと。それがこの文庫の使命だとわたしたちは考えています。

このシリーズについてのご意見、ご感想、ご要望をハガキ、手紙、メール等で翻訳編集部までお寄せください。今後の企画の参考にさせていただきます。
メール　info@kotensinyaku.jp